公元787年,唐封疆大吏马总集诸子精华,编著成《意林》一书6卷,流传至今
意林:始于公元787年,距今1200余年

意林®轻文库

青春最美,梦想出发
中国式好看轻小说优鲜品牌

意林轻文库

恋之水晶系列 031

星光"公主"的水晶时代 Ⅰ

Xingguang "Gongzhu" de Shuijing Shidai

悠雨 著

YOUYU WORKS

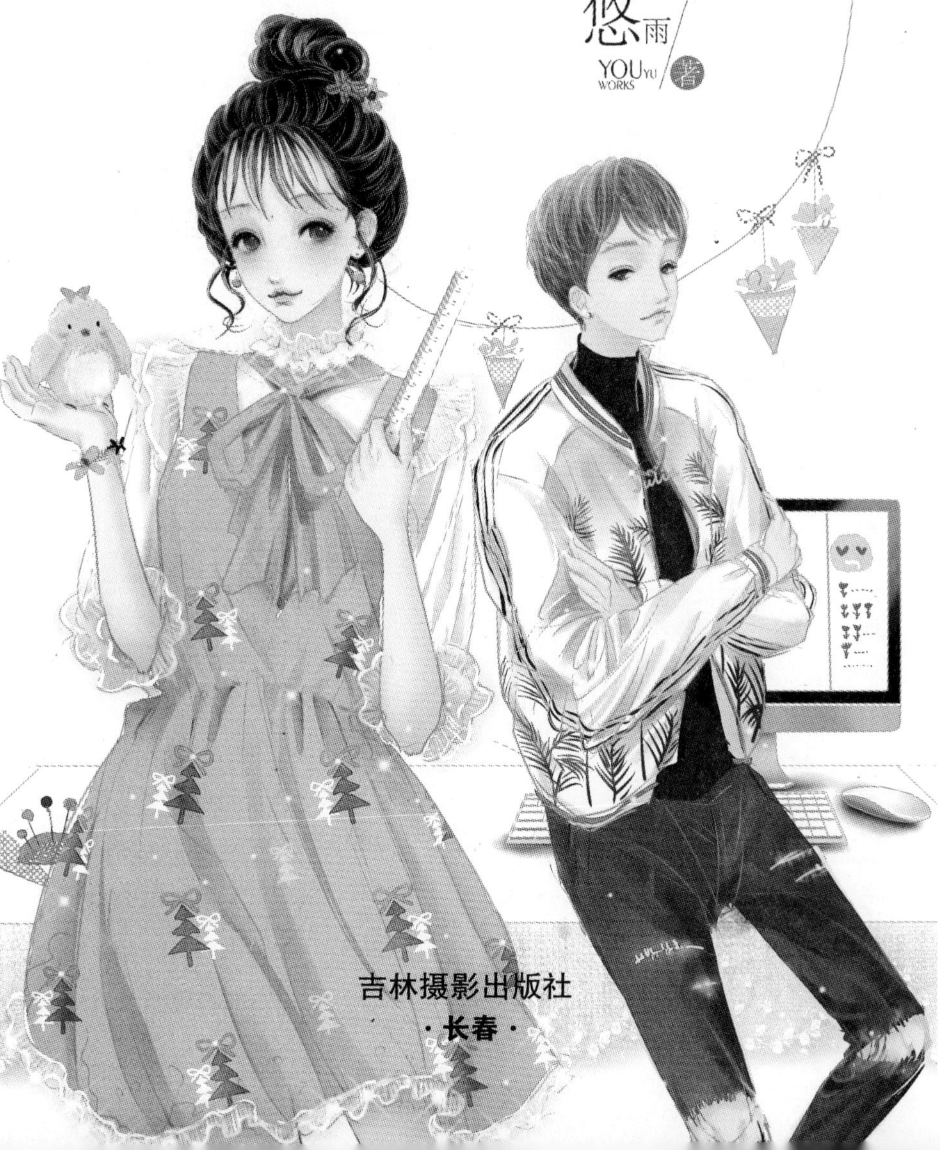

吉林摄影出版社

·长春·

图书在版编目（CIP）数据

星光"公主"的水晶时代.Ⅰ/悠雨著.--长春：吉林摄影出版社，2017.10
（意林·轻文库.恋之水晶系列）
ISBN 978-7-5498-3356-6

Ⅰ.①星 Ⅱ.①悠 Ⅲ.①长篇小说-中国-当代 Ⅳ.①I247.5

中国版本图书馆CIP数据核字(2017)第241243号

星光"公主"的水晶时代Ⅰ
XINGGUANG GONGZHU DE SHUIJING SHIDAI Ⅰ

著　　者	悠　雨
出 版 人	孙洪军
总 策 划	安　雅　张　星
责任编辑	施　岚　胡晓路
图书统筹	三木卷卷
特约编辑	雷凌云
绘　　图	E.Pcat
书籍装帧	胡静梅
美术编辑	刘　静
开　　本	700mm×1000mm　1/16
字　　数	300千字
印　　张	12
版　　次	2017年10月第1版
印　　次	2017年10月第1次印刷

出　　版	吉林摄影出版社
发　　行	吉林摄影出版社
地　　址	长春市泰来街1825号
	邮编：130062
电　　话	总编办：0431-86012616
	发行科：0431-86012602
网　　址	www.jlsycbs.net
经　　销	全国各地新华书店
印　　刷	北京市兆成印刷有限责任公司
书　　号	ISBN 978-7-5498-3356-6　　　定价：25.00元

版权所有　侵权必究

如发现印装质量问题，请与印务部联系退换，电话：010-51908584

目录
CONTENTS

001	第一章	神秘的小公主
021	第二章	少女心大泛滥
043	第三章	影帝模式启动
063	第四章	二次元新世界
079	第五章	伤感的狂欢夜

目录 CONTENTS

097 第六章
当爱触不可及

115 第七章
独立日大翻身

133 第八章
鸡蛋碰上石头

153 第九章
这样幸福好吗

171 第十章
分离不是完结

第一章
神秘的小公主

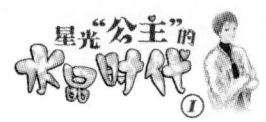

已经是深夜十一点了,田小野的脑袋有些昏昏沉沉。

一盏银白色折叠式的护眼小台灯下,她揉了揉从一个小时前就已经开始酸痛发胀的眼睛,强打起精神继续坚持着。用点钻笔吸起一颗亮晶晶的进口天蓝色水钻,小心翼翼地贴在散发出荧荧淡光的洁白珍珠上。

珍珠直径八毫米,上面呈蜂巢形贴有七颗一毫米的彩钻。最中间的一颗是幻彩白色,周围六颗天蓝色水钻围成圈状,将其包围起来。

台灯下,水钻晶莹剔透的耀眼光芒与珍珠具有包容性的温润暖光和谐地融合在一起,精致不失大气,华丽又不落俗套。如果摆在首饰店的橱窗里,相信走过路过的女性都会忍不住回头多看几眼。

然而,这还仅仅只是一颗珍珠。

就在这颗贴有水蓝色彩钻的珍珠周围,还有另外五颗分别贴有嫩粉、荧黄、翠绿、大红、浅紫水钻的珍珠,被一条半透明的钓鱼线穿成圆圈。

圆圈紧挨着圆圈,形成一个平面,最后组成一个大约半个手掌大的三角形。

两个相同的三角形重叠在一起,其中两条边用钓鱼线穿起来,底边微微打开,令三角形变成胀鼓鼓的猫耳形状。最后再把这两只猫耳固定在一个贴有三排平底珍珠的银色金属发箍上……

没错,现在田小野正在制作的,正是一个极其耗时又极其费眼的"串珠猫耳"。

制作这样一个小得能捧在手上的猫耳发箍,需要三百多颗珍珠。彩钻只点在猫耳中央,但是就这样也已耗费了近千颗彩钻。

把这些材料一颗一颗地组合在一起,光想象也知道工作量有多大了。再加上彩钻共有六种不同的颜色,质量好得不可思议,每一颗都仿佛自带光源似的。

漂亮是漂亮,但不能看太久。通常田小野连续点钻半个小时左右就会感到眼部不适,但她依然咬牙硬忍着,不敢有丝毫懈怠,瞪大眼睛仔仔细细地一颗一颗地继续往上贴。

这个精细活已经让田小野熬了三个通宵,她也知道熬夜不好,但全部注意力都集中到上面后,不知不觉就熬了一夜又一夜。

幸好今晚已经把第一只猫耳的彩钻全部点完,明天应该就能完成了。想到这儿,心底满溢着欣慰和激动的田小野轻抬左手,揉了揉她酸痛的眼睛,用余光扫了一眼电脑屏幕右下方的时间。

"这么快就十一点了?"田小野半眯着眼睛,费力地在彩钻缤纷光芒的干扰下看清电脑上显示的时间。

第一章 神秘的小公主

开学还不到一个礼拜,大部分学生还沉浸在暑假欢乐的余韵中,而田小野已经开启废寝忘食的加班模式了。

顺带一提,今年刚升上大二的田小野没有住在学校宿舍,而是在校外租了一个三十平方米的小单间,所以不受宿舍熄灯时间的限制。

这样的日子听上去似乎很逍遥,但实际上条件却非常艰苦。租房时自带的家具只有床和书桌,她没有再自己掏钱添置任何家当。

衣服直接挂在墙壁的挂钩上,没有椅子,就干脆坐在床上。整个屋子里算得上电器的东西,除了桌上的一盏小台灯,就只有一台从大四学姐那里买到的廉价二手电脑了。

她及腰的乌黑长发用橡皮筋简单地系在后颈窝处,齐刘海用刘海夹固定在头顶,身上罩着一件宽松的蓝白条纹棉睡衣,如此粗枝大叶的打扮与精美的猫耳发箍完全是两种不同的画风。

要说全身上下她最骄傲的,那必须是她的一双纤纤细手。十根手指灵动纤巧,凡是看过她这双美手的人都觉得她肯定会弹钢琴,不过令大家失望的是,她并没有那么高雅的爱好,只是用这双手勤勤恳恳地做着各种各样萌萌的DIY(手工作品)而已。

"今天还是早点儿睡吧。"放下点钻笔的田小野轻轻活动了一下硬得发痛的脖子和肩膀,疲惫地抓起鼠标正准备关闭电脑,就在这时,屏幕右下角的通知栏里突然跳出了一个熟悉的头像。

那是一个可爱的二次元小萝莉,大大的眼睛几乎占据了半张脸,肉嘟嘟的脸颊泛着淡淡的粉红色,噘着小嘴带着娇嗔的表情盯着镜头。就连不怎么看动漫的田小野都觉得赏心悦目,每次都会情不自禁地盯着看一小会儿这个来自虚拟世界的小萝莉头像。

"老板,东西做得怎么样了?"点开头像,对话框中弹出了小萝莉的留言。

田小野自动在脑海中将这句平淡无奇的话加上动画人物特有的二次元萌萌语气。

"放心吧,明天就能搞定,已经在点钻了哦,亲。"田小野立刻敲下回复,发送。脸上的倦意一扫而空,只剩下喜滋滋的笑容。

之所以这么开心,是因为这个网名叫作茉莉亚的小萝莉,就是支撑着田小野网店生意的最大客户。田小野正在赶制的那个猫耳发箍不是给自己戴的,而是卖给茉莉亚的。

"你发张照片给我看看吧。"迫不及待想要确认发箍进度的茉莉亚提出这个要求。

"请稍等哦,亲。"不敢有丝毫怠慢的田小野立即用手机拍了一张照片发过去。

"可以把灯光调暗一点儿再拍一张吗?"收到照片后的茉莉亚又提出进一步的要求。

普通网店的客服可不会像田小野这样千依百顺，用伺候公主般的态度伺候茱莉亚。不过田小野一点儿都不觉得麻烦，马上把灯光调暗，又拍了一张照片发过去。

田小野足足等了两分钟也没有等到茱莉亚的回话，心想：完了，她肯定不满意……

果然不出田小野所料，过了一会儿茱莉亚再次发来消息："只有贴钻的三角形是亮的，其他地方都太暗了，看不出来是猫耳……"好在不等田小野解释，茱莉亚自己就提出了解决方案："老板，能帮我在轮廓上再点一圈水钻吗？"

在轮廓上点水钻？田小野在脑海中勾勒了一下完成后的样子，仔细确认："就是沿着发箍和猫耳的外轮廓线点水钻吗？"这样点一圈，的确能让人即使在暗光下也可以看出完整的猫耳形状，但是大大增加了工作量，田小野有点儿提不起精神了。

"是的。"茱莉亚发来一个笑眯眯的可爱表情。

田小野无奈地叹了一口气，说："要多给一百多颗珍珠点钻哦……"

"水钻不够了吗？"茱莉亚天真地问。

"够是够……"不过光想想就觉得好累啊。

好不容易挨到明天就能收工了，结果突然增加工作量，又要多熬一天夜。田小野的黑眼圈一天比一天重，但是又不能不同意，谁让茱莉亚是她的大客户呢。

田小野的网店名叫"栗子工坊"，主要出售各种手工饰品和人偶，但是因为制作周期长，而且价格高昂，生意并不怎么好。

她最大的客户就是大半年前认识的土豪妹茱莉亚，每个月光靠茱莉亚的单子就能稳赚两三千，所以她一直把茱莉亚当成财神爷一样恭恭敬敬地供着。

这次的猫耳发箍订单是茱莉亚发来图片，让田小野照着图片的款式制作，并且增加了贴钻的细节，让发箍显得更加华丽。

珍珠、彩钻、发箍等材料都是茱莉亚寄来的，田小野只赚手工费。

无论彩钻还是珍珠，看上去都非常高级，与网络批发店售卖的明显就不是一个档次。如果茱莉亚不提供材料，田小野根本找不到门路去进货，也做不出这高级的发箍。

就在田小野有些犹豫之际，茱莉亚突然发来一句令人振奋的话："再加你两百块啦，老板，拜托拜托。"

"OK（好的）。"既然茱莉亚加钱这么爽快，田小野也就不磨蹭了，马上回过去一个OK的手势。

也不完全是见钱眼开，而是从心底有些喜欢这位出手豪爽的大客户。就算对方不

第一章 神秘的小公主

加钱，而是不停地卖萌恳求，估计最后好脾气的田小野也会顺从地答应下来。

虽然从来没有见过茉莉亚，但田小野凭直觉认为，她应该是一个出生在土豪家庭的正宗白富美。因为这次光定做一个发箍就付给田小野七百块手工费，再加上材料费，保守估计至少也该超过一千块了。这可是田小野一个月的房租啊。

"小野，你的脸色好憔悴，是不是又熬夜了？"

在一个可容纳两百人的大教室里，一个双眼水灵灵的小美女正担心地望着脸色蜡黄的田小野。

女孩名叫郭寒露，和田小野一样都是服装设计系的学生。两个人大一进校不久就成了好朋友。本来还是室友关系，但是后来田小野开了网店，为了方便发货和接单就搬到校外去住了。

即便如此，两人在学校无论是上课还是吃饭也总是形影不离。

身高一米七二的田小野明明拥有模特般的好身材，但是因为穿着太过随意，说好听点儿叫森女系，委婉点儿叫不讲究，难听点儿就是什么破布剪两个洞就敢往身上套，令她显得有些粗犷大条。

但是小家碧玉的郭寒露就不同了，任何男生和她那双会说话的大眼睛对视三秒都会脸红，略显圆润的脸蛋让她微笑时嘴角边的小酒窝凹得更深、更醒目，仿佛具有催眠效果似的，令大家一看到她的笑容就会情不自禁地想要主动接近她，保护她。

高挑的身材令田小野从初中起就是学校的篮球队主力。虽然她自己对篮球的兴趣不是特别大，但是天生不会拒绝别人的她，每次都迷迷糊糊地被劝诱加入篮球队，从此英姿飒爽地纵横球场，收获粉丝无数，算是不少学妹心目中的王子系女生。

除了性格有点儿大大咧咧之外，她一点儿都不男性化，而且最大的爱好还是DIY，这是一个多么有少女心的爱好啊！

只可惜时至今日田小野依然没有被男生追求过，青春期全都淹没在学妹的尖叫声中了。

"昨晚客人突然多加了一点儿要求，看来还要再熬一天了。"哈欠连天的田小野软绵绵地趴在课桌上，困得连眼皮都不想抬，闭着眼睛回答郭寒露，想趁还没上课再多眯一会儿。

"别把自己搞得这么辛苦，迟早会累出病的。"郭寒露摸了摸田小野的额头，确定她没有发烧后才松了一口气，重新把目光移回到手机屏幕上。

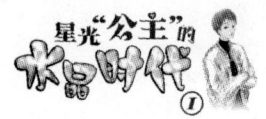

突然,一条充满爆点的新闻跃入眼中,令她愕然。

"啧啧,女主播直播吃饭月入十万?小野,你看人家赚钱多轻松。你整晚整晚地熬夜也没见月入十万。你不如改行去当主播吧?你长得比她们好看多了。"

"我又不会唱歌……"困得连说话都口齿不清的田小野含含糊糊地回答。

"你可以直播DIY嘛,然后随便和网友聊聊天就行了,还可以宣传自己的网店。"

郭寒露的脑子倒是转得快,这的确是一条发家致富的捷径,但是田小野依旧提不起兴趣,半梦半醒地嘟哝着:"我开网店不是为了赚钱。"

"对,你是为了练好手艺,然后有朝一日将你妈妈的设计做成成品——"郭寒露故意拉长了声音说道。

身为田小野的头号闺蜜,她当然知道田小野的高尚理想,不过看到她每天又累又困就止不住地心疼。

估摸着上课铃就快要响了,田小野艰难地直起背,揉了揉眼睛,强打起精神,准备进入学习状态。就在这时,她的目光无意间扫到郭寒露手机上的一张照片,瞬间就被吸引了过去。

"借我看看。"困意全无的田小野一把抢过手机,把照片放大成全屏模式。

照片中是一名比时下流行的网红脸更令人过目不忘的气质型美女。

美女肤白赛雪,红唇皓齿,明眸长睫,对着镜头嫣然一笑,无论男女都会被她迷倒。不过,田小野的关注点不在她的脸上,而在她耳边戴的刘海夹上。

那个装饰着七个手编洛丽塔蕾丝花朵的菱形刘海夹,分明就是她上个月卖给茱莉亚的!

全世界独一无二的刘海夹,为什么会别在这个主播的耳边?

就在田小野盯着美女双眼发直之时,郭寒露漫不经心地说了一句:"啊,这个主播名叫茱莉亚,最近很红,可以模仿很多歌星唱歌。"那冷冰冰的口气听上去好像不怎么喜欢茱莉亚。

"茱莉亚?"一模一样的名字!

这时郭寒露拿回手机,点开一个视频,递给田小野说:"喏,你自己看吧。"

短暂的加载后,直播室的画面中出现了主播甜美的笑脸。"接下来我要为大家演唱十首歌的串烧……"茱莉亚一开口,还没有从震惊中回过神来的田小野猛地被拉回现实。

"睫毛弯弯眼睛眨呀眨(《睫毛弯弯》)……阿拉嚓嚓拉力拉力令(《甩葱

第一章 神秘的小公主

歌》）……想你时你在脑海（《传奇》）……跟着我左手右手一个慢动作（《青春修炼手册》）……我真的还想再活五百年（《向天再借五百年》）……"

串烧中的每首歌都高能爆表，她不仅唱得好听，还搭配上各种可爱的动作。一会儿对着镜头眨眼，卷翘的睫毛像蝴蝶翅膀似的扑闪着；一会儿深情演唱；一会儿又启动女神经模式开始手舞足蹈。就连别人做起来十分做作的金鱼嘴、河豚脸卖萌姿势她都能轻松驾驭，简直是教科书般的精彩表演。

整个直播室的气氛瞬间就被点燃，公屏上的文字刷的速度之快，田小野根本一个字都看不清楚。演唱过程中各种绚烂美丽的特效满屏飞舞，五颜六色的礼物刷得那叫一个壮观！

"哇，她模仿的歌跨度挺大呀！"欣赏完这段点击量破百万的视频后，田小野已经被吓傻了。无论是男歌星还是女歌星，无论是经典歌曲、青春歌曲还是网络神曲，甚至就连虚拟歌姬的唱腔她都能模仿得惟妙惟肖，怪不得能这么红火。

"据说可以模仿二十多个歌星唱歌呢。"郭寒露煞有介事地补充介绍。

"不会是放的录音吧？"田小野毫不掩饰她的怀疑态度。

模仿女的就算了，模仿异性可没有那么容易。刚才那几句男声唱得就像原声一样，太不可思议了！不知道她的声带究竟有什么奇妙之处，竟然能模仿出这么多歌星的声音。

"我也曾怀疑是录音，还专门去看过她的节目，结果竟然是真的！她不仅能唱歌，而且可以变声说话呢，不得不承认，从实力上来说，她的确可以甩别的主播几条街。据说是为了帮助一名自闭症儿童恢复健康才开始做直播，谁信啊？多半是自我炒作，戏可真多。"

"你还专门去听她直播？"田小野不由得低声惊叫起来。认识这么久了，郭寒露不像是会做这种事的人啊。

"其实……"不知为何，郭寒露轻轻垂下眼睫，有些欲言又止。

田小野睁大眼睛盯着她，等着她的下文。谁料就在这时，清脆的上课铃强行打断了两个人的对话。"我以后再告诉你……"郭寒露轻咬嘴唇，心事重重地低着头不再说话了。

她异样的表情令田小野既好奇又担心，但看着任课老师已经进入了教室，田小野也就打消了追问的念头。算了，藏不住秘密的时候郭寒露总会告诉自己的，也不急于这一时。

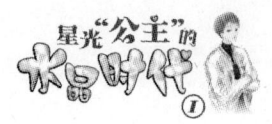

　　两天后，令田小野的双眼备受折磨的猫耳发箍终于大功告成。

　　为了不让茱莉亚久等，田小野当天就用同城快递发货，并且密切留意物流状态。

　　翌日看到物品已被签收的消息后，她的紧张不安到达了顶点，心仿佛要蹿出嗓子眼，直到看到对方打出"五星好评"后，悬在心中的大石头才终于落了地。

　　茱莉亚虽然每次都提很多要求，但是收货以后从不吹毛求疵，而且给钱和给好评都非常爽快，可以算是田小野经营网店近一年来遇到的，能在她心目中被评为"皇冠级"的好顾客之一。

　　因为是周六，不用去上课的田小野忙着网店的客服工作。虽然生意不是很好，但是每天至少能接到十多名客人的询问，一忙起来天很快就黑了。

　　快到晚上八点时，好不容易跟一个对细节的关心度近乎偏执，疑似处女座的客人说了"拜拜，亲"的田小野，长舒一口气盘腿坐在床上，打开已经变凉的青椒炒肉盒饭，大口大口地扒起来。

　　整天盯着电脑，眼睛有些酸痛，于是她闭目养神稍事休息。结果不知道怎么回事，脑海中突然跳出茱莉亚在直播室演唱串烧歌曲的画面。

　　可爱的表情、美妙的歌声全都生动地浮现出来，令田小野猛地想起一件事：对了，今天是星期六，茱莉亚要直播！

　　一股无法抗拒的诱惑操纵着田小野的手指，她鬼使神差地打开直播软件，进入了茱莉亚的直播室。

　　因为观众已经超过一万人，茱莉亚笑得甜蜜动人的至尊美照又挂在主页最显眼的位置上，所以田小野不费吹灰之力就找到了她的直播室。

　　进入直播室后，画面的中上方立刻出现了穿着泡泡袖粉白色连衣裙，脖子上挂着铃铛项链，头戴串珠猫耳的茱莉亚。

　　田小野一眼就认出来那个猫耳，这下她完全肯定——当红主播茱莉亚正是经常光顾自己网店的大客户！

　　"大家觉得我今天好看吗？"茱莉亚故意把猫耳凑到镜头前，吸引大家的目光。

　　画面中立即出现了大把大把刷棒棒糖、刷桃心、刷唇印的狂热粉丝，各种红光、绿光、蓝光不停闪动，看得田小野眼花缭乱，云迷雾绕。

　　不过早就习以为常的茱莉亚一点儿也不为所动，继续说："感谢大家帮我刷的礼物。静静，你上线了吗？要乖乖听妈妈和老师的话，不可以让大家担心哦。"

第一章 神秘的小公主

就在田小野寻思"静静是谁"之际，留言区突然出现一大堆刷"祝静静早日恢复健康"的网友。这个静静该不会就是传说中那个让茱莉亚走上主播之路的自闭症儿童吧？

虽然静静这个大众化的名字听上去很像瞎编的，而且郭寒露明显对事情的真实性深表怀疑，但是早已与茱莉亚通过网络熟识的田小野却相信她说的每一个字都是真诚的。而网友们之所以如此疯狂地刷礼物，不仅是对茱莉亚容貌和才华的肯定，更是对她善良之心的支持。

正想着，只听茱莉亚又接着说："对了，这个猫耳发箍是我在一个网店定做的……"听到这里，田小野的心脏猛地"扑通"一跳，万万没想到茱莉亚会提到自己。

"店长是一个非常可爱的女孩子。无论我提出多么天马行空的想法，她都可以将它变成现实，而且成品的美貌度全都超出我的预期，每次都有好大的惊喜……"

不会吧？田小野彻底蒙了，茱莉亚居然在替自己打广告？慈善居然做到自己头上来了。

虽然她对主播圈不太了解，但是凭常识想也知道，像茱莉亚这种有百万粉丝的网红打广告肯定是要收费的。而现在茱莉亚居然在直播中免费替自己打广告，田小野不敢相信地掏了掏耳朵，又把电脑的声音调得更大了一点儿。

"她的网店名叫栗子工坊、栗子工坊、栗子工坊，重要的事情要讲三遍，大家有兴趣可以去搜一下哦。我摸着良心向大家推荐，绝对是不容错过的好店哦……"

不仅免费打广告，而且把店名都报出来了。茱莉亚的诚意让田小野原本空荡荡的心立时满盈着喜悦和感动。

"大家要支持我，经常来看直播哦。我爱大家。"

留言区总是有人不断刷什么"守护守护""贵族贵族"，好像对主播很重要的样子……

田小野心想："既然她帮我宣传了网店，那么我也该有所回报。既然她需要守护，那就支持一下吧，十几二十块钱还是可以承受的。"于是点击了申请开通贵族。

结果三秒钟后就被每个月近四位数的价格吓得像乌龟一样屁滚尿流地狼狈爬回。更可怕的是，顶级贵族每个月要充值六位数！吓得田小野差点儿晕过去。

对不起，茱莉亚，虽然我很想支持你，但是我太穷了！

本来以为自己生活在小康环境的田小野，这才意识到原来自己还艰苦地挣扎在饥寒交迫的温饱线上。

主播的世界太可怕了！

难怪茱莉亚出手这么大方，原来她赚钱这么容易，估计根本就不把一两千的小钱

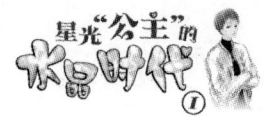

放在眼里。看来以后一定要把这条大腿抱得更紧一点儿，发家致富奔小康就全指望这个小富婆了。

那天是田小野第一次观看茱莉亚的直播，结果一进去就根本出不来，就连刷牙洗脸时都舍不得关掉。

茱莉亚不仅会唱歌，而且语言幽默，妙语连珠，嬉笑怒骂都是风情万种，难怪这么受欢迎。最神奇的是，她还可以一人分饰多角，时男时女，时老时少，表演出一个完整的喜剧段子。

她非常有表演天赋，一颦一笑都扣人心弦。虽然长得美但没有偶像包袱，偶尔扮个丑，学学抠脚大汉什么的，不仅不会掉粉，还能吸引大家稀里哗啦地刷礼物。

既有倾国之貌，又有满腹才华的茱莉亚，就算不当主播，去当歌手当演员当主持都能闯出一片天地。照这样发展下去，未来进军演艺圈是板上钉钉的事情了。

能和这样一个传奇人物产生交集，田小野在感到不可思议之余，更觉得是一种无上光荣。

不过，郭寒露为什么不太喜欢她？难道她有什么黑点吗？

田小野决定下周上课见到郭寒露的时候详细打听一下。

第二天是星期天，睡了一个小懒觉的田小野起床后做的第一件事就是打开电脑，登录网店卖家主页。

不看不知道，一看吓一跳，短短一个上午居然接到了二十多个订单！

咦咦咦，我该不会是在做梦吧？田小野捏了捏自己的脸，好痛，是真的！

为什么生意突然好起来了？短暂的呆滞后，田小野很快回想起昨晚的直播，在心中默默感慨："原来是茱莉亚的广告效应啊。"

除了二十多个订单之外，网店还增加了一百多个收藏。

平白无故捡了这么大的便宜，如果真不知情就算了，但明知道是谁帮的忙却闷不吭声，似乎有点儿说不过去。于是田小野立即在最近联系人中找到茱莉亚，满脸傻笑地发了一句道谢："亲，我今天接到了二十多个订单，谢谢你。"

本以为昨晚直播到凌晨一点的茱莉亚此刻还在被窝里蒙头大睡，没想到消息发过去两秒钟后就立刻有了回复："谢我干什么？"

做了好事还假装不知道，品德真高尚。田小野对茱莉亚肃然起敬，接着发过去一句："我昨晚看到你的节目，知道你帮我打广告了，你真棒！我已经是你的粉丝了，以后

第一章 神秘的小公主

还会继续支持你哦。"

本以为这句有拍马屁之嫌的甜言蜜语会令茱莉亚笑逐颜开，没想到等了半天后，对方居然只发来六个代表无语的小点："……"

什么情况？茱莉亚好像有点儿尴尬，难道自己说错了什么吗？田小野立即不安起来。

就在这时，茱莉亚发来一张图。

她打开一看，居然是一张萌少女女仆的漫画图片。

紧接着，茱莉亚说："帮我做一件女仆装吧。我想在十一长假时的漫展上穿，来得及吗？"

现在是九月的第一个礼拜天，而漫展将在十月五日举行，勉强还算有一个月的时间。

田小野是出了名的"慢工出细活"，茱莉亚的担心合情合理。但是，她这样非常生硬地突然从闲聊转入正题，似乎是不太愿意继续直播的话题。

难道不是粉丝越多越好吗？为什么茱莉亚好像不太欢迎自己这个粉丝的加入？

昨晚她直播时明明那么热情地与粉丝互动，而现在她的态度虽然算不上冷漠，但好像也太正经了一点儿，令田小野有些失落。

不过，田小野自己也明白，昨晚那只是工作状态，现在才是日常状态。如果线上线下都一口一个"爱你们哦"，估计早就累出病了。

既然茱莉亚不愿意聊直播，那自己也进入工作状态吧。

田小野仔细研究了一下那张动漫图，图中绑着双马尾的黑发少女穿着一件改良版的女仆套装，套装包括头饰、颈饰、袖子、腕带、连衣裙、吊带袜六个部分。除了黑白两种基本色之外，还加入了大量哥特系的暗红色缎带蝴蝶结装饰，以及白色的蕾丝花边。

依旧是茱莉亚最钟爱的华丽款，既可爱又性感，非常符合她的气质。

"胸口不要太露，用一层半透明的白纱挡住。"

田小野正看着，茱莉亚就发来了要求。

"这个倒是没问题，但是……我只做过人偶的衣服，没有做过真人的啊……"

栗子工坊的主要商品是人偶和饰品，而不是女装成衣。茱莉亚以前定做的都是小饰品，这是她第一次提出要定做全套服装。

虽然田小野是服装设计系的学生，大致知道怎么做真人服装，但是给人偶做做衣服就算了，她实在没有信心做好一套这么复杂的女仆装让茱莉亚穿在身上啊。

而且时间这么紧迫，田小野怎么想都觉得太勉强。

然而，就在她想要婉拒的时候，茱莉亚却发来一句："没关系，你做成什么样我都敢穿。我相信你的手艺。"

能被信任是好事，但是如果辜负了这份信任……田小野此刻十分不安，害怕一个不小心就会失去茱莉亚这么一个大客户啊！

如果时间充裕，她还可以反复修改和尝试，慢慢地磨出令自己满意的作品。但现在只有一个月的时间，只有一次机会，如果出了差错，连修改的机会都没有。

"时间太紧了，我怕来不及，你去其他更有经验的女装店定做吧。"田小野从心底为茱莉亚着想，提出了这样的建议。

茱莉亚出手大方，应该能找到愿意接这笔单的大店。

"就是因为时间紧迫，万一其他店做出来的我不满意怎么办？我只相信你一个人。

"我都帮你打广告了，你就当是感谢我吧。

"老板，求求你了。自从半年前在你的店里下过第一单以后，我再也没有找过其他店了。

"……"

在茱莉亚言辞恳切的轰炸下，本来就不太会拒绝别人的田小野更不知道如何开口了。

几经犹豫之后，她鼓起勇气答应下来："那好吧，我帮你做。幸好漫展是十月五日，我十一以后就放假了，可以加班加点地赶出来。能把你的详细尺寸发给我吗？"

结果，刚才一秒钟发来一句话的茱莉亚突然不说话了。过了好一会儿，才问："具体需要哪些尺寸？"

"三围、肩宽、身高、腿长、臂长这些肯定要。另外，你要做头饰、颈饰和腕带的话，还需要头围、颈围和腕围。总之就是越详细越好。"

田小野第一次做真人女装，心里也没底，恨不得把茱莉亚整个人都3D打印出来。

"好复杂，我不太会量……"茱莉亚果然听晕了。

"我倒是可以帮你量，但是，我又见不到你。"

定做服装最好是当面测量，田小野也不太放心用茱莉亚自己量出的尺寸，因为这次没有时间修改，必须一次成功。

但是，如果贸然提出见面的要求，刚才连直播都不愿多聊的茱莉亚会接受吗？

就在田小野左思右想、瞻前顾后之际，茱莉亚突然说："你知道花园酒店吗？"

"知道啊。"那可是市中心最豪华的五星级酒店,田小野虽然没进去过却久仰大名。

"我在花园酒店订一个房间,下午你过来帮我量吧。"

茱莉亚居然愿意与自己见面?田小野又惊又喜,一下子呆住了。

虽然两个人已经在网上认识大半年了,但在现实中却是陌生人。自己去茱莉亚家,或者让茱莉亚来自己家都不安全,而在公共场所、众目睽睽之下量身体尺寸又有点儿奇怪,所以约在酒店房间的确是最方便的。

想到这里,田小野由衷佩服茱莉亚的聪明才智,爽快地答应下来。

匆匆吃过午饭,田小野随便穿了一件蓝色的印花吊带连衣裙,带着卷尺就直奔花园酒店。

因为面积广袤的校园地处偏远,所以她需要坐公交车再转地铁,地铁还要换乘两次,最后花了将近一个小时才终于赶到花园酒店。

酒店大厅装修得富丽堂皇,即使在白天依然灯火通明,巨大的水晶吊灯散发出华贵的金色光芒,把一尘不染的高光地砖映照得熠熠生辉。田小野甚至有点儿不忍心落脚踩下去,整个身子微微缩紧,后悔没有把头发梳得整齐一些再出门。

好像生怕被保安拦住盘查似的,田小野脚步匆忙地一头钻进电梯里,按下茱莉亚提前发来的楼层号。

说实话,她心里还是有些紧张的,连呼吸的节奏似乎都变快了。不过酒店舒服的空调和淡淡的花香舒缓了她紧绷的神经,当她来到茱莉亚所在的房间外,心跳总算恢复了正常。

深吸一口气,反复确认多次后,她终于鼓起勇气按响了门铃。

一声铃响之后门就开了,茱莉亚像小白兔似的从门后探出半张脸,笑眯眯地把田小野请进房间。

她真人比视频更加漂亮,皮肤就像PS(图片处理)过一样,完全看不到一丁点儿毛孔,脸上化着淡妆,略微卷曲的长发蓬松地垂在瘦削的肩膀上,穿着一件浅粉色的公主裙,仿佛是从奇幻漫画中走出来的美丽精灵。

最令人惊讶的是她的身高,直播时坐在一张欧洲宫廷风的公主椅上看不出来,但实际上她比篮球少女田小野都略高一点儿,是非常完美的模特身材。

"我穿成这样可以量吗?"关好门后,茱莉亚端正地站在田小野面前。虽然是第一次见面,但是她的态度就像对待老朋友似的,令有些拘谨的田小野渐渐放松下来。

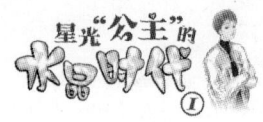

"还是把裙子脱掉吧。"

连衣裙上的装饰太多，裙摆和泡泡袖都是向外蓬的，的确不太方便量尺寸。茱莉亚爽快地脱去外裙，只穿着贴身的衬裙，背对田小野。

田小野从包包里拿出卷尺，说："把手抬起来。"

茱莉亚就乖乖地打开双臂，像十字架似的站得笔直。

田小野熟练地帮她量了肩宽和身高，每量好一个数据就立即低头记录在便笺本上。

"裙子这么长可以吗？"

田小野边说边把卷尺放到大腿附近，并用手点了一下，示意她裙长。

茱莉亚想也没想就说："再短一些。"

田小野不由得在心里嘀咕：茱莉亚还真有意思，不愿露胸，却不怕露腿。也许是对那双纤长笔直的美腿充满自信吧。想到这里她忍不住偷瞄了茱莉亚的胸口一眼，竟有点儿小鹿乱撞。

"接下来量胸围。"把裙长记录好后，田小野直起身，从背后把卷尺绕到茱莉亚的胸口。

咦，位置似乎不对……田小野正想着，随手一托，结果居然移位了！

"啊啊啊——"

同时受到剧烈惊吓的田小野和茱莉亚整齐划一地发出惊天动地的尖叫。

两个人好像磁铁的同极突然凑近一样，猛地向外弹开。墙壁上的挂画都被她们的叫声震得晃动。

由于房间里空间较小，田小野弹开的瞬间不小心撞到桌腿，痛得眼泪直打转。

"你干什么！"背部紧贴墙壁，双手死死护胸，好像刚被流氓骚扰过的茱莉亚又惊又气地瞪着田小野，涨红着脸发出愤怒的狂吼。

"我……我……"惊吓过度的田小野已经结巴了。

想到这里，田小野探照灯似的两道视线，直勾勾地射向茱莉亚的胸口。但是因为茱莉亚双手死死捂住胸口，田小野除了夹紧的双臂和皱成一团的衣服之外什么都看不到。

在粉底的遮盖下，脸依旧红了一层的茱莉亚气呼呼地瞪着田小野。

"对……对不起，我不是故意的。"田小野见茱莉亚反应激烈，吓得都结巴了。

"盯着我干什么？还不快转过去！"茱莉亚又羞又窘地低吼起来。

就算田小野再笨也猜出来她想隐瞒什么了。"茱莉亚，难道你是……是……"最

后一个字明明已经到了齿缝间,却怎么也挤不出来。

这时,茱莉亚终于缓缓抬头,望着田小野茫然无措又惊慌恐惧的表情。

经过短暂的思想斗争后,她无奈地叹了一口气。

"首先,你不要紧张,我身心非常正常,我这么做只是为了一个可怜的小女孩……"

说这些话的时候,茱莉亚的声音已经从最开始的甜美系,变成了爽朗系。虽然田小野早就在直播中听过他模仿男明星说话,但此刻依然觉得头晕眼花,难以接受。

"你你你你真的是男的?"嘴唇和牙齿不停颤抖的田小野差点儿咬到自己的舌头。

"千真万确。好了,继续量吧。"茱莉亚轻描淡写地说,还向田小野靠近了一步。

"你你你……"田小野依旧没从结巴的状态中挣脱出来,说话费劲极了。

直到此刻,她才终于明白为什么茱莉亚明明"自身条件"这么好,却提出要用白纱把胸部挡住;为什么直播时脖子上总是系着蕾丝铃铛颈链,而且每套服装都配有颈饰,原来是因为他不敢让假胸和喉咙上微微凸起的喉结暴露,不然性别问题就会穿帮!

"别你你你的,快点儿量。"见田小野半天没动静,茱莉亚不耐烦地催促起来。

好吧,田小野深吸一口气,拍了拍"扑通扑通"不安分的小心脏,安抚自己说"Easy(放轻松),Easy……"。

身为90后,怎么能被这种事吓倒?网上不早就有句流行语叫"长得这么可爱一定是男孩子"吗?今天总算是亲眼见识到了。茱莉亚美得连她这个货真价实的女人都颜面无存,这变装技术真的是登峰造极了!

"对不起,我真的没想到……"

田小野一边强忍着尴尬继续帮茱莉亚量胸的尺寸,一边竭尽所能地开始组织语言准备道歉。毕竟茱莉亚是她开店以来遇到的第一个大客户,她可不想得罪这个"金主",断了自己的财路。

"我警告你,如果你敢泄密,我就给你差评。你今天不是刚接到二十多个订单吗?这几天一定还有更多,他们都是我的粉丝,信不信我下个礼拜直播时让他们都给你差评?"

茱莉亚一改平日温柔亲切的模样,故意用尖酸刻薄的语气给田小野施加压力。

他是一个走"美女"路线的网络主播,万一真实身份被粉丝知道,那是多大的丑闻啊!估计只能退隐江湖了。

对于生意本就不怎么好的栗子工坊来说,百分之九十以上的差评率就可以直接让

田小野关门歇业了，所以茱莉亚的"差评"威胁在田小野看来，恐怖系数媲美核武器，由不得田小野不接受。

"放心吧，就算你不威胁我，我也不会乱说的。"双眉蹙成八字形的田小野发出一声有气无力的叹息。

她一心只想挽留茱莉亚这个土豪级别的大客户，压根儿就没想泄露他的秘密，所以茱莉亚的威胁让她瞬间觉得自己被"以小人之心度君子之腹"了。

"那个……你为什么说做直播是为了一个小女孩啊？"为了缓解尴尬气氛的田小野主动聊天。

"这事说来话长。"茱莉亚撇撇嘴，一副懒得多谈的样子。

该不会真是瞎编的吧？茱莉亚连伪造身份这种事都做得出来，瞎编一个烘托自己高尚品德的催泪童话完全是信手拈来。田小野已经不敢像以前那么相信"深不可测"的茱莉亚了。

量完所有尺寸后，不敢多逗留一秒钟的田小野匆匆道别，逃命似的离开花园酒店。

沸腾的脑袋瓜里全都是歇斯底里的呐喊："粉丝百万的茱莉亚居然是男人！直播室里那群疯狂为他充钱刷礼物当贵族的粉丝知道后还不把他生吞活剥了啊！"

这个秘密关系着茱莉亚未来到底是飞黄腾达，还是销声匿迹。一旦秘密泄露，光金钱损失恐怕就达上百万。如果换成是自己，就算拼了命也要不择手段地封了对方的口，他怎么轻易就把自己放了呢？

这样想着，正埋头走出酒店的田小野好像生怕茱莉亚反悔似的，以百米冲刺的速度开始狂奔。

说来奇怪，刚跑出没多远，她突然感觉到身后有两道奇怪的视线，下意识地回头一看，只看到一个黑影在酒店门口闪了一下，瞬间就混入熙熙攘攘的人群中，消失不见了。

茱莉亚不可能这么快就找到杀手来杀人灭口吧？大概只是眼花了……田小野这么安慰自己。

惊心动魄的周末过后，几乎彻夜未眠的田小野第二天来到学校，死气沉沉地趴在桌子上补眠。郭寒露诧异地眨巴着眼睛问："小野，不是已经交货了吗，你怎么还这么累？"

别提了，一言难尽。田小野腹诽着，疲惫地抬起熊猫眼，诚恳地询问："露露，

第一章 神秘的小公主

你觉得茱莉亚的直播怎么样？"上次聊到这里时被上课铃声打断了，所以今天继续。

"才华是有的，但是走的不是正道。那些主播，只会一个劲地坑钱，说什么为了帮助自闭症儿童，都是为了以后忽悠网友捐钱埋下的伏笔，你等着看她原形毕露好了。"

茱莉亚直播时也有甜得发腻的时候，不过私底下倒是一本正经。与其他主播相比，茱莉亚算是行为正派的了。

"小野，你看新闻没有？关于网络主播的新闻全都是负面的，简直是肮脏不堪……你笑什么？"郭寒露煞有介事地讲到一半，突然听到田小野"扑哧"一笑，不由得噘起嘴巴。

"他不会的。"茱莉亚被识破身份时的尴尬模样又浮现在田小野眼前。

"你怎么知道？你又不认识她。"

"呃……"田小野决定结束这个话题，避免郭寒露深究下去。

田小野暗想，茱莉亚大概是所有主播里面最"洁身自好"的一个吧，因为性别问题，连稍微暴露一点儿的衣服都不敢穿，想肮脏也不具备条件啊。

上完一整天的课，和郭寒露一起在学校食堂吃过晚饭后，田小野又去教室自习了两个小时，大概晚上九点，才回到自己住的小公寓。

刚爬上楼梯，田小野就看见走道里堆着大大小小十多个箱子，好像是有人刚搬过来。出租房的房客流动性很大，所以有人搬家也不是什么新鲜事，田小野早就习惯了。她没有太在意，掏出钥匙正打算开门回屋，谁知道身后却传来一个又熟悉又意外的声音："老板——"

"你……你是……"下意识回头望去的田小野看到一个皮肤白皙的英俊男生正靠在墙壁上，一脸奸笑地望着自己。

男生长得非常漂亮，细致柔和的五官模糊了性别的界限，明亮的双瞳中流露出狡猾可爱的神态，微微上翘的嘴唇显得有些痞气。

他上身随意地穿了一件宽松的字母卫衣，脚上趿着拖鞋，看上去很柔软的发丝顺服地贴在因为青筋微露而显得格外性感的脖子上，发际的边缘沁出细小的汗珠。看样子他应该是在房间里收拾东西，听见脚步声后特意出来跟自己打招呼的。

虽然长相有些陌生，但是神态和笑容却非常熟悉。田小野愣了一下，当她恍然大悟地察觉到那份熟悉来自谁时，竟忍不住深吸一口气尖叫起来："你是茱莉亚？"

"从现在开始,我们就是邻居了。"男生大方地伸出手来,"请多关照。"

田小野愣了三秒钟,才非常生硬地抬起手来握住他的手,脸上的表情也不受控制地呈现出不自然的冻僵状态。

世界这么大,不可能有这种巧合,他一定是故意找上门的!想到这里,田小野警惕地问:"你怎么知道我住这里?"

"废话,你给我寄过那么多邮包,我怎么可能不知道你的地址?"

田小野猛地打了个哆嗦,意识到自己的手机号码和住址早已曝光,约莫是逃不出他的手掌心了。她想镇静下来,但依然哆哆嗦嗦地问道:"你……你想干什么?"

完了完了,他果然不会轻易放过自己。

谁料茱莉亚很无辜地说:"你用看大魔王的眼神看我是什么意思?你不是说时间太紧,怕做不完吗?所以我特意搬过来帮你啊,反正我的身份你都知道了,我不需要有任何顾忌。我要亲自监工,万一衣服哪里没有做好,可以及时修改。我是不是很体贴?"

我就算长的是驴脑子也不信这种花言巧语,你肯定是来监视我的!

虽然田小野的心里早就开始疯狂怒吼,但是表面上还要装作一副温顺听话的样子,脸上也随之浮现出僵硬而苦涩的笑容。

就在这时,茱莉亚突然凑到她的耳边,一本正经地压低声音说:"别告诉任何人我住在这里哦。"

不知为何,听到这句嘱咐后的田小野突然想起了昨天离开花园酒店后身后那两道奇怪视线。

难道不是我太敏感,而是真的被监视了?也不对啊,像她这种掉进人海里捞都捞不出来的小老百姓没什么被监视的必要啊!那么,难道对方的目标是茱莉亚?

想到这里,田小野小心翼翼地问道:"你在躲什么人吗?"

根据田小野的推理,茱莉亚一定是被狂热粉丝跟踪,原来的住址曝光,所以才紧急搬家到这里的。

不过,茱莉亚一个字都没有回答,只是指了指走道上的那几个大箱子,露出讨好似的甜蜜微笑,恳求道:"老板,我房间太乱,先把这几箱东西放你家好不好?"

笑起来真的太好看了!美成这样怎么可能是男人?老天瞎眼啊!

田小野的理智瞬间沦陷,呆呆地点头答应了。

毕竟对方是她的大客户,一个差评就能让她哭爹喊娘,怎能拒绝呢?况且通过这

大半年的网聊，田小野早就养成用对待公主般的态度伺候茱莉亚的"奴性"了。

虽然对方的真实身份令她震惊不已、三观皆毁，不过那又坏又乖的神态的确与茱莉亚在网上给她的感觉如出一辙。

他们真的是一个人。不想承认，却又不得不承认。

此刻，一团乱麻的脑袋依旧飞速运转的田小野已经微微意识到，她平静的生活即将被这个突然闯入的"小公主"搅得天翻地覆，永无宁日……

少女心大泛滥

田小野盘腿坐在床上，电脑中正在播放当红电视剧。

剧中女主角哭得肝肠寸断，男主角紧紧把她搂在怀中海誓山盟。

感人的台词配上催泪的音乐，如果换成其他人早就看得目不转睛、泪流成河了，但是一心二用的田小野却忍不住把注意力集中到隔壁传来的声响上。

茱莉亚真的要住在自己隔壁？田小野回家一个小时后还是不敢接受这个事实。

墙边堆放着茱莉亚搬来的纸箱，从微微敞开的箱口中可以看到，里面装的都是各种华丽可爱的动漫系少女服饰。都是他直播时穿的，相当于他的工作服。

那满是蕾丝蝴蝶结和半透明薄纱、甜到发腻的设计连田小野这个女生都觉得有点儿不好意思穿在身上，他一个长得挺帅的男生究竟要鼓起多大的勇气，才敢穿成这样坐在摄像头前，面对全世界直播啊？

他父母知道吗？朋友知道吗？多大年纪了？还在上学吗？

田小野正想得出神，忽然听到"笃笃笃"的敲门声。

因为不知道茱莉亚什么时候会来取纸箱，所以田小野给他留了门。

不用田小野起身开门，茱莉亚自己就推门走了进来。

"哇，原来你家是这样的啊……"茱莉亚好奇地转动眼珠，把房间仔细打量了一遍，嘟哝道，"和我想象中有点儿不一样……"

田小野明白他的意思，无非就是觉得自己家徒四壁、凄惨寒酸、没有艺术感嘛。于是酸溜溜地回了一句："不是每个做DIY的人都是活得精致高雅的文艺少女，也有像我这样活得很粗糙的底层贫民……"

回忆起自己不久前想在直播平台购买VIP（贵族会员）的经历，田小野心中泛起一阵酸楚。

"咦，这些人偶好漂亮，是你做的吗？"茱莉亚突然发现摆在电脑桌边的一套人偶。

人偶和普通啤酒瓶差不多大，都穿着色彩艳丽的古装，袖口和裙边有精美的花鸟纹手工刺绣。有的腰上系着翠绿的玉佩，有的头上插着金步摇，有的顶着挂有红流苏的旗头，造型各异，精美绝伦，整整齐齐地摆成一排，散发出与这个简陋的房间格格不入的高雅感。

田小野轻轻"嗯"了一声，盯着突然凑到面前来仔细观察人偶的茱莉亚，显得有点儿局促。虽然他们早就在网上熟识了，但田小野还是第一次看到茱莉亚的男装打扮，不免有陌生感。

"做得真好，为什么没在网店卖？肯定会有很多人买的……"茱莉亚发出由衷的

第二章 少女心大泛滥

赞叹,遗憾而好奇地问。

他是栗子工坊的老主顾,自然对店里的上架商品一清二楚。如果在网店看到这套人偶,他早就豪爽地买下全套了。

"我自己随便做着玩的,才做了十几个,离做完全套还早着呢。"

"全套有多少啊?"

"一百个。"

"一百个?"茉莉亚惊叫起来,"你不怕把自己的手做残啊?"

田小野嘻嘻一笑,说:"我可没你那么娇气。现在这些人偶的造型设计都是我凭记忆复原的,不是原来的版本。在拿到原版设计图之前,我不想公开这些仿造版……"

茉莉亚"啧啧"几声,感慨道:"仿造版都这么漂亮了,原版肯定更好看。"

"那当然,原版是我妈妈设计的。"田小野骄傲地说。素来低调的她难得炫耀一次。

"咦?那不是一开口就能拿到吗?"茉莉亚眨巴着眼睛。还以为原版出自大师之手,不容易弄到呢,没想到居然是田小野妈妈的设计,那拿到设计图不是分分钟的事情吗?

田小野突然有些忧伤,沉默了一会儿才开口:"我妈妈在我小时候就去世了,设计图一直在我姑姑家里。"

低垂的眼眸蒙上淡淡的阴影,掩饰不住的哀伤在她清秀的脸颊上蔓延。

十年前母亲因病去世后,年幼的她就住进了姑姑家。虽然有亲戚关系,但毕竟是两家人,硬凑在一起免不了要受一些委屈。虽然没人说出来,但是田小野从小就从姑姑虚伪做作的笑容里看出她是不得已才收留自己,一直小心翼翼地过着寄人篱下的艰辛生活。

和其他小孩儿不同,她从来就不向大人撒娇。虽然也有想要的芭比娃娃、想穿的公主裙,但是早早就懂事的她从来都不会说出来。最大的乐趣就是把喜欢的东西画在小本子上,幻想着有朝一日拥有它们的情景。即使愿望一次都没有变成现实,心中也依然填满幸福感。

稍微长大一点儿后,动手能力变强了,田小野开始尝试把想要的东西用价格低廉的原材料做出来。把裁缝店好心的胖阿姨送给她的碎布头剪裁一下,缝制成蝴蝶结、布娃娃,居然还挺漂亮的,让不少小伙伴都羡慕不已。

现在回想起来,田小野的设计和 DIY 才能都是在那时萌发的。她在这方面有天赋,跟曾经做过人偶师的妈妈不无关系。好在现在终于可以勉强养活自己,不用在姑姑家

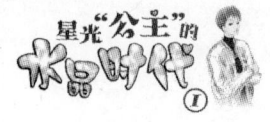

白吃白住了。虽然学费还是要姑姑家接济，但是再过两年，等到她毕业工作以后，就可以真正独立了。

田小野盼望着那一天早日到来。

没想到会碰触到田小野的伤心事，茱莉亚诚恳地说了声："对不起……"

"没关系，都过去很久了。"田小野收起低落的情绪，立即换上爽朗的笑脸。

"你既要上学又要开网店，哪有时间做这些人偶啊？有空还是多接我几个订单，改善一下自己的生活质量吧。"茱莉亚好意地劝道。

"其实我开网店不是为了赚钱，就是想磨炼一下自己的手艺，以后把这套人偶全部做出来——这是我的梦想。"这是田小野在除了郭寒露之外的第二个人面前，谈到自己的梦想。

"梦想？"茱莉亚回头望着她，突然认真起来的眼神中带着对她的刮目相看。

"我小时候不爱出去玩，也不闹着要看电视，就爱趴在桌边看妈妈画图。这套人偶的设计图叫作《百美图》，从我记事时就总是看到妈妈伏案，反复钻研修改。她在这套设计中倾注了很多心血，只可惜还没来得及完成就匆匆离开了，她一定觉得很遗憾吧……"

田小野忍不住深深叹息。不要说妈妈了，就连她自己都觉得万分遗憾，所以等她长大懂事以后，心中一直有个挥之不去的执念：要把《百美图》上的人偶全部完美地呈现出来！

"虽然我现在还没有这个实力，但是只要继续努力，有朝一日肯定可以赶上我妈妈的手艺。希望她的在天之灵可以保佑我，让我替她，也替我自己，完成这个心愿。"

听田小野淡淡讲完，茱莉亚闪闪发亮的眼中只剩下发自内心的感动和钦佩了。

"难怪你这么厉害，原来有一个这么美好的梦想鼓励着你。"

"说得好像你没有梦想似的。你做直播应该是为了积累经验和关注度，以后进入娱乐圈当艺人吧？"不想话题一直围着自己打转的田小野主动问起茱莉亚的梦想。

"哈哈哈。"茱莉亚突然大笑起来，"谁说做主播就要进入娱乐圈？"

"哦，对了，你是为了帮助小女孩。"不敢当面质疑他的田小野姑且当那个故事是真的。

"是啊，希望她能渐渐好起来。"好像突然想起什么往事，茱莉亚的目光变得悠远起来。如果这黯然失神、隐忍悲伤的模样真是演戏，那可真是奥斯卡影帝级的表演了！

"如果她痊愈了，你就不做主播了吗？"

田小野可不信茱莉亚会轻易放弃这个高薪职业和好不容易积攒起来的人气,但是茱莉亚想也没想就点头说:"那当然,每周都要直播好累的,而且还要提前两个小时化妆打扮。我都不信自己能坚持这么久!希望真的能帮到静静,让她变得开朗起来。"

那一本正经的模样倒不像是装的,田小野不由对静静的存在又信服了几分。

不过,他每周直播一次都喊累,那前几天为了给他做猫耳发箍而连熬几天夜的自己算什么?忽然感到一阵深深无奈的田小野不禁心想:这满身能歌善舞、能说会道的才华怎么就浪费在他这个不思进取的人身上了呢?真是暴殄天物啊。

"啊,我想到了!"茱莉亚突然抬起头,郑重宣布,"我的梦想就是帮你实现梦想好了。"

原来梦想可以是一拍脑瓜就随便决定的哦!突然觉得好掉价……

算了,跟胸无大志的人谈梦想的自己太傻了。田小野轻轻地摇头叹息着。

不知不觉间,茱莉亚已经搬来一个礼拜了。田小野偷偷观察着他,发现他不去上学也不去上班,大部分时间都待在房间里。吃饭叫外卖,打扫请钟点工,购物基本靠网络,休闲娱乐都在二次元——属于那种重度宅女,哦不,是宅男。

长得这么帅,整天宅在家里太浪费资源了。与他相比,田小野算是一个可歌可泣的乖乖女。每天按时上课,按时回家,闲暇时做做 DIY,既能陶冶情操又能解决温饱。

这几天田小野每晚都在赶制茱莉亚订的那套女仆装,忙得快要飞起。

茱莉亚仿佛是为了证明那句"我要亲自监工",总会过来查看进度,偶尔也帮点儿小忙,比如说缝缝花边、钉钉扣子。

别看他是男生,做起针线活来比不少女生都细致,但就是耐性不好,过不了一会儿就喊累。田小野猜测,八成是家里人从小把他宠上天,才让他患上了"公主病"。

真不知道他是在什么样的家庭里长大的。田小野每次试着打听,都被他巧妙地转移了话题。几次过后,田小野估摸着他大概不愿说,也就不再多问了。

别看他直播时穿得花枝招展,但平常都是男装打扮,除了肤白脸小、身形纤瘦得令人羡慕之外,与普通男生无异。

他口口声声说自己做直播是为了静静,但是田小野从来没听他在直播之外的时候提到过静静,更别提看到他和静静直接接触了。静静到底是谁?和他有何关系?是真的存在于现实世界,还是他虚构的?田小野好奇得不得了。

这天是周六,眼看九月已经过去一半,离交货日只剩下最后两个星期,不敢奢求

周末休息的田小野忙得昏天黑地,从早上睁开眼睛开始手上的活就没停过。

令人欣慰的是,晚饭前女仆装的主体部分已经大致缝合完毕,接下来只要再缝上五六层蕾丝花边和各种手工制作的精美蝴蝶结点缀就大功告成了。

欣赏着这段时间废寝忘食的努力成果,田小野点点头,露出满意的笑容。

"啪啪啪"。门外突然传来一阵掌声。田小野回头一看,发现不知何时出现在门外的茱莉亚正在兴奋地为她鼓掌。

"我果然没有看错人,你太棒了!"

茱莉亚冲进房间,兴致勃勃地围着穿着女仆装的人形模特转了好几圈,上上下下里里外外地仔细检查了一遍,越看越激动,恨不得用尽全世界最美好的词汇把田小野捧到天上去。

看到茱莉亚喜出望外的样子,田小野这段时间的辛苦全都烟消云散了。作为店长,没有什么比看到顾客满意的笑容更令她高兴了。

"你想吃什么?今天我请客。"茱莉亚掏出手机准备叫外卖。

时间正好是饭点,两个人一起点餐可以节约送餐费。一开始是田小野喜欢拉他一起点餐,后来他渐渐养成习惯了,只要看到田小野在家,每到饭点就会准时出现在门口。

"水饺……拉面……黄焖鸡……好久没吃比萨了……卤肉饭……羊肉粉……"茱莉亚灵巧的指尖在屏幕上轻轻滑动着,双眼一目十行地扫过各家美食的招牌,嘴里喃喃念个不停。

从那兴味索然的语气中可以听出他的无奈和苦闷,潜台词是"没一个能吃的"。对于一个整天吃外卖的人来说,就算有一千家外卖店可供选择,他都觉得吃腻了,不知道该吃什么。

正在这时,田小野突然收到一条短信。看完这条短信后,田小野立即对还在犹豫中的茱莉亚说:"别给我订饭了,我今天出去吃。"

说着匆匆回完短信,从床上一跃而起,开始飞快地穿鞋,穿外套,匆忙中还不忘冲进卫生间洗了把脸,把乱糟糟的头发梳理得整整齐齐。

"什么?你太不讲义气了,自己出去吃好的,留我一个人在家吃盒饭!"茱莉亚望着在卫生间里七手八脚梳洗打扮的田小野的背影,心里有一千个不愿意,撇嘴投去埋怨的目光。

"哎哟,对不起嘛,下次我请你。"田小野嘴上道歉口气可乖呢,但是脸上一点儿诚意都没有,笑得又甜蜜又幸福,都快开出花来了,而且嘴里居然还哼起了欢

快的小调。

靠唱歌走红的茱莉亚一下就听出那旋律分明是那首甜得发腻的《好想你》——"是真的真的好想你,不是假的假的好想你",连他都只在卖萌的时候才会唱,一点儿也不符合田小野低调稳重的形象。

第一次看到田小野少女心泛滥得连背景都快冒出粉红色的气泡了,茱莉亚狐疑地盯着她看了好一会儿,突然酸溜溜地冒出一句:"你去哪儿吃饭啊?带上我吧。"

他平时一个人宅在家里吃饭一点儿都不寂寞,现在知道田小野有饭局,而自己只能孤零零地对着电脑扒盒饭,瞬间有种被全世界抛弃的孤独感。他不是一个孤僻的人,直播时和谁都能聊得热火朝天,没有任何交流障碍。用田小野的话来说,他不爱出门纯粹就是懒!

今天他的"懒癌末期"输给了刨根究底和凑热闹的好奇心,非要缠着田小野带上他。

"不方便带你啦。"披上一件淡粉色针织衫的田小野对他投去抱歉的微笑。

"为什么?你男朋友约你呀?"茱莉亚直截了当地问道。如果是郭寒露约她,她穿着睡衣就直接出门了,今天不仅换了衣服,而且知道捯饬头发了——不是去约会,鬼都不信!

"我没有男朋友,你别乱说。"心花怒放的田小野连瞪人都好像娇嗔一样,茱莉亚起了一身鸡皮疙瘩,"好啦好啦,带你一起去。"不然茱莉亚都快脑补出一本言情小说了。

大学校门外的美食街上开着大大小小几十家餐馆。

最常见的就是川菜馆和湘菜馆,还有总是人满为患的火锅店和烤串店,洋气一点儿的有比萨店和咖啡厅,还有适合情侣约会的韩国烤肉和日本料理。

店面都不大,进进出出的客人大多是附近的学生,整条街都散发着年轻的气息。

田小野破天荒地花了十分钟把自己从精神萎靡的加班女工打扮成清爽靓丽的气质少女,一路小跑着来到一家名为"尚韩宫"的烤肉店。

"你怎么现在才来?"一个学长模样的男生有点儿生气地把匆匆赶来的田小野拉到门边。

男生比身材高挑的田小野还要高出半个头,穿着宽松的运动外套和细脚牛仔裤,裤脚向上卷着,露出细瘦的脚踝,脚上是一双白色的休闲鞋,看上去非常时尚。

他的头发明显是吹过的,蓬松而柔顺,染着一点儿深棕色,非常适合他棱角分明

的脸型。总的来说是一个养眼的帅哥。

茱莉亚若有所思地把男生打量了一遍，没有吱声。

"哦，我换衣服呢，花了点儿时间。"田小野气喘吁吁地回答。为了把换衣服耽误的时间补回来，她从出租房一路小跑到这里，差不多有一千米呢，累得她腰都微微酸痛了。

"换什么衣服啊？带钱了吗？"男生皱起眉头，毫不客气地伸出手。

这幅"纯情少女 VS 极品渣男"的画面令茱莉亚的表情瞬间降温。

还以为能让田小野心神荡漾的男生有多好呢，结果居然是这种只会伸手要钱还态度蛮横的人！田小野是瞎了吗？难道每天拼命赚钱就是为了给他上供吗？

最令茱莉亚生气的还是田小野接下来的举动。

"带……带了……"田小野有点儿诧异，但还是乖乖地拿出钱包。

不等田小野递过去，男生就毫不客气地一把抢过来，转身走到收银台结账去了。

站在两个人身后的茱莉亚已经气得捏紧拳头了。要不是理智尚存，他早就挥拳揍人，替田小野教训渣男了。

这种恬不知耻地花女生钱的男人有什么好？田小野到底看上他哪点了？平时连吃外卖都精打细算的，这会儿居然毫不反抗就把钱包上交了？就为了见这种人刚才居然兴奋得情不自禁地哼起《好想你》，田小野在想什么啊？想被这个吸血鬼吸成人干吗？

"你们已经吃完了吗？"田小野对怒气值快要冲破云霄的茱莉亚毫无察觉，弱弱地上前两步，站在男生身后小声问。

"你来得这么晚，当然吃完了。"男生不耐烦地说，生硬的语气中没有一点儿歉意，"我钱没带够，你先借我一百块，下次还给你。"

烤肉不是快餐，不可能在半个小时以内解决战斗。对话进行到这里，就连傻子都猜到他一开始就没有请田小野吃饭的打算，只是叫她来买单而已。

茱莉亚已经气得连胸口都隐隐作痛了，田小野居然没有反应，只是有些吃惊和委屈，呆呆地盯着男生的侧脸。

忍无可忍的茱莉亚一个箭步冲上去，豪迈地一掌拨开一副"受气媳妇脸"的田小野，一把按住男生付款的手，把收银员和男生都吓得目瞪口呆。

"给我！"茱莉亚一把从男生手中抢走钱包，塞给瞠目结舌的田小野，"你一口都没吃，凭什么给钱？"

"你是谁啊？我花她的钱关你什么事？"刚刚反应过来的男生立即摆出吵架的架

势。他早就看到茉莉亚了,但是没想到他居然认识田小野,而且敢替田小野打抱不平。

"当然关我的事,她的钱都是我给的!"正在气头上的茉莉亚满嘴都是硝烟味。他故意说这么暧昧的话就是要让对方知道,田小野不是没人要的女仆,不要欺人太甚!

"什么?你们什么关系?"男生果然吓傻了。

不仅是男生,就连田小野都被语出惊人的茉莉亚吓得魂飞魄散。她忙着想要解释,急得脸红耳赤,但茉莉亚却不给她开口的机会,接着狠狠地对那男生说:"我和她什么关系关你什么事,你是她什么人?"

"我是她哥。"

这次轮到男生语出惊人了。听到这句话后,前一刻还想替天行道的茉莉亚心中只剩下一个"想要挖个坑把自己埋起来"的念头,一腔热血全都白洒了。

田小野拽了拽他,小声说:"这是我表哥于浩,在我们学校念大四,也是服装设计系的。"

以前就听田小野提过,她在母亲去世后就一直住在姑姑家,也就是表哥家。虽然表哥不该随便乱花妹妹的钱,但两个人毕竟是亲戚,茉莉亚一个外人不该多管闲事。

伸张正义的气势惨遭挫败的他退到田小野身后,尴尬地说:"这……这是一个误会……"

茉莉亚极其后悔刚才的冲动,不过一想到田小野没有被人欺骗,还是深感欣慰的。

于浩不依不饶地追问起来:"什么误会?你把话说清楚,她的钱怎么是你给的?"

"这个……"茉莉亚郁闷地搔了搔下巴,偷偷对田小野投去求救的目光。

总不能说自己经常在田小野的网店买女生饰品吧?肯定会被当成变态的!

"怎么了?"就在这时,突然有个人从店里走出来。

他和于浩的年纪、身材都差不多,而五官却长得更加俊美。随时都带着笑意的眼睛和嘴角充满亲和力,头发剪得很短,露出轮廓漂亮的耳朵,显得非常清爽,带有白马王子特有的高贵文雅的气质。

今天于浩约了几个朋友吃饭,他就是其中之一,见于浩结账半天没有回去,就出来看看情况。

"没……没事。"于浩干笑着摆手道,"就是差点儿钱,正找我妹借呢。"

"我来结账吧。"白马王子豪爽地说。

"不不不不!"这时田小野突然跳出来,结结巴巴地说,"我我我我来!"

她用闪电般的速度抽出一张粉红色的一百元,硬塞进已经看了半天戏的收银员手里。

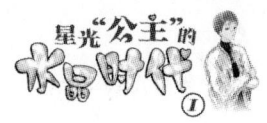

　　白马王子抢不过她，无奈地笑了笑，回头开玩笑似的对于浩说："你别老向你妹借钱，我都看到好几次了，她能有多少钱借给你啊？"

　　于浩不好意思地笑了笑。

　　听到这里，茱莉亚暗暗心想："哦，原来是'惯犯'，难怪刚才抢钱包的动作那么熟练。"

　　茱莉亚扭头看了一眼田小野，只见她脸颊微微泛着红晕，抿着嘴偷笑，羞涩的目光大部分时间都落在脚尖上，偶尔轻轻地抬一下。如果白马王子没看她，她就趁机多看几眼；如果白马王子看见她了，她就像受惊的小鸟似的，立刻又把头低下去。

　　原来这个男生才是她少女心泛滥的症结所在啊。茱莉亚那双狡猾的眼睛一眼就看穿了其中的端倪。

　　"对了，小野，你明天有空吗？"

　　白马王子苏冬阳主动与田小野讲话，田小野激动得四肢僵直，连站都不自然了。

　　"明天我们公司的前辈有一个小型演出，我会伴舞，你有空就和朋友来捧场吧。"

　　他一边说一边拿出三张门票，微笑着递到田小野手中。

　　他讲话的声调很柔和，速度缓慢而均匀，让人有种暖风拂过的感觉，田小野每次听他说话，耳根会产生微微的酥麻，好像有电流通过。

　　田小野连话都不会说了，一脸傻笑地盯着他，轻轻地点了点头。

　　"刚才那个人是谁啊？为什么会有表演？"回去的路上，茱莉亚假装不经意地问。

　　美食街五彩缤纷的霓虹灯不停闪烁，把夜晚深蓝色的天幕映照得光怪陆离，庸俗而艳丽。路旁的餐馆里人声嘈杂，拥挤的车流让本就狭窄的街道变得水泄不通，混在人群和车流中的茱莉亚和田小野不得不放慢脚步，龟速行走着。

　　田小野随口答道："他以前是我哥的室友，名叫苏冬阳，后来跟一家娱乐公司签约就休学了。虽然现在还是一名练习生，但是以后肯定会出道当大明星的。"

　　"哦——"茱莉亚拉长尾音，幽幽地说，"难怪帅得那么讨女生喜欢……"

　　作为一名身价百万的当红主播，总是被粉丝捧上天的他很少真心夸赞别人，田小野还是第一次听到他用这种略带挫败感的语气讲话呢，不由得投去惊讶的目光。

　　"不过比起我还是差点儿，对不对？"正经了还不到三秒钟，茱莉亚立刻就恢复了自己的正常人设，非常自恋地指着鼻子问。

　　从那充满期盼、忽闪忽闪的目光中可以看出他非常渴望听到肯定的回复，但是田小野却狠心地抛过去一个白眼，还做了一个恶心得想吐的表情。

第二章 少女心大泛滥

　　田小野不是认为茉莉亚不如苏冬阳，而是故意气他，想要挫挫他的傲气，不然被粉丝吹捧得飘飘然的他真以为自己天下无敌了。

　　通过这段时间的相处，两个人早就不生疏了，田小野发现茉莉亚比自己想象中更加软萌可爱，就算跟他开玩笑他也不会生气。

　　"你是为了见他才来的吧？"茉莉亚留心观察着田小野的表情，发现她又害羞了。

　　田小野很少提起表哥于浩，茉莉亚直到今天才知道他俩同校。如果只是听说于浩要请客吃饭，田小野不可能兴冲冲地赶过去，肯定是于浩用苏冬阳钓她上钩的。她那满腔快要决堤泛滥的倾慕之意藏都藏不住，于浩肯定早就看穿了，说不定连苏冬阳都是心知肚明的。

　　"嗯。"田小野轻轻点头，居然承认了。

　　"你明天要去吗？"茉莉亚酸溜溜地问。

　　"当然要去啦！他亲手把票送给我，我怎么能不去呢？"

　　"那我的衣服怎么办……"茉莉亚不开心地问，有种被冷落的感觉。

　　"我回去马上做，加班做、熬夜做，一定不会耽误进度的，你放心好了。"生怕他下一秒又要说"我给你差评哦"，田小野恨不得马上抱住他的大腿以表忠心。

　　茉莉亚想了想，说："反正你有三张票，不如带上我吧。"

　　他知道田小野只有郭寒露这一个闺蜜，所以非常不客气地帮她把第三张门票消化了。

　　"你明天不是还要直播吗？"田小野狐疑地望着他。以前只知道他热衷于参加二次元活动，没想到居然对苏冬阳这样的真人偶像也感兴趣。

　　"直播晚上才开始呢。"

　　"你来得及化妆吗？"

　　茉莉亚每次直播之前至少要花两个小时才能完成从男到女的完美变身，田小野担心他看完表演后就没时间化妆了。

　　茉莉亚自信地扬起嘴角，神秘地一笑，说："这你就别操心了，我自有妙计。"

　　虽然田小野嘴上向茉莉亚保证要熬夜赶工，但是十点不到就偷偷收工了。

　　收工之后也没闲着，忙着为明天做准备。先是翻箱倒柜地找出最好看的衣服，用从房东那里借来的电熨斗仔仔细细地熨烫平整，然后还把皮鞋用鞋油刷了一遍，洗完澡美滋滋地躺在床上敷面膜。

一想到明天可以看苏冬阳跳舞，田小野的心脏就"扑通扑通"地跳个不停。

对了，他说是为前辈的表演伴舞，到底是哪个前辈来着？

想到这里，田小野从床上爬起来，拿起放在电脑桌上的门票仔细看了看。

"TINA粉丝见面会……"

低声念出门票上的文字，田小野不开心地噘了噘嘴。虽然不知道TINA是谁，但是看名字就知道是一个走时尚路线的大美女，心里微微泛起一丝醋意。

她立即翻身坐起来，用手机上网搜索TINA的资料。

TINA是"皓锐娱乐"推出的一名唱跳型女歌手，出道一年出过五首含MV（音乐短片）的单曲，走的是韩系流行路线。小麦色的健康皮肤搭配上亚麻色的大波浪卷发和玫瑰红的唇色，既有吸引男性的靓丽，也有吸引女性的帅气，是皓锐娱乐现在力捧的一名实力派偶像。

"真漂亮……"

田小野飞快上滑的拇指刷出几百张TINA的照片，每张都漂亮得无懈可击。

"反正照片一定是修过的，真人不一定这么好看。"嫉妒心的作祟令田小野撇了撇嘴。

田小野第一次见到苏冬阳是在大学入学时的迎新晚会上。

当时苏冬阳还没有签约皓锐娱乐，只是一名喜欢唱歌和表演的"普通文艺爱好者"。

那天晚上，作为学长登台表演的他穿着在灯光照射下有点儿透明的白衬衫，用温柔动人的嗓音深情地演唱了《人鬼情未了》的主题曲 Unchained Melody（《不羁的旋律》）。

那是田小野第一次知道什么叫"陶醉得连心都融化了"。

那之后整整一个月，田小野嘴里随时随地都在哼唱那首 Unchained Melody，还搭配着自创的舞蹈动作。唱得好也就算了，偏偏唱成了鬼哭狼嚎，郭寒露都快听疯了。

一个月后，出现了让田小野病情得以减轻的一个重要转折点，田小野得到了一个重大情报——那位勾魂学长（郭寒露取的外号）居然是她表哥于浩的室友！而且两个人的关系亲密到连衣服和鞋袜都是混着穿的。

从那以后，田小野就像丫鬟似的，对于浩的各种要求来者不拒，随传随到，渐渐就和苏冬阳混熟了。

明知道苏冬阳的追求者排的队比迪士尼乐园里的都长，但是田小野总觉得自己是有希望的。直到第二学期，苏冬阳签约皓锐娱乐后，她才从甜蜜而苦涩的单相思中狼狈地跌回现实。

"娱乐圈里美女那么多,他的眼光只会越来越高,你还是早点儿放弃吧。"

在郭寒露善意的劝说下,田小野终于认清了"癞蛤蟆吃不了天鹅肉"的道理。特别是今天看到TINA的照片后,她才深刻意识到"自己和苏冬阳已经不是同一个世界的人了"。

她也想放弃这段不切实际的感情,但是付出去的心却不听召唤,再也收不回来了。

她一边警告自己"不要喜欢他",一边又控制不住地到处打听他的消息。就像今天这样,一听说有接近他的机会,哪怕早就预感到是一个陷阱,还是傻乎乎地跑去自投罗网了。

后来她渐渐想通了,反正喜欢还是喜欢,不必刻意疏远和回避,只要把原来"情窦初开的少女对单恋对象的喜欢"调整成"普通粉丝对偶像的喜欢"就豁然开朗了。

她喜欢喜欢着苏冬阳的自己,也喜欢这种会为了某个人而心跳加速的感觉。

这段注定会以悲剧收场的恋情,是她乏味生活中难得的一点儿调味剂,偶尔让她尝尝苦涩的滋味,偶尔也会带来一点儿能让她美滋滋地回味一辈子的甜蜜。

"我准备好了,什么时候出发?"

"你,你……你就穿成这样去?"

望着门外打扮得花枝招展的茱莉亚,前一刻还耷拉着眼皮的田小野差点儿把眼珠瞪出来。

原来茱莉亚昨晚说的自有妙计就是"提前化好妆,穿女装出门",真是简单直接!

"你确定要这样出门吗?"田小野再三向他确认,因为在田小野的常识中,现在他身上的这套衣服只能用来拍照和直播,走到大街上的回头率肯定比遛熊猫还高!

"我今晚要演唱《极乐净土》,不穿成这样怎么行?"

田小野已经不想追问《极乐净土》是什么了,而是站在未来服装设计师的专业角度,把他全身上下打量了一遍。

他穿着一件黑底粉白碎花的和风连衣裙。又大又长的袖摆一直垂到膝盖,蓬蓬裙却是超短款,腿上穿着白色长筒袜。前腰上系着与碎花同色系的超大蝴蝶结,正中还点缀着一个大铃铛。脖子和双马尾上都绑着鲜红色的缎带。

又可爱又性感,又古典又前卫,很契合他的气质,唯一的问题就是太与众不同了!

田小野低头看看自己的打扮,简单清爽的黄色雪纺连衣裙外加一双白皮鞋。全身上下唯一算得上装饰品的东西,就是手腕上那条洗脸和吃饭时用来系头发的黑

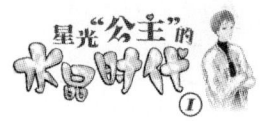

色橡皮筋。

临近十月，天气早就凉了下来，穿雪纺裙是很冷的，但是为了在男神心中留下美好的印象，她一咬牙就穿了。

没想到这套自认为很漂亮的搭配，被茉莉亚比下去了。就像菜粉蝶遇到七彩凤尾蝶一样，血淋淋的现实令田小野产生了深深的挫败感。

"我做女生还不够努力，居然输给了一个男生……"

她捂住闷痛的胸口，感到身为女生的自尊心受到了重创。

难怪一直追不到苏冬阳，也许在苏冬阳眼中她根本就是一个汉子。

接下来，田小野坐上了茉莉亚联系的一辆网约车，去校门口接了郭寒露后，三个人一起赶往表演现场。

一路上司机都在用眼角不停地观察坐在副驾驶席上、身着奇装异服的茉莉亚。田小野生怕他一不留神出场车祸，一直担惊受怕地伸长脖子帮他看路。

一个小时的车程好像一个世纪般漫长，最后到达目的地"泰宇广场"的时候，田小野的脖子都已经酸了。

泰宇广场坐落在市中心最热闹的地方，是一幢金碧辉煌的大型购物商场。里面不仅有各种品牌专卖店，而且餐饮和娱乐样样不缺。主打年轻人市场，卖的不是动辄成千上万的一线名牌，而是普通学生就能消费得起的好看不贵的青春潮牌。

正因为如此，田小野和郭寒露对这里都很熟悉，径直来到设在负一层中央电梯口的圆形舞台旁。这里经常举办活动，唱歌跳舞选秀就不说了，据说还办过游戏争霸战呢。这次 TINA 的粉丝见面会之所以选在这里举办，大概是因为主办方看上了这里的青春氛围吧。

见面会还有不到半个小时就开始了，舞台后方的大屏幕上滚动播放着 TINA 的视频串烧，正前方整整齐齐地摆放着一百多把塑料椅，椅背上贴着座位号。

舞台是开放式的，所有人都可以免费围观，但是要想坐在这一百多把椅子上，就必须要有门票了。

这时陆陆续续有人入座，警戒线外也围了不少举着应援牌的热情粉丝。

田小野持票入场时心中微微有点儿歉疚，觉得自己这个昨天才知道 TINA 是谁的关系户，实在对不起这群专程为了 TINA 赶来的真爱粉。

茉莉亚一出现果然立即成为人群的焦点，他总是仿佛自带聚光灯一样，无论何时

都能把所有人的目光全都吸引到他一个人的身上。

现场大多是年纪与他们相仿的年轻人，很快就有人认出他来，窸窸窣窣地议论着："那是茱莉亚吧？她也是 TINA 的粉丝吗？""她会上台吗？好期待啊！""她该不会已经签约皓锐娱乐了吧？"不仅如此，还有人拿出手机，不管他愿不愿意就明目张胆地对着他拍照。

茱莉亚不知道从哪里掏出一副墨镜，戴在脸上，疲惫地叹了一口气，感慨道："唉，原来我已经这么红了……"

似乎是很无奈，但又似乎是在炫耀，田小野斜了他一眼，没有回应。

这时，坐在田小野另一边的郭寒露用胳膊肘撞了她一下，小声问："她到底是谁啊？"

刚才在校门口碰头时，田小野向郭寒露介绍茱莉亚时，只说"他是我的邻居"，连名字都没提。郭寒露看过茱莉亚的直播，一直觉得他有点儿眼熟，但是没敢把"田小野的邻居"和"当红网络主播"联系起来，现在听到大家议论纷纷，她也觉得越看茱莉亚越像那个网红妹。

"这不是茱莉亚吗！"

不等田小野回答，身后突然响起一个熟悉的声音。回头一看，发现竟是于浩。他也拿到了苏冬阳送的关系票，而且座位紧挨着茱莉亚。

他一眼就认出茱莉亚了，激动得语无伦次，指着自己的鼻子殷勤地说："我是你的粉丝！网名叫'为情所困'，还给你送过飞机和游艇！你记得我吗？"

哎呀妈呀，田小野今天才知道于浩的网名叫这个，被酸得连牙都快掉了，默默搓了搓胳膊上厚厚的一层鸡皮疙瘩。他连女朋友都没有，为啥情所困啊？真是强行装文艺……

于浩敢当着这么多人的面，脸不红心不跳地把这个网名说出来，田小野也是服气的。

茱莉亚呵呵干笑着，温柔地说："我记得你，你经常来看我的直播是吧？"

田小野心想：他肯定不记得！如果记得就能说出更多细节，至少有十万粉丝可以和"经常来看我直播"这句话对号入座，于浩只是这十万粉丝里可以忽略不计的一个渺小存在而已。

"对对对，我每周都看！你真人比视频好看多了！今天要唱《极乐净土》是吧？"

于浩兴奋极了，为了证明自己是铁粉，故意炫耀般讲出今晚的直播内容。

激动得手舞足蹈的于浩使出浑身解数想要引起茱莉亚的注意，但是茱莉亚却是一副"拜托你饶了我吧"的尴尬表情，必须拼命才能勉强挤出一抹礼貌的微笑。

他用眼神向田小野求救："能不能换个座位？"

田小野却故意扭开头跟郭寒露聊天，假装没看到。

其实默默看好戏的田小野心中早就翻腾起来了，好想站起来大吼一句："这个把你迷得神魂颠倒的美女就是昨天跟你吵架的男生！"真不敢想象于浩知道真相后会有什么反应。

于浩叽里呱啦地说个不停，而茱莉亚却只是心不在焉地敷衍着。虽然他很讨厌于浩的频频示好，但是为了维护自己在网上塑造出的甜美形象，只好假装跟于浩有说有笑。

"哼。"这时坐在田小野另一边的郭寒露生气了，轻蔑地翻了一个白眼。

她抱住田小野的胳膊，贴在田小野耳边小声说："你怎么跟这种拜金女交朋友呢？瞧她那副矫揉造作的样子！你表哥为她花了好多钱了……"

"你怎么知道？"田小野惊讶地睁大眼睛。

"他向我借钱买过礼物。"郭寒露压低声音说。

"他向你借钱？"田小野气得差点儿站起来。

于浩总是向自己借钱不还就算了，居然还向自己的朋友借？第一次听郭寒露提起这事的田小野生怕她吃亏，急忙追问："那他还了吗？"

"还是还了，但是……这根本就是一个无底洞啊，就算你表哥把钱全砸进去了也不会冒一个泡。"郭寒露撇着嘴，老大不高兴地不停冲茱莉亚翻白眼，"我打赌她肯定不记得你表哥是谁，还假装聊得这么开心，你还是劝劝你表哥吧，别让他被这个女生给骗了……"

几句抱怨过后，就连一向对感情不敏感的田小野都听出来郭寒露对于浩的态度不一般，不安地小声问道："露露，你该不会是……喜欢他吧？"

没有直说名字，而是偷偷用手指指了指一旁正跟茱莉亚聊得火热的于浩。

两个人从小一起长大，于浩的底细田小野一清二楚。在田小野心中，于浩就是一个没有责任感又花心又好吃懒做的大少爷，除了长得还不错、交际能力强、朋友遍天下之外就没什么优点了。不过，一般妹妹看哥哥都觉得哥哥一无是处，她也不知道是不是自己对于浩有偏见。

"嘘。"郭寒露生怕被别人听见，连忙捂住田小野的嘴。

看到她羞涩的样子，田小野全都明白了。她早就觉得奇怪，像郭寒露这种单纯善良、勤奋刻苦的乖乖女怎么可能去看直播？原来是因为于浩啊！

一边是于浩和茉莉亚聊得热火朝天,另一边有郭寒露的秘密轰炸,田小野在夹缝中挣扎了好一会儿,演出终于开始了!

主持人刚刚走上舞台,观众席就爆发出一阵热烈的掌声。其他楼层的路人听到这惊天动地的响声后,全都好奇地围到栏杆边,伸长脖子向下俯视位于负一楼的舞台。

伴随着节奏鲜明、鼓点激昂的热情舞曲,五彩缤纷的绚烂灯效明灭闪烁,流光溢彩的屏幕变换着梦幻的图案。序曲结束时舞台边缘还突然喷出几簇金灿灿的电子烟花,吓得坐在前排的田小野缩紧脖子,下意识地一把抱紧了郭寒露的胳膊,生怕喷到自己身上来。

不等她回过神,开场舞已经跳了起来。

烟雾散去后,TINA在五名男舞伴的簇拥下登台热舞。一身皮衣劲装的她化着艳丽的彩妆,亚麻色的卷发斜斜地在她左耳边系成马尾,右边则别着一朵巨大的殷红玫瑰,瞬间吸引了所有人的目光——除了田小野。

"那……那是苏冬阳?"田小野一眼就认出那名正与TINA热舞的男舞者正是她的偶像。

苏冬阳今天的打扮彻底颠覆了以前温文尔雅的形象,被发蜡涂得油亮亮的发丝全部抹向脑后,发梢还喷成了绚丽的玫红色,上身穿着一件装饰着银色锁扣和铆钉的皮背心,下身穿着一条紧身皮裤,帅气得令人不敢直视。

"哇,你男神今天豁出去了耶!"这时郭寒露也认出了苏冬阳,附在田小野耳边小声说。

田小野红着脸,想看又不好意思看,特别怕苏冬阳发现自己一直盯着他看。

苏冬阳作为主跳,从头到尾都和TINA有很多互动,看得田小野无法淡定。说不清是不是因为吃醋,反正她心里酸酸的,有点儿不舒服。

"呀——"粉丝们的尖叫声铺天盖地般袭来,快把音乐声都淹没了。

五分钟的开场舞跳完后,气喘吁吁的TINA一手拿着话筒,一手高高地挥舞着,热情地向大家打招呼:"感谢大家来参加今天的活动!"

"TINA——"整齐一致的呼喊声惊天动地。

"大家喜欢刚才的表演吗?"

"喜欢——"又是一阵山呼海啸般的呼喊。

"喜欢我还是喜欢伴舞的'长腿帅哥'呢?"TINA眨了一下眼睛,调皮地问道。

这次大家的回答不一致了,有人说"喜欢你",有人说"都喜欢",还有人"咯咯咯"

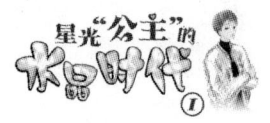

地笑了起来。

"喜欢他们也没关系,因为我也喜欢。"

说到这里,TINA突然转身向后台招了招手,不一会儿苏冬阳就上台了。

TINA笑嘻嘻地勾着他的肩膀,骄傲地向大家介绍:"他很厉害对不对?希望大家记住他的名字——他叫苏冬阳,是我的后辈哦!"

"哇——"粉丝们从头到尾都保持着最高的兴奋状态,对TINA的每一句话都给出了热情的回应。

接下来TINA又陆续演唱了五首歌曲,每首都是载歌载舞,誓要将全场气氛拔到最高点。中间还穿插着不少与粉丝互动的小游戏,一个小时的见面会眨眼间就结束了。

"你厉害啊!居然当上主跳了!难怪能弄到这么多门票。"

散场后,于浩揽着苏冬阳的肩膀,意犹未尽地说。满脸红光的他仍沉浸在演唱会的气氛中,嗓门又高又大,脚底像装了弹簧似的充满弹性。

田小野、郭寒露和茱莉亚跟在他们身后,一行人正在横穿停车场,走在去往地铁站的路上,过往行人不停地对他们行注目礼。

众人目光的焦点有两个,一个是虽然已经换下演出服但发型依旧奇特的苏冬阳,另一个则是从头到脚都散发出浓浓动漫气息的茱莉亚。苏冬阳显得有点儿羞涩,微微弯着腰,不希望路人注意到他;茱莉亚则截然不同,一路上昂首挺胸,目不斜视,好像公主出巡似的。

田小野默默注视着苏冬阳的背影。有"不说话会死"的于浩在,她基本上插不上话。不过,仅仅是看着他,听于浩和他东拉西扯地闲聊,田小野就觉得心满意足,不虚此行了。

"TINA很照顾我,给了我很多机会,这次也是她推荐我当主跳的。"苏冬阳说。

"她看上你了吧?"于浩的逻辑向来简单。

"哈哈哈。"苏冬阳坦荡荡地放声大笑起来,"她怎么会看上我?她有很多人追的,而且这次她在活动里介绍我也是公司安排的,不是她的个人行为。"

"既然公司给你安排露脸的机会,应该就快让你出道了吧?"

这件事不提还好,一提就戳到了苏冬阳的痛处。他低声说:"还不知道。"

看到他突然变得忧郁的表情,田小野的心也跟着沉了沉。一方面很盼望他早日出道,被更多人知道;另一方面又很怕他出名以后,就再也没有机会跟他见面了……

第二章 少女心大泛滥

TINA的见面会耽误了半天时间，面对越来越近的女仆装交货日，鼓足干劲的田小野一放学就把全部心思投入到女仆装的制作中，连一分一秒都不敢浪费。但是，不知道为什么，从来不来找她的于浩居然在见面会结束的第二天，主动登门造访了。

田小野和于浩之间的不平等关系已经维持了十多年，通常都是于浩一通电话，她就随传随到，很少有于浩亲自登门拜访的时候。

所以，当田小野看到于浩提着装满零食的袋子站在门口，还带着满脸讨好的笑容时，顿时有种"黄鼠狼给鸡拜年"的毛骨悚然感。

于浩一进门就看到田小野正在赶工的那套女仆装，激动地问："这是给茱莉亚做的吧？"

从小不会撒谎的田小野支支吾吾地应了一声，算是承认了。这时她已经十二万分地确信，于浩今天是冲着茱莉亚来的！

昨晚，茱莉亚直播结束后就立即来找田小野诉苦："你哥吓死我了，不停刷屏说在泰宇广场见过我，还和我一起看演出。不知道的人还以为我私下跟他约会呢，我可不是这种人。最可怕的是，现在所有人都知道我住在这座城市了。幸好他不知道我的住址，不然肯定连门牌号都全给我曝光了。你好好跟他说一下，让他以后别这样了……"

"你跟我说也没用，我拿他没有办法……"虽然田小野也很同情茱莉亚的遭遇，但是她实在帮不上忙，只能在心中默默地为茱莉亚祈祷，希望他早日摆脱于浩的纠缠。

没想到，于浩不仅在网上骚扰茱莉亚，还把魔爪伸到现实中——直接找上门来了！

"听郭寒露说茱莉亚是你的邻居，她住在哪间房啊？"于浩刚坐下就迫不及待地向田小野打听茱莉亚的情报。

这时田小野才发现原来是郭寒露泄密了。真是见色忘义、重色轻友，于浩随便打听一下，她就泄密了。绝对不能让于浩知道茱莉亚就住在自己隔壁！不然就天下大乱了！

"哥，你先回去吧。"看到于浩不客气地霸占了自己的电脑，田小野着急地催促。

此时，电脑里突然传来一个熟悉的提示音，竟是茱莉亚发来的消息："小野，衣服做得怎么样了？"

发现这条信息的于浩不等田小野反应过来，就已经飞快地输入回复："我有事找你，你来我房间一下。"

"你干什么啊！"察觉到于浩的意图后，田小野猛地扑过去抢走键盘，但还是晚

了半秒,消息已经发出去了。

不等田小野气得骂出来,门外就传来敲门声,不用问,肯定是茱莉亚!

于浩抢着跑去开门,田小野却用自己的身体死死堵在门口。茱莉亚现在肯定是男装,如果被于浩看到就完蛋了!

田小野一边使出浑身解数阻拦于浩,一边隔着门大声嚷道:"茱莉亚,你衣服穿好了吗?我哥在我房间呢!"

话音刚落,就听见门外传来茱莉亚掉头就跑的脚步声。

于浩气得一掌掀开田小野,开门追出去,结果只看到一个人影飞快地钻进隔壁房间。

不等他追过去,门就已经"砰"地关死了。"茱莉亚!我是于浩,我们昨天才见过面的!我也是学服装设计的,可以帮你们的忙!"

"谢谢你,不过我刚起床,还没化妆呢,不好意思见你。"茱莉亚在房间里用女声回答。

像茱莉亚这么精致的"美女",不化妆是肯定不会见异性的,所以于浩非常善解人意地说:"不要紧,那我下次再来。"

说完后还对追出来的田小野投去恶毒的目光,仿佛在说:还敢说不熟?明明就住在隔壁!

完了。田小野双眼一黑,已经可以预见到茱莉亚和自己的悲惨未来了。

于浩的那句"下次再来"揭开了茱莉亚的噩梦序幕。

从那以后,于浩每天都来田小野的房间报到,强行闯入茱莉亚的生活。

平时明明不穿女装的茱莉亚被于浩逼得走投无路,只好随时随地地做女性打扮。

为了躲避于浩费尽心思制造的"不期而遇",茱莉亚决定跟田小野一起去学校上课。至少坐在教室里的时候不用被于浩纠缠,暂时是安全的。

但是,茱莉亚这个"没有办法的办法"却变成了田小野苦恼的根源。

本来田小野和郭寒露在学校里是一对形影不离的好闺蜜,但是自从茱莉亚变成田小野的小尾巴后,郭寒露的脸色就一天比一天难看。

拥有逆天颜值和模特身材的茱莉亚化浓妆是绝代佳人,化淡妆是小家碧玉,不化妆是气质女神,走到哪里都能吸引一大堆男生前仆后继地大献殷勤。郭寒露本来就有点儿看不惯茱莉亚招蜂引蝶的样子,后来知道于浩正对茱莉亚展开猛烈的追求后,醋坛子立即摔得粉碎。

　　好在郭寒露良好的修养令她没有跟茱莉亚当面撕破脸皮，只是某天私下问田小野："她又不是我们学校的，为什么天天跟着我们上课啊？"

　　田小野支支吾吾地解释不清楚。

　　这时她们正从服装工艺课教室移向美术欣赏课教室。

　　美术欣赏课是比较冷门的选修课，平时教室里只有二十多个学生，但是自从茱莉亚来听课以后，这堂课的人数就越来越多，以至于不早点儿去就只能坐在角落里听讲了。

　　这天当她们来到教室后，却发现连角落的位置都已经被占领了，教室里挤满了形形色色的男学生。

　　"这课没法上了……"

　　隐忍多日的郭寒露终于在这一刻彻底爆发，冷漠地丢下这句话后，抱着课本扭头就走。

　　"露露，你怎么了？"田小野焦急地追过去，一把抓住她。很多学生都是慕名而来，想要看看茱莉亚，留下来上完整堂课的并不多，她们并非真的没有座位可坐。

　　"她连课本都没有，上什么课啊？就是想引人注目罢了。"郭寒露红着眼眶低吼起来。

　　田小野想要解释，却不知该如何开口，总不能说茱莉亚是为了躲避于浩的死缠烂打吧？

　　"反正我是受不了了，我再也不想跟她一起上课了。"

　　郭寒露背对田小野，轻轻说出这句话后，头也不回地离开了。

　　从那以后，她真的没有再和他们一起上过课，与田小野的关系就这样渐渐疏远了……

第三章

影帝模式启动

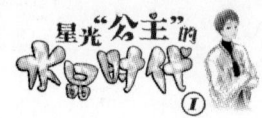

晚上七点，田小野和茱莉亚刚刚在学校食堂吃完晚饭，正准备回家。秋季的天黑得很早，校园里早已亮起明亮的路灯，为昏沉沉的暮色送去一点儿橘黄色的暖光。骑着自行车的莘莘学子们在林荫路上来来往往，有的赶着去上晚自习，有的赶着回寝室。

田小野和茱莉亚并肩走在红砖铺成的人行道上，商量着当晚的工作安排。

九月只剩下最后一个礼拜，女仆装已经大致完成了，还差最后的装饰和细节加工。其实茱莉亚对现在女仆装已经很满意了，但是田小野对细节的要求简直已经达到自虐的地步。每天晚上都忙着缝花边、缝铃铛、缝彩珠，每一针每一线都是心血的结晶。

就连茱莉亚都被她兢兢业业、一丝不苟的工作态度感动，又心疼又敬佩地感慨："你这不是在做衣服，而是在做艺术品啊……"甚至觉得自己开出的价格太对不起田小野的辛勤劳动，主动提出要给她加价，但是被脸皮薄的田小野义正词严地拒绝了。

现在他俩已经不是普通网店老板和顾客的关系了，至少在田小野的心中，早就把茱莉亚当朋友了。与其说做这套女仆装是一份工作，不如说这是田小野的使命。她觉得自己有"让茱莉亚穿上最漂亮的女仆装在漫展上闪亮登场"的责任。

另一方面，茱莉亚也开始尝试自己做点儿DIY。他买了一双基本款的黑色圆头厚底皮鞋，在田小野的指导下，亲自为这双皮鞋贴上与女仆装同款的平底彩钻和蕾丝边。

这样的工作说枯燥也枯燥，说有趣也有趣。自从有了茱莉亚的陪伴后，田小野觉得每晚光阴的流逝变得更快了，一眨眼就已夜深人静。

两个人总是一边工作一边听歌、追剧、看综艺，天南海北地闲聊，互道晚安前看看做好的半成品，心里就觉得美滋滋的，涌上无限的成就感。

"我今晚就能把颈带和腕带做好，明天就开始做头带了。"田小野说。

"缎带的颜色有点儿深，和衣服不太搭，我想再换一款浅色的。"

"没有多少时间了，现在订货来得及吗？"

"来得及，现在快递可快了。"

两人正聊得投入，身后突然传来一个熟悉的声音："美女们，需要我帮忙吗？"

"怎么又是你？"茱莉亚回过头去，看到是于浩，立即翻了一个大白眼。

第一次在TINA演唱会上见面时，茱莉亚还能保持礼貌的微笑，假惺惺地与他谈笑风生，但是自从被他纠缠得有家不敢回、男装不敢穿后，再好的脾气都被磨光了，只剩下满腔怒火。

"我有的是时间，可以帮你们的忙呀。"于浩积极地自我推销。

"省省吧，你不缠着我就是帮大忙了。"茱莉亚拉着田小野加快脚步，想要甩掉于浩。

"我到底哪点不好,你这么讨厌我?"于浩穷追不舍,跟在茱莉亚身后拉拉扯扯。

这时候路上来往行人本来就多,再加上茱莉亚这个大美女走到哪里都是人群瞩目的焦点,已经有不少校友被他们的争吵声吸引目光,偷偷地指指点点,窃窃议论了。

"你要听实话吗?"茱莉亚突然停下脚步,回头瞪着他。

于浩被茱莉亚的气势震慑住了,呆呆地点了点头。

"我已经有男朋友了。"冷冰冰地撂下这句话后,茱莉亚一把拉住田小野,头也不回地走了。于浩半天没有回过神来,呆呆地目送两个人的背影消失在人群中。

"茱莉亚,你走慢点儿!"

被茱莉亚拉得差点儿飞起来,必须小跑才能跟上他的田小野也惊呆了,傻乎乎地瞪大眼睛问:"你有男朋友了?"等等,到底是男朋友还是女朋友?你说清楚啊!

"笨蛋,我骗他的。"

普通人听说心仪对象已经名花有主后,都会识趣地选择放弃。茱莉亚自以为这招可以帮他摆脱于浩的纠缠,但是事实证明他太小看于浩的毅力了。

这天晚上,田小野的手机响个不停,全都是于浩发来逼问茱莉亚男友身份的短信。从软磨硬泡到威胁恐吓,真是费尽心思,方法用尽,令人叹为观止。

"他怎么这么烦?"茱莉亚忍无可忍了。

田小野一点儿也不意外,疲惫地发出一声长叹:"这可怎么办……"

以于浩的性格,他不亲眼看到茱莉亚的男朋友是不会善罢甘休的。就算亲眼看到了,也不一定会乖乖放弃,自以为风流倜傥迷倒万千少女的他说不定会上演横刀夺爱的好戏。

"你别管,我来摆平他。"

"你想干什么?"田小野紧张地盯着正在酝酿什么阴谋的茱莉亚,有种不好的预感。

茱莉亚神秘兮兮地一笑,说:"你明天就知道了,等着看好戏吧。"

田小野一点儿都不期待,胆战心惊地说:"你可别乱来啊……"

第二天一大早,田小野刚刚洗漱完毕,就听见有人敲门。

不用问,肯定是茱莉亚。

这段时间茱莉亚为了躲避于浩的纠缠,每天都跟田小野一起去学校上课。

为了完成改头换面的艰巨任务,茱莉亚必须提前两个小时起床化妆,睡眠时间严重缩水,导致脾气越来越暴躁。

今天他不是"笃笃笃"地温柔敲门,而是"啪啪啪"地用力拍门,好像憋了一肚子火正愁无处发泄似的,让正在整理课本的田小野有点儿隐隐的不安。

"你……你今天怎么这样?"

田小野打开门,看到站在门外的茱莉亚后,吓得差点儿没抱稳怀里的课本。

今天的茱莉亚没有化妆,没有穿裙子,更没有戴假发和美瞳,而是穿着阔别已久的T恤和牛仔裤。模样倒是英俊帅气,就是表情太像《热血高校》的角色,浑身都散发出青春期的叛逆和躁动。

"他不是想见茱莉亚的男朋友吗?我今天就让他见见。"茱莉亚一副要干架的架势。

"会穿帮的……"田小野一听头都大了,恨不得像古装宫廷剧里赤胆忠心的老臣劝谏顽固不化的君王时那样泪流满面地跪下来抱住他的脚恳求,"皇上三思啊,这可使不得啊。"

"你哥又不是没见过我穿男装。既然见一次认不出来,见两次肯定也认不出来。"

当初于浩让田小野去烤肉店买单时就见过男装的茱莉亚,后来他见到女装的茱莉亚后压根就没把两个人联系起来。

茱莉亚的逻辑既简单又直接,而且听上去似乎还有几分道理,田小野一时真不知该怎么反驳他,只能欲哭无泪地拉长一张苦瓜脸,心急如焚地皱起眉头。

纵然心里觉得有一千个不妥,也拦不住茱莉亚的一意孤行,谁让她从小就是一个软柿子呢?在强势的茱莉亚面前,她就像一个唯唯诺诺的小丫鬟,对主子的决定没有插嘴的资格。

到校后,茱莉亚拉着田小野径直来到于浩上课的教室,气势汹汹地站在门口等待。

这堂课是二十多人的小课,来的都是于浩的同班同学。每个人进教室前都会莫名其妙地看一眼门神般的两人,从不怕被围观的茱莉亚倒是无所谓,而田小野尴尬得快把头低到肚皮上了。

有人认出田小野是于浩的妹妹,小声讨论着他们的来意。田小野不停地掏出手机确认时间,无数次地想以"马上就要上课了"为借口,强行把茱莉亚拖走。

就在离上课铃响只剩最后五分钟的时候,要等的人终于出现了。

"你在这里干什么?"于浩用指尖戳了田小野的肩膀一下,目光却在打量一旁的茱莉亚。他应该认出茱莉亚就是那天阻止田小野结账的男生了,所以表情显得不太友好。

"你过来一下。"

第三章 影帝模式启动

　　茱莉亚颇有大哥气势地对于浩勾了勾手指，示意他跟自己去走廊尽头的平台上。
　　无论是语气还是神态，都像极了小学时埋伏在校门口向低年级学生要钱的不良少年。
　　看到他那游刃有余、驾轻就熟的样子，田小野真怀疑他以前经常干这个。
　　于浩有所警觉，迟疑了一会儿。他见茱莉亚长相清秀，身材纤细，估摸着单挑大概不是自己的对手，没有什么好怕的，于是大摇大摆地跟去了。
　　他俩一走，田小野立即听到教室里传来一阵嘈杂声。回头一看，只见所有人都趴在窗台上，又紧张又兴奋地把脖子伸得老长，向平台方向望去，好像真以为两个人要打架一样。
　　"你以后不要再继续纠缠茱莉亚了。"茱莉亚不客气地说。
　　"你是她什么人？"于浩扬起脖子问。
　　"我是她男朋友。"
　　"你不是我妹的男朋友吗？还说我妹花的都是你的钱。"于浩记忆力很好，把那天的话记得一字不差。他瞥了田小野一眼，仿佛在说："什么情况？"
　　"我花钱在你妹那里买衣服送给茱莉亚，钱都被你妹赚了，我这么说有错吗？"
　　好像没毛病……
　　"我以前怎么没听说茱莉亚有男朋友？"于浩不依不饶地问。
　　"她有男朋友为什么要告诉你？你是她什么人？如果你再敢纠缠她就别怪我对你不客气。"别看茱莉亚的身材并不魁梧，那充满杀伤力的眼神绝对是致命武器。就连见惯大场面的于浩都被他盯得有些慌张，气势上渐渐败下阵来。
　　败下阵来的于浩走回教室，周围的人都可以感受到他的低气压，突然他把矛头指向一声没吭的田小野，凶巴巴地责问："你早就知道了是不是？"
　　田小野吓了一跳，还没来得及吱声，突然响起的上课铃打破了三人之间紧张尴尬的气氛。
　　"好，真有你的。"于浩隔空用手指狠狠地指了田小野几下，愤然掉头走掉了。
　　"关我什么事？怎么变成我的错了？"
　　望着于浩离去的背影，莫名其妙的田小野气得苦笑起来。
　　她一心只想当一个人畜无害的可爱吃瓜群众，没想到却成了于浩眼中的罪魁祸首，真觉得自己比窦娥还冤，明明都是茱莉亚闯的祸啊！关她什么事？

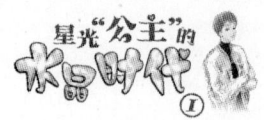

平白无故蒙受不白之冤的田小野郁闷了好几天，不过好在茱莉亚的威胁奏效了，于浩没有再像从前那样无孔不入地纠缠下去。

眨眼间就到了十一长假，其他同学都在欢欢喜喜地享受愉快的假期生活，唯独田小野连懒觉都不敢睡，一大早就准时起床，匆匆吃过早饭后就立即开工了。

距离十月五日的漫展只剩下最后四天时间，她一秒钟都不舍得浪费。

女仆装说来也算是完成了，至少可以上身了，但是离田小野的要求还差很远。

茱莉亚最新订购的玫瑰红缎带昨天才到货，作为整套女仆装的重要装饰物，裙边、颈带、袖带、头带和腰带上都少不了它的点缀。

另外，田小野还嫌弃裙摆不够蓬，想再加一层硬纱衬裙，把裙摆撑起来。

这是她第一次做真人服装，满满的新鲜感和成就感令她充满干劲，决定要利用这最后四天把女仆装做到极致，绝对不能辜负茱莉亚的信任。

她用手指熟练地把一截缎带绕成一个双层蝴蝶结，拉紧后仔细调整了一下形状，然后用剪刀把两条尾巴都剪掉一个小三角形，用打火机小心翼翼地把边缘烧了一下，最后缝在裙子的蕾丝边上。

刚缝好三个，放在枕边的手机突然响了。

没想到居然是郭寒露打来的，又惊又喜的田小野立即丢下手上的活，一把抓起手机。

自从田小野和茱莉亚一起上课后，郭寒露就渐渐和她疏远了。上课时两人不再紧挨着坐在一起，下课后也不再相约一起去食堂或者上自习。从前总是形影不离地并肩走在校园中的两个好朋友，现在就连偶然相遇的机会都不多了。

田小野知道郭寒露疏远她是因为不喜欢茱莉亚。素面朝天的两人跟妆容精致的茱莉亚简直就是两种画风，茱莉亚无论走到哪里都是人群的焦点，而低调的她们却很不习惯。

说实话，就连田小野都不太适应这种备受瞩目的生活，所以不好意思开口劝郭寒露跟她一起忍耐。偏偏茱莉亚被迫每天变装都是被于浩害的，觉得自己也有责任的田小野不忍心丢下茱莉亚不管。

虽然舍不得失去郭寒露这个朋友，但是实在想不出解决办法的田小野，只好选择默认现状和顺其自然，暗暗期盼着能向郭寒露坦白一切的那一天早日到来。

现在看到郭寒露主动联系自己，又开心又兴奋的田小野想也不想就立即接听了电话。

"喂，小野，你知道你哥喜欢吃什么吗？"

第三章 影帝模式启动

"啊?"田小野怎么也想不到郭寒露开口第一句话就是向她打听她哥的口味,一下呆住了。

沉默了两秒钟后,田小野警惕地回答:"他什么都喜欢吃。你问这个干什么?"

"我……我们……"

电话那头的郭寒露显得有些羞涩,吞吞吐吐了好一会儿,才非常娇羞地说出那个田小野最怕听到的答案:"我们今天要约会。"

"什么!"田小野"噌"地一下跳起来,吓得差点儿把手机捏爆,急忙追问,"什么约会?"

"我们已经开始交往了。"

这句话仿佛一个晴天霹雳,田小野顿时觉得眼前一黑,连站都有点儿站不稳了,咆哮般大吼起来:"你们什么时候在一起的?我怎么一点儿都不知道!"

"前几天我上晚自习时遇到他,他突然问我是不是喜欢他。"

回忆起那天的情形,郭寒露仍有点儿陶醉其中,声音里带着蜂蜜般浓浓的甜味,田小野隔着电话都能想象出她盈满幸福的笑容。

"我也不知道怎么回事,晕晕乎乎地就承认了……然后他就约我出去玩……"

"然后你们就开始交往了?"田小野快要急疯了。

她不是不知道郭寒露对于浩有感觉,但是她更了解于浩。

因为颜值高和性格外向,从小到大于浩被不少条件不错的女生追过,但是他从未交过任何一个女朋友。他喜欢的是茱莉亚和TINA那种浑身上下都闪闪发亮的靓丽女性,对郭寒露这种清纯文静、小家碧玉类型的女生从来都是不屑一顾的。

一方面,于浩不可能喜欢郭寒露;另一方面,内向的郭寒露绝对不敢主动表白。两人的关系从开始到结束原本最多只会停留在暧昧阶段,以后变成一段青春回忆,不可能有任何实质性的进展。但是田小野万万没有想到,就在她忙着赶制女仆装的时候,两人居然开始交往了!

"你知不知道他一直在追茱莉亚?"控制不住情绪的田小野高声叫嚷起来。

"我知道。"郭寒露平静地回答,"听说茱莉亚有男朋友,所以他就放弃了。"

没想到郭寒露的消息还挺灵通的。看来那天于浩在教室门外被男装版茱莉亚威胁警告的事情已经在学校传开了。

田小野那仿佛看到世界末日的态度令郭寒露心生不快。她冷冷地问:"你怎么一点儿也不为我高兴啊?"

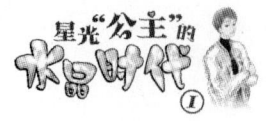

田小野怎么可能高兴得起来？她已经急得开始在房间里团团转了，恨不得马上从手机里钻过去把郭寒露打醒。

"我哥喜欢的不是你这一款，你到底看上他哪一点了？连约会吃饭的地方都要你选？该不会连钱都是你付吧？露露，你别被他骗了！他向我借钱从来不还的！"

"你怎么能这么说你哥呢？"郭寒露听不下去了，生硬地打断田小野掏心掏肺的劝告，"你又不是你哥，怎么知道他不喜欢我？难道你觉得我不如茱莉亚吗？没错，我是没有她漂亮，但是我也没有她那么张扬和浮夸……我有我的优点，凭什么就不配被人喜欢？"

"我不是这个意思，我……"田小野还能说什么？她总算见识到恋爱对女人智商的杀伤力了。现在无论她说什么郭寒露都听不进去，因为郭寒露的智商已经降为零了。

"小野，你变了……"

郭寒露接下来的话让田小野的心彻底凉透了。

"你被茱莉亚带坏了。如果你再跟她混在一起，你也会变得像她那样虚荣和肤浅……"

田小野被噎得说不出话来，没想到郭寒露对茱莉亚的误会竟然这么深。

虽然茱莉亚是有点儿自由散漫和胡作非为，但是绝对跟虚荣和肤浅沾不上边。

被因爱而生的嫉妒蒙蔽双眼的郭寒露先入为主地把茱莉亚当成了一个拜金女，殊不知茱莉亚也是有苦衷的。

田小野不知道该说什么，良久的沉默后，电话被郭寒露挂断了。

听着耳边传来的忙音，田小野呆呆地在原地站了很久很久。

望着桌上做到一半的蝴蝶结，愁容满面的她提不起一点儿干劲。

她断定于浩不可能真心喜欢郭寒露，却不知道该如何劝郭寒露回心转意。如果放任不管，最后郭寒露一定会受到伤害，这是毋庸置疑的。

想来想去，田小野决定向于浩问个清楚。

她怒气冲冲地拨通了于浩的手机，听见手机里传来于浩迷迷糊糊还没睡醒的声音，立即劈头盖脸地一通乱吼："你是不是没钱了？我可以借给你，不要骚扰郭寒露！"

对面的于浩愣了好长一会儿才从混沌状态中苏醒过来，漫不经心地说："我追茱莉亚你反对，追郭寒露你也不高兴，你到底有什么毛病？你是我妈还是我爸？"

"她是我最好的朋友，我不许你伤害她！你是为了报复我没有告诉你茱莉亚有男

朋友？就算你被茱莉亚甩了也不能拿无辜的人来撒气吧？"

"我喜欢她怎么就伤害她了？"于浩冷笑着，不耐烦地问。

"你一个礼拜前还在追茱莉亚，怎么这么快就移情别恋了？"

"既然被甩了，当然要找其他人重新开始啊。她长得挺可爱，性格单纯，而且对我又好。反正她自己愿意，我又没有什么损失，不要白不要嘛。"

"你怎么能这样？"

田小野越是愤怒着急，于浩就越是慢条斯理，仿佛这样可以带给他发泄和复仇的快感。

"你说完了没有？我还要睡觉呢，拜拜。"

于浩丢下这句话后不等田小野回答，就毫不客气地把电话挂断了。

田小野气得胸口一阵闷痛，憋了一肚子火。

从于浩刚才的态度中听不出一点儿他对郭寒露的真心，郭寒露果然是被他当作报复和发泄的工具，但是田小野除了急得团团转之外什么都做不了。

整个上午，田小野一直都心神不宁。

明明十分钟就能完成一个的蝴蝶结，拖到半个小时都做不好一个，而且手指头还被扎了好几下，痛得她龇牙咧嘴。

虽然人还坐在房间里，但是心思早就飞走了。混乱的脑袋里塞满了郭寒露和于浩的话，引起阵阵胀痛。

于浩不负责任，郭寒露执迷不悟，他俩一个愿打一个愿挨，田小野只能眼巴巴地干着急。

"笃笃笃。"突然响起的敲门声打断了她的思绪，抬头一看，只见茱莉亚拿着手机走进来。

最近于浩没有再出现，他开始恢复男装打扮。头发乱糟糟的，眼皮耷拉着，一看就是刚起床。昨天他说好今天要来帮忙，所以田小野特意给他留了门，没想到他一觉睡到这时候。

"你中午吃什么？"茱莉亚一边问，一边打开外卖APP（手机软件）。

"随便。"头痛欲裂的田小野懒得思考这个问题。

虽然只是简简单单的两个字，而且田小野还特意压制了怒气，但是语气中依然充满掩饰不住的浓烈硝烟味，令茱莉亚从中嗅出一丝不同寻常的气息。

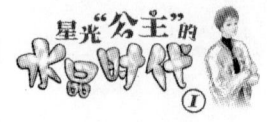

"你怎么了？一大早就吃炸药了？我不是故意睡懒觉的，一不小心就睡过头了，明天保证早点儿起床过来帮忙。"茱莉亚还以为田小野是在生自己的气，连忙挤出笑容赔礼道歉。

"你坐下来，我跟你说件事。"盘腿坐在床边的田小野放下手上的活，拍了拍床沿。

"严重吗？"睡眼惺忪的茱莉亚这时已经睡意全无了，警觉地走了过去。

田小野神色凝重地点了点头。

茱莉亚深深地咽了一口口水，脑海中闪过无数比原子弹爆炸还可怕的答案，没想到最后听到的却是一句："我哥和郭寒露在一起了。"

"什么？"茱莉亚屁股刚落下就弹了起来，站在半步之外盯着神情严肃的田小野。

短暂的惊讶过后，无法抑制的兴奋和喜悦吞噬了他的理智，令他的嘴角和眉毛都高高地飞扬起来。他已经顾不上保持形象了，像个猴子似的非常夸张地叫道："那太好了！我终于解脱了！我要点一个超大装、双倍芝士的海鲜狂欢比萨庆祝一下！"就差没有放鞭炮庆祝了。

"好什么好啊！我哥怎么可能是真心的？他在玩弄别人的感情！"

看到茱莉亚兴奋得语无伦次、手舞足蹈的样子，田小野恨不得一个巴掌扇过去。他居然开心成这样，把为此烦恼了一个上午的自己衬托得像傻瓜一样。

"谈恋爱是两个人的事，你瞎操心也没用。"稍微冷静下来后，茱莉亚对双眉倒立的田小野挥了挥手，"说不定你哥在我这里碰了钉子以后就幡然醒悟，找到身边的真爱了。"

"他刚才亲口告诉我，他觉得不要白不要。"

"那也不关你的事。"

田小野重重强调，但茱莉亚连眼皮都不抬，哼着小曲继续点外卖。

"怎么不关我的事？她是我朋友！"

"如果你强迫她分手，估计你们连朋友都没得做了，况且你也没有这个权利。现在这个时代，连父母都不能包办婚姻了。她自己不醒悟，谁劝都没用。"

茱莉亚一副事不关己高高挂起的样子，滔滔不绝地安抚田小野。

田小野还是第一次知道原来他的嘴皮子这么利索。

"你懂什么啊！明知道我哥对她不是认真的，怎么能眼睁睁看着她往火坑里跳呢？"

"她自己乐意，我们能怎么办？"

这句话狠狠地戳到田小野的痛处。痛得田小野捂住心口，喘不上气，算了，懒得跟他多说。还以为他会跟自己站在一条战线上呢，真是太高估他的道德情操了。

最终茱莉亚还是点了海鲜狂欢比萨与田小野一起分享。

在美食的治愈下，田小野急躁的心渐渐平静下来。

其实茱莉亚说得对，恋爱是两个人的事情，就算她着急也没用。说不定于浩一开始抱着不在意的心态，但是在交往过程中，被郭寒露的真心打动了呢？

无计可施的田小野只能尽量往好的方面想，自己安慰自己，勉强把注意力重新集中到手边的工作上来。

蝴蝶结全部缝好后，她开始剪裁衬裙。繁复的装饰令裙子变得很重，她足足用了三层衬裙才让裙子蓬起来。但是，裙子一动不动地穿在模特身上的确很好看，而如果穿在四处走动的真人身上，她担心时间一长就会变形，裙摆会歪斜甚至塌陷下去。

为了解决这个问题，她决定在衬裙里再加入一圈鸟笼状的细铁丝，用来固定裙摆的形状。

这么一忙活，眨眼间就到晚上了。

"哎哟，好痛啊！你戳到我了！"茱莉亚低头对蹲在自己脚边的田小野小声抱怨。

为了让裙摆形状更适合茱莉亚的身材，在田小野的建议下，茱莉亚已经把裙子穿在身上了。而田小野则蹲在地上，仔细地调整着铁丝的形状。

铁丝都是刚剪断的，切口尖锐锋利，一不小心就会被划伤。

"对不起，对不起……等会儿我把铁丝两头都包上彩陶泥，就不怕划伤了。"

就像伞骨最外端包的小塑料帽一样，用做耳饰和挂饰的彩陶泥把切口包起来，就算贴身摩擦也不会刮伤皮肤，只不过在田小野把铁丝的形状调好前，需要茱莉亚暂时忍耐一下。

"你怎么心不在焉的，还在担心郭寒露吗？"

已经被铁丝戳了四五下的茱莉亚早就发现田小野状态不佳了。如果再不问，他细嫩白皙的小纤腰就要被戳出血道子了。

说不担心是假的，一想到郭寒露这时正在和于浩共进晚餐，田小野的心中就不是滋味。偏偏无论怎么做都会伤害到郭寒露的感情，她实在想不出两全其美的法子来解决。

"如果你真这么在意的话……"茱莉亚无奈地叹了一口气，下了很大的决心似的说，"我倒是有个办法可以让他们马上分手。"

要不是看到田小野愁眉苦脸的样子着实可怜，他真不想蹚这浑水。

"什么办法？"田小野猛抬头时手用力一抖，又把茱莉亚扎得大叫起来。

"哎哟，你轻点儿！"茱莉亚弹开半步，揉了揉侧腰被扎痛的地方，撇了撇嘴说，"办法有是有，不过我会给自己招来很大的麻烦，所以事成之后你必须答应我一件事才行。"

"别说一件了，十件都可以。"

如果茱莉亚说的是真的，让田小野把他当成菩萨供起来都行。

田小野用信徒般虔诚的目光凝视着散发出大神光芒的茱莉亚，双眼都开始放光了。

茱莉亚不忍心扫她的兴，咬咬牙，把心一横，伸出手说："你把你哥的电话号码给我。"

"你想干什么？"田小野有所戒备，警惕地问。毕竟茱莉亚曾经威胁过于浩，田小野担心这次他又故技重施，通过恐吓的手段逼于浩和郭寒露分手。

"让你给你就给，问这么多干什么？你还想不想让他们分手了？"

在茱莉亚强势的态度下，田小野不敢再追问了。

她怀着忐忑不安的心情，从通讯录里翻出于浩的号码，把整部手机交到茱莉亚手中。

田小野以为茱莉亚会用她的手机给于浩打过去，因为对于浩避之不及的茱莉亚不可能让于浩知道他的联系方式。但是，令田小野意外的是，茱莉亚居然拿出他自己的手机，对着页面上的号码输入后，拨打了过去。

"喂……"不一会儿，对面就传来于浩不耐烦的声音。通常在接到一个陌生号码的来电时，一般人都会当成广告推销或者诈骗来处理，语气不会太友善。

"喂……"茱莉亚展现出卓越的专业技能，一开口就变声了。不仅从男声变成女声，而且把刚才那高高在上的语气，瞬间变成了惹人怜爱的嘤嘤哭腔。

于浩立刻愣住了，隐约猜出是茱莉亚的声音，却不敢相信茱莉亚会主动联系他，一时间没敢吱声。

除了于浩之外，正盯着茱莉亚讲电话的田小野更被吓得心脏都差点儿跳出来。

"你干什么啊？"田小野起身冲到茱莉亚面前，不敢发出声音，只用嘴型冲他大吼。

谁知茱莉亚根本不理她，背过身去，对着墙壁继续说："我跟男朋友分手了，现在心里很难过……"

说着说着就低声抽噎起来，那断断续续吸气的声音听上去倒真像哭得很伤心，但是眼睛里面却连半滴泪水都没有，而且嘴角还带着一丝邪恶的奸笑。

天啊！田小野全身都绷直了，急得用双手在头上一阵乱抓，把满脑袋头发都抓成了一团鸟窝。如果手机有插头的话，她肯定会立即冲过去，一把把插头拔出来！

"他一点儿都不理解我，想让我放弃做主播……为了这件事，我们已经吵过很多次架了……知道我有男朋友的，都不知道我在做主播；知道我做主播的，都不知道我有男朋友……只有你两件事都知道，你能陪我聊聊天吗？"

不愧是靠声音模仿走红的网络红人，茱莉亚神一般的演技简直是登峰造极！从声音中完全听不出任何破绽，就连明知道他在说谎的田小野都差点儿被他的深情演绎给骗了。

"好了，搞定了。"

不等田小野从震惊中回过神来，茱莉亚已经挂断电话，回过头来竖起两根指头，得意扬扬地冲她摆了一个"V"。

一秒钟入戏，一秒钟出戏，切换自如，毫无痕迹，简直就是神乎其技！对这段满分演技田小野佩服得五体投地。

紧接着，茱莉亚的手机里连续传来"叮叮叮"的几声响，好像是微信的提示音。

茱莉亚咧着嘴，好像觉得很恶心似的，一副忍受着极大痛苦的表情，认真地埋头回复。

"你干什么？"田小野冲过去一把抢走他的手机，低头一看，果然是于浩发来的。

"你不要难过了。"末尾还跟着一个"抱抱"的表情，难怪把茱莉亚恶心得翻白眼。

都说恋爱中的人智商为零，不仅是郭寒露，就连于浩都没能逃过这个魔咒。只要稍微思考一下，就知道这是茱莉亚的诡计，但是居然就连自诩聪明盖世的于浩都中招了。

就在田小野和茱莉亚对视的这几秒钟里，于浩又发来三条关切的慰问。

"不开心可以跟我说。""我理解你。""在吗？"

"你再不让我回复就穿帮了。"茱莉亚伸手向田小野讨要手机。

田小野一个头两个大，又急又气地低吼道："你好不容易摆脱他，又招惹他干什么？"

况且这已经不是招惹，简直就是引火烧身……

对一个疯狂追求过自己的人说跟男朋友吵架，这背后隐藏的深意就算是傻子都能猜出来，何况是于浩这种精明狡猾的老手。

茱莉亚长叹一声说："你以为我愿意招惹他啊？为了拯救你亲爱的好闺蜜，我只能大公无私地牺牲一下可怜的自己了。"

"如果他知道你这样耍他，肯定不会善罢甘休的！"

田小野最清楚于浩那睚眦必报的脾气，担心茱莉亚惹祸上身，把事情越闹越大。

见田小野还是攥紧手机，不肯给他，茱莉亚只好无奈地收起刚才那半开玩笑的态

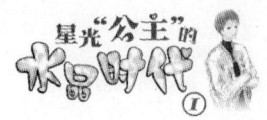

度，一本正经地对她解释道："怎么会一直骗呢？当然是该收手时就收手啦。你放心吧，等确定他和郭寒露已经断绝来往后，我就随便找个借口甩掉他。到时候就算他想再跟郭寒露复合，认清他真面目的郭寒露也不一定会搭理他了。这不就皆大欢喜了吗？"

田小野以为茱莉亚只是一时兴起，而对于茱莉亚来说，这个别人眼中的荒唐决定却是他经过深思熟虑得出的结果。

虽然他对郭寒露和于浩的关系不感兴趣，但是看到田小野为了这件事黯然伤神、牵肠挂肚的样子，他忽然有些心疼，产生了一种要帮她排忧解难的使命感。

就在他俩沉默对视的时候，于浩又发来一条微信。

清脆的响声打破了两人之间沉郁的气氛，田小野认输似的垂下眼睑，轻轻地抬起手，把手机还了回去，仿佛在说："算了，随便你。"

茱莉亚扬起嘴角，甜甜一笑，一把接过手机开始跟于浩聊起天来。

与此同时，市中心繁华热闹的街道上，郭寒露正挽着于浩的胳膊行走在熙熙攘攘的人群中。

因为正值十一长假，步行街上行人很多，大部分都是出来约会的年轻情侣。

被彩灯装点得火树银花的夜景让店铺林立的街道变得更加浪漫，经过正在喷水的音乐喷泉时，郭寒露学着其他人的样子，轻轻地把头靠在于浩的胳膊上。

一直低着头玩手机的于浩没有任何反应，仿佛是默认了郭寒露的亲昵举动。

她以为这是于浩接纳自己的表现，忍不住露出幸福的笑容。但是过了一会儿，她渐渐意识到于浩不是默认她的举动，而是压根儿没有工夫搭理她，一直忙着跟什么人在微信上聊天。

只见于浩右手拇指灵活地点击着屏幕上的键盘，飞快地输入文字，嘴角还挂着憨傻的笑容，不过这笑容不是为了身边的郭寒露，而是为了屏幕另一端的茱莉亚流露出来的。

"你在跟谁发微信呢？"郭寒露终于忍不住了，酸溜溜地问道。

明明吃饭的时候还好好的，两个人有说有笑，在外人眼中就是一对幸福甜蜜的小情侣，但是自从于浩接了一个电话后，他的心就飞走了，一路上光顾着发微信，一句话都不说。

"有个朋友失恋了，我正在安慰她。"于浩头也不抬地敷衍道。

"是男朋友还是女朋友啊？"郭寒露别有深意地问。

正和茉莉亚聊得火热的于浩突然听到这种女朋友吃醋时的经典问句，就像睡着的人耳朵眼里突然被灌入一股冷水一样，猛地打了一个激灵。

他终于舍得把视线从手机屏幕上移开了，冷漠地瞥了郭寒露一眼，简洁而生硬地回答道："男的。"

郭寒露一下生气了，尖叫道："刚才给你打电话的明明是女人的声音。"

于浩突然停下脚步，站在人来人往的街道上，直勾勾地俯视着还挽着自己胳膊的郭寒露，一声不吭。

那混合着轻蔑和同情，甚至还有一点儿嘲讽的眼神令郭寒露有点儿心慌。

她忐忑地问了一声："怎么了？"僵硬的表情中带着一点儿畏惧，心跳骤然加速。

于浩突然冷笑起来，反过来质问她："你什么意思？我跟谁聊天关你什么事？"

郭寒露一下呆住了，万万没有想到吃饭时还跟她有说有笑的于浩翻脸比翻书还快。她觉得自己就像突然被丢到天寒地冻的北极一样，强烈的温差变化令她的大脑都停止了运作。

"你现在是在跟我约会。"

郭寒露气极反笑，尝试着找回主动权，然而于浩的回答却是当头一棒。

"等一下，你误会了。"

于浩拂开郭寒露挽着他胳膊的手，向后退开半步，用这样的动作与郭寒露划清界限。

"我们只是出来吃顿饭，并不是约会。现在我有点儿急事，要先回去了。"

撂下这句话后，于浩连一句道歉都没有，头也不回地走了。

望着他绝情离去的背影，好像一片浮萍似的被他丢在茫茫人海中的郭寒露整个人都是蒙的。她呆呆地在原地站了很久，一动不动地注视着于浩离去的方向，仿佛心里还有一丝"他能回来"的奢望。

来往行人都对她投来好奇的目光，还有人指指点点，窃窃议论。

郭寒露知道，在这些人眼中自己一定很傻，很可怜，但是她已经顾不上别人怎么想了，从未有过的屈辱和悲痛涌上心头，化为苦涩的眼泪盈满酸涩胀痛的眼眶。

直到拂面而来的夜风吹醒了她，她才回过神来，抬手揩去眼泪，埋头冲出了嘈杂的人群……

三天后——

"总算完成了！"田小野大叫一声，把手上的针一扔，倒在床上，整个人与柔软

的床垫融为一体，感到前所未有的放松和愉快。

虽然疲惫的身体连移动都觉得费劲，但是她的精神却十分满足，闭上眼睛觉得眼皮热乎乎的，不知道这是不是热泪盈眶的感觉。

"你太棒了！"同样感动得泪流满面的茉莉亚把刚刚完工的女仆装抱在怀里，爱不释手地来回抚摸着，脸上洋溢着陶醉的笑容。

明天就是漫展了，不仅女仆装顺利完成，就连配套的皮鞋和假发也都大功告成，茉莉亚已经迫不及待地想要试穿了。

就在他抱起那一大堆行头，想要返回自己房间时，落在田小野床边的手机突然响了一声。

不用看就知道，一定又是于浩发来的。

自从长假第一天茉莉亚主动给于浩打去那通电话后，他的微信就再也没有断过，全都是于浩发来嘘寒问暖的。说好听点儿是关怀备至，说难听点儿就是随时准备着乘虚而入，把茉莉亚发展成自己的女朋友。

茉莉亚一边假惺惺地跟于浩聊得火热，一边陷入自我厌弃的泥潭，已经快要患上人格分裂症了。

田小野既担心东窗事发，又佩服他把于浩耍得团团转的本事。

"做完你的女仆装，不知道什么时候还能再做真人的衣服了。"就在茉莉亚回复于浩时，田小野躺在床上自言自语。

身为服装设计系的学生，她无论课上还是课下都画过不少设计图，但是一直没有机会让她把设计图变为成衣。

"有空把你的设计图整理一下，都给我看看。我挑几张喜欢的，你帮我做出来吧。"茉莉亚倒是不介意为田小野的才华买单。经过这次合作，他都快变成田小野的粉丝了。

"笃笃笃——"突然响起的敲门声打断了两人的谈话。

无论是呈大字形躺在床上的田小野，还是抱着全套女仆装正向门口走去的茉莉亚都愣住了。他们没有点餐，不可能是外卖。

两人脑海中迅速闪过一个不祥的念头。

"难道是你哥？"吓得魂飞魄散的茉莉亚飞快地冲到田小野面前，急得六神无主。

他现在可是男装，要是被于浩撞见了，应该怎么解释啊？

田小野抛给他一个"别怕，稳住"的眼神，朝门外问了一句："谁啊？"

"小野……"门外传来一个低沉可怜的女声。

谢天谢地不是于浩！两人都像劫后余生似的，不约而同地拍了拍胸口。

"好像是露露。"田小野对茱莉亚说。

茱莉亚用嘴型对田小野说："那我怎么办啊？"

郭寒露没有见过男装版的茱莉亚，如果她看到田小野跟一个陌生的漂亮男生共处一室（更要命的是茱莉亚还穿着睡衣），那就真是跳进黄河也洗不清了！

意识到事情的严重性后，田小野二话不说站起来，直接把怀里还抱着女仆装的茱莉亚推进卫生间，"啪"地关上门。就像朋友突然到访时，邋遢的女主人手忙脚乱地把家里的所有垃圾统统塞进柜子里一样。此时此刻，茱莉亚受到的待遇和碍眼的垃圾毫无区别。

"露露，你怎么来了？"处理完茱莉亚后，田小野连忙跑去给郭寒露开门。

打开门，只见郭寒露双眼红肿，脸色苍白，模样憔悴得田小野都不敢认了。

"你怎么了？"田小野急忙把郭寒露拉进房间。

"小野，我到底做错了什么？"郭寒露坐在床边，一开口就忍不住呜呜啜泣起来。

"出什么事了？你慢慢说。"从来没有见过她这副模样，田小野一边问，一边轻轻地拍了拍她的背。

"那天我们出去吃过饭以后，他把我一个人扔在街上，自己走了……我以为他后来会向我道歉，但是他一点儿动静都没有……我忍不住给他发短信，他一直不回我，打电话他也不接，我不知道到底怎么了，为什么他突然就不理我了？"

郭寒露越说越伤心，靠在田小野怀中大哭起来。田小野一听就猜到她说的是于浩，刚要好好安慰，突然听到身旁传来"叮"的一声，原来是床上的手机响了一下。

田小野瞥了一眼，没有理，专心安慰郭寒露："他就是那种人，我早就跟你说过了……"

"叮。"又响了一声。

田小野依然不理，继续说："你别难过，我陪你出去好好吃一顿，把他忘了吧。"

"叮。"已经是第三声了。

"你看吧，没事。"郭寒露擦去眼泪，坐直身体。

这下尴尬了，不是田小野不看，而是想看也看不到——因为那是茱莉亚的手机。

刚才她忙着把茱莉亚塞进卫生间，忘了他的手机还落在床上。

不等田小野想到如何回答，手机又"叮叮叮"地连响三声。

这下，郭寒露从田小野的表情上察觉到异状，歪着头问："怎么了？"

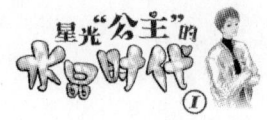

"这……不是我的手机……"田小野只好说实话。

郭寒露愣住了。就在这时,卫生间里传来冲水声,紧接着,躲在里面的茱莉亚大大方方地走了出来。

万万没想到房间里还有其他人,郭寒露吓得张大嘴巴,差点儿站起来。

田小野无奈地拍了拍额头,只觉得头痛欲裂,两眼发黑,一个字都不想多说。

与几分钟前被田小野硬塞进卫生间时的状态不同,现在的茱莉亚已经穿上女仆装,戴上蓬松的金色假发,虽然没有化妆,却可以让郭寒露一眼认出他不是什么奇怪的男人,而是住在田小野隔壁的茱莉亚。

冲水是为了演戏演全套,这样郭寒露就不会傻到问"你为什么在卫生间里"了。

在郭寒露和田小野四只眼睛的注视下,茱莉亚就像没事似的,径直走到床边,拿起手机回复信息。

田小野房间里可以坐的地方就只有那张床,现在床上已经坐了田小野和郭寒露两个人,没有其他空间了。茱莉亚只好背靠床脚,大大咧咧地坐在铺着方格拼图泡沫垫的地上。

他不拿自己当外人,坐在地上不走,田小野作为主人都不说话,郭寒露就更没有资格撵他了。

尴尬的气氛持续了两分钟,稍微平复下来的郭寒露吸了吸鼻子,收起哭腔,用还算淡定冷静的声音,轻轻说道:"小野,我不想跟他分手,你能帮我劝劝他吗?"

原来这就是郭寒露今日前来的目的。

田小野一听头都炸了,抬高嗓门低吼道:"你怎么还不清醒呢?他根本就不喜欢你。"

"叮"。

"可是……我真的很喜欢他……"

"他都不理你了,你何必缠着他不放?"

"叮"。

"我不想就这样错过……"

"就算你们真的在一起了,他也不会珍惜你的。"

"我只想……"

"叮"。

"你能不能把声音关掉!"田小野忍无可忍了,直接伸脚踹了茱莉亚的肩膀一下。郭寒露失恋了,她正在开导她,这么严肃的场面,茱莉亚的手机却不停传来煞风景

的铃声。

就是田小野的这句话,令郭寒露把注意力转移到茱莉亚的手机上。

郭寒露坐在床沿,而茱莉亚坐在地上,郭寒露一低头正好看到手机屏上那个熟悉的头像——居然是于浩!

郭寒露接下来的举动就像一头暴怒的猛兽。

她一把抢走茱莉亚的手机,不等茱莉亚和田小野反应过来,就翻看起聊天记录。这下终于知道于浩为什么不理她了,整天跟茱莉亚聊得热火朝天的于浩哪有心思理她?

她气得浑身发抖,连哭都哭不出来,精神快要崩溃了。

"你干什么!"茱莉亚站起来,朝她低吼。

"这是怎么回事?他是我的男朋友!"郭寒露用颤抖的右手捏紧手机,歇斯底里地质问茱莉亚,要不是田小野紧紧抱住她,只怕她已经把手机砸到茱莉亚头上了。

茱莉亚让着她,没有吭声。

田小野紧紧抱住向前猛扑的郭寒露,拼命对他使眼色:"快走快走!"

不走郭寒露就要失控了。

没有办法,茱莉亚只好叹了一口气,把所有想说的话都咽回肚子里,默默地转身离开,回到自己的房间去了。

第四章
二次元新世界

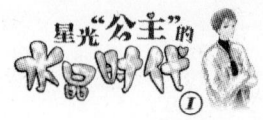

茱莉亚离开后,郭寒露突然爆发似的,一下哭出声来。她睁着发红的双眼,尖声尖气地严厉质问田小野:"你怎么能跟这种人做朋友?"

看到郭寒露哭得声嘶力竭的样子,田小野轻轻搂住她颤抖的肩膀安慰道:"别难过了……既然我哥这么绝情,你就忘掉他吧……"

这时候田小野可不敢说什么"茱莉亚这么做是为了你好"之类的大实话,只能让茱莉亚受点儿委屈了。反正当初他主动找于浩的时候,应该早就猜到会背下这个黑锅了。

谁料郭寒露不依不饶地抓住田小野的手,气冲冲地说:"小野,你答应我,以后别跟她来往了好不好?因为有她在,我们好久没有一起上下课、一起吃饭了……"

"唉……"田小野长长地叹了一口气。

一方面舍不得郭寒露这个好闺蜜,另一方面又觉得对不起茱莉亚。看到郭寒露哭得梨花带雨、可怜兮兮的样子,她只好违心地答应道:"你别哭了,我以后少跟茱莉亚来往就是了……"

反正郭寒露不知道茱莉亚有男版和女版两个版本,茱莉亚以前只在直播时才是女生装扮,等以后他彻底摆脱于浩的纠缠后,郭寒露就不会在三次元见到"她"了。

女仆装完成后,田小野不仅可以脱离熬夜的苦海,而且网上银行还有四位数的收入进账,令她在精神上找到了"我是有钱人"的自信,花起钱来不用再精打细算了。

于是,好不容易把郭寒露安慰到不哭后,她主动提出请郭寒露去甜品店吃蛋糕。

都说甜食是治疗压力过大和失恋悲伤的特效药,果然是有道理的。当精美绝伦的三层巧克力冰淇淋蛋糕摆上桌子后,立即填补了郭寒露心中因为失恋留下的缺口,令她暂时忘掉了所有的不开心,兴奋地掏出手机开启了疯狂的拍照模式。

虽然这款蛋糕的价格令田小野肉痛,但是一想到造成郭寒露悲痛欲绝的两大元凶,不是跟自己有血缘关系的哥哥,就是为了帮自己才舍生取义的邻居,就深感知道所有内幕的自己难辞其咎,于情于理都该出一出血。

享用美食时,田小野还不忘在心中默默祈祷:露露,你一定要原谅我啊。我这么做都是为了你好,我哥不是省油的灯,跟他在一起注定没有什么好结果……

大吃一顿后,田小野非常绅士地把情绪平静下来的郭寒露送回寝室,才回到自己的租住房。回房休息之前,她先去敲了敲茱莉亚的门,毕竟郭寒露误会茱莉亚了,要向他道歉才行。

"她不哭了吧?"茱莉亚盘腿坐在电脑前看好莱坞枪战片,一边向嘴里塞薯片,

一边漫不经心地发问。电影正好演到正邪双方激烈火拼的精彩之处，他盯着屏幕连头也不回。

"不哭了，也答应我不再联系我哥了……"田小野不安地注视着他覆盖着柔软短发的后脑勺儿，低低地说，"对不起，下午把你赶走了……"

"没事儿，你安慰好她就行。"茱莉亚抬了抬手，双眼依旧直勾勾地盯在屏幕上。

看到茱莉亚没有工夫理她，本来还想道歉的田小野有点儿不知所措了。转身就走，好像不太合适，显得没有道歉的诚意；继续留在这里又不知道该说什么，反而打搅了他看大片的雅兴。正在她犹豫不决之际，茱莉亚忽然缓缓转过头来。

"怎么了？"嘴里还嚼着薯片的茱莉亚口齿不清地问。

田小野从他清澈的眼神中看出他根本没把今天的事放在心上，越发觉得对不起他了。

他忽然笑了一声，做作而夸张地叹了一口气，自怜自艾地感慨道："他们不是如你所愿地顺利分手了吗？你怎么还不开心？我把自己都搭进去了，就是为了让你笑一笑，结果你还是愁眉苦脸的……唉，我的一番苦心全喂狗了……"

看着茱莉亚故意装出的痛心模样，田小野觉得又可怜又可气又可笑，在心底长叹了一声。

"那个……"害怕这个要求会伤茱莉亚的心，田小野鼓起很大的勇气才忐忑不安地低声提出，"你暂时别跟我一起去学校了，我怕她会不开心……"

"好啊。"茱莉亚非常爽快地一口答应，继续向嘴里塞薯片，咬得"咔哧咔哧"响。

田小野有点儿惊讶，呆呆地望着他，完全看不出他有任何不开心。正因为如此，田小野心中的愧疚感变得更深了，自己都瞧不起过河拆桥的自己。但是没有办法，谁让她已经答应郭寒露不跟茱莉亚来往了呢？

"对不起……"田小野满怀歉疚地深深低下了头。

"嘴上说对不起有什么用？你要真想道歉的话，去把那个盒子打开。"茱莉亚把目光从屏幕上移开两秒钟，匆匆地指了指放在墙边的一个纸盒。

那是一个网店用来寄衣服的飞机盒，表面印着华丽可爱的玫红色少女字体的logo（标志），以及一个公主风的精美城堡图案。充满动漫气息的设计令田小野有种不祥的预感。

她轻轻揭开盒盖，蓬松的半透明蕾丝花边就像被煮爆的鸡蛋似的，"哗啦"一下弹了出来。

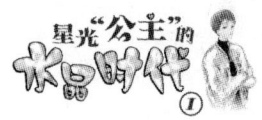

"这是什么?"田小野忍不住惊嚷起来,太阳穴下突突跳动的青筋差点儿暴出来。

她把衣服提起来抖了抖,一套黑白的华丽女仆装赫然出现在眼前。虽然没有自己刚刚完成的那套精美,但也算得上是高级品了。

领口上系着黑色的蝴蝶结,白色的中长喇叭袖的袖口处做了三层飘逸的荷叶边,还有交叉绑带的黑皮束腰,以及配套的头饰和长筒袜。

不等田小野开口细问,茱莉亚说道:"这是我以前买的。"

他终于不看电影了,带着一脸坏笑回过头来,饶有兴趣地欣赏着田小野被吓得目瞪口呆的表情,邪恶地说:"你不是说过,只要我让郭寒露和于浩分手就答应我一件事吗?"

听到这句话的瞬间,田小野的脑海中只浮现出一句话——出来混,迟早是要还的。

果然,紧接着就听茱莉亚说:"我要你穿上这件女仆装,明天跟我一起去漫展。"

"什么!"田小野只觉得两眼一黑,差点儿昏过去。

不要说这种层层叠叠缀满蕾丝的女仆装了,她连普通的超短裙都很少穿,衣柜里不是朴素的套头娃娃衫就是千篇一律的牛仔裤。要她穿这么夸张的动漫服装出现在众目睽睽之下,比让她穿比基尼上沙滩还难受。

茱莉亚不管田小野内心如何抗拒,坏笑着捏起下巴,从上到下仔仔细细地把她打量了一遍,云淡风轻地说:"你的身材和我差不多,应该能穿,拿回去试试吧。"

"身材差不多是什么意思?"田小野丢给他一个大白眼。作为一个女生,身材和男生差不多可不是一件值得高兴的事情。

"就是身高差不多的意思,你想到哪儿去了?"

茱莉亚的身高在男生中算中等,而田小野在女生中算高挑,所以两个人的身高不相上下。

"好吧,说到做到,这次就答应你了。"田小野举手投降。

第二天,广大动漫爱好者终于迎来了本地一年一度的最盛大的"YAHO 动漫节"。在圈内人士的眼中,这是一个可以呼朋唤友、释放自我的欢乐盛典,但是在圈外人士的眼中,用"群魔乱舞"和"叹为观止"来形容也不为过。

从地铁站到会展中心的人行道上,除了那些穿着宽大 T 恤和牛仔裤、背着斜挎包、戴着眼镜的标准宅男,就是混杂在其中的戴着五颜六色的假发、化着艳丽妆容、身穿奇装异服的 coser(角色扮演者)。与他们浓艳的妆容相比,茱莉亚的女仆装真的算是

这股"泥石流"中的"小清新"了。

"我是谁?""我为什么在这里?""我为什么穿成这样?"从大清早被茱莉亚从床上拖起来,强迫换上女仆装开始,田小野就陷入了这样的哲学思考中无法自拔,处于灵魂脱离的状态。

"YAHO动漫节"是一个为期三天的大型综合性漫展。说漫展也许有点儿不科学,因为在这里几乎看不到"漫画书"的身影,但是"动漫文化的气氛"却无处不在,浓烈的动漫气息弥散在这个聚集了近万人的奇异空间中。

几千平方米的主会场里挤满了各种展位,有装修得大气恢宏的企业展位,也有摆满琳琅满目原创商品的私人展位,有卖书的,也有卖周边产品的,还有卖饮料和快餐的。会场里分布着三个舞台,轮流举办着各种活动,签售会、见面会、竞技赛、歌舞赛等,应有尽有。

来看漫展的人,有形单影只的,也有出双入对的,还有三三两两的,更有人成群结队地组团行动(估计是一个社团来参加比赛的)。有的人提着大大小小的购物袋忙碌地穿梭其中,有的人好奇地东张西望,还有人凑在一起热闹地促膝畅聊。

如此拥挤的会场中,总有一些地方被人群里三层外三层地围得水泄不通。凑近了仔细一看,一般都是一群脖子上挂着高级单反相机的摄影宅男,围着美少女coser狂按快门。

田小野这辈子做梦都不会想到,她居然也有被二三十个男生围着拍照的一天……

"可以给你们拍几张照吗?"

首先是一个蓄着小山羊胡、戴着渔夫帽、颇有文艺气息的男生走过来提出请求,不等生平第一次被异性搭讪的田小野反应过来,茱莉亚就已经爽快地答应了,还立刻对着镜头非常专业地摆出"头痛""牙痛""腰痛""腿痛""肚子痛"的经典五连拍。

紧接着,其他嗅到美少女气息的宅男也都兴冲冲地围了过来,不一会儿就围满一大圈。在四周"咔嚓咔嚓"连续不断的快门声中,茱莉亚熟练地做出一连串可以称得上画报级别的美少女专用pose(姿势)。

内八字啊、剪刀手啊这些入门级的就不用说了,还有一些田小野根本听不懂的专业名词,什么"nikonikoni手势(弯曲中指和无名指)""tehepero吐舌(吐舌头加眨眼,有时会轻敲自己的头,最早是声优日笠阳子的自创词,后来随着《轻音少女》的热播而再度升温)""丘比的凝视(把双眼睁成浑圆状的善良而真诚的凝视,出自《魔法少女小圆》)"……

反正最后茉莉亚做出来的全都是田小野不忍直视的卖萌动作，然而摄影师们却异常兴奋，大声叫好。

真是越来越搞不懂这个世界了！田小野像一根木头似的站在一旁，傻乎乎地注视着他的精彩表演。

"你们两个可以一起拍几张吗？"这时终于有人发现了站在一旁当背景的田小野，笑眯眯地邀请她跟茉莉亚站在一起。

说实话田小野心中真有一百个不愿意，吓得摇头加摆手，直往外面退。这时茉莉亚突然跳过来，亲密地搂住她的肩膀，瞬间只听"咔嚓咔嚓"声好像放鞭炮似的疯狂响起，田小野的眼睛都快被闪光灯闪花了。

明明她就快要退出包围圈了，但是茉莉亚一扑过来，包围圈也随即跟着移动，又让她变成了人群的中心。

"可以笑一笑吗？"有摄影师歪着脖子对田小野提出了要求。

身体僵硬、满脸倦容的田小野与热情活泼、表情生动的茉莉亚搭配起来，完全就不是一个画风。听到这个要求后，田小野的内心台词是："我保证不哭可以吗……"

"今天就拍到这里吧，我们要去逛逛了。"茉莉亚微笑着对大家挥了挥手，拉着田小野转身撤离。不少拍得正起劲儿的摄影师都发出遗憾的叹息。

"对不起，请让一让，让一让——"茉莉亚费力地拨开人群，伸长脖子向外挤去。

虽然意犹未尽的摄影师们都礼貌地缓缓让出一条路，但是田小野依然有种在满员地铁里挤破头皮的感觉。

好不容易挤出人群，两人坐在室外的花坛边谈话。与充斥着汗臭味、喧哗声、奇装异服的混乱主会场不同，这里清新的空气中还带着淡淡的花香，偶尔还能听到婉转的鸟鸣。除了稍远处的长椅上坐着几个正在埋头打掌机游戏的宅男之外，附近就再也没有其他人了。

"啊，原来那么小的孩子也会来参加漫展呀。"田小野就像发现新大陆似的，盯着稍远处一个小学生模样的女孩。女孩牵着妈妈的手，正在卖毛绒公仔的摊位前兴奋地叫喊着。

YAHO动漫节除了昂贵的进口产品以外，也卖一些普通的玩具和国产动漫产品，所以不少六七岁的小孩儿也被花花绿绿的美丽小商品吸引，硬拉着家长赶来凑热闹。

"大半年前，我就是在这个会场遇到静静的。"茉莉亚突然说。

"静静？"田小野还是第一次听他主动谈起，不敢相信地确认道，"就是那个静静吗？"

茱莉亚每次直播时都会隔着屏幕向"静静"打招呼。据说这个"静静"是一个患有自闭症的小女孩，也是茱莉亚成为主播的契机，但是田小野一次都没见过静静。包括郭寒露在内的不少人都怀疑静静的真假，认为那只是茱莉亚编造出来的、为了烘托自己道德情操的虚构人物。

"就是这个小女孩。"茱莉亚以前从不多谈此事，但是今天一反常态，主动翻出手机里的一张照片给田小野看。

照片中，戴着夸张的粉红色假发，穿着粉红色公主裙和白色长筒袜的茱莉亚，与一个五六岁的小女孩脸贴脸地对着镜头微笑着。

与茱莉亚封面模特级的专业笑容不同，小女孩的笑容非常羞涩和内敛，目光中带着一点儿挥之不去的阴郁，不像普通小孩儿那么无忧无虑、天真烂漫。

"你穿的是《帕拉拉小魔女》的衣服吧？"田小野问。虽然她对动漫不感兴趣，但是这部作品的大名还是听说过的。孩子们可不嫌弃那些艳丽夸张的造型，兴致勃勃地争相模仿着。

"对，差不多大半年前，我来这里参加活动时，一对母女一直跟在我身后。我COS（模仿）的这个角色名叫小桃仙，很受小孩子欢迎。一开始我以为她们想跟我合影，但她们只是远远地看着，什么要求都没提。小女孩和其他孩子不一样，没有兴奋地围着我又吵又闹，而是非常安静、非常专注地看着我。活动结束后，我快要回家时，她妈妈终于鼓起勇气跟我说话了。"

回忆起这段往事，茱莉亚收起笑容，表情变得严肃起来。

"她果然希望我能和小女孩合影，我二话不说就答应了，但是接下来她提出一个让我非常意外的要求——希望我有时间能和小女孩视频通话，她甚至愿意付给我酬劳。我追问下去才知道，原来小女孩名叫静静，患有自闭症，对什么东西都不感兴趣，也没有任何朋友，没想到今天却对我流露出关心和好奇。她妈妈不愿放过任何可能让她恢复健康的机会，求我跟她继续接触……"

面对静静妈妈的这个不情之请，茱莉亚非常爽快地一口答应下来，而且分文不取，但是这样反倒让静静妈妈感到有所亏欠，每次都在茱莉亚与静静视频通话后千恩万谢，就差没有跪下磕头了。时间一长，静静妈妈沉重而真诚的感激对茱莉亚造成了心理负担。他觉得这只是举手之劳的小事，不值得静静妈妈用对待救命恩人的态度对待他。

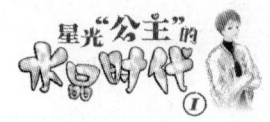

后来他终于想出一个办法，谎称自己一直在网上做直播，以后就用直播节目来代替与静静视频通话。这样既可以让静静经常看到自己，又不会让静静妈妈觉得愧疚，真是一举两得。

从那以后，茱莉亚就变成了一名主播，只是，在静静眼中，茱莉亚一直是她的小桃仙姐姐，所以不论是从前的视频通话，还是现在的直播，茱莉亚都必须穿上女装，以"姐姐"的身份出现。本来只是助人为乐，没想到居然一炮而红了。

"那现在你们还有联系吗？"田小野好奇地问。

"静静妈妈没有再联系我了，大概是不想打扰我的生活吧，但是，我总觉得众多听众里肯定有一个是静静的账号，她一定在某个地方像那天一样专注而安静地看着我。"

凝视着照片中静静腼腆的模样，茱莉亚的嘴角浮起浅浅的笑意。

没想到他居然能为了一个陌生人坚持做了半年直播，田小野不由得对他肃然起敬。

"小野。"突然，身后传来一个熟悉的声音。

田小野下意识地回头望去，竟看见苏冬阳站在两步之外的地方，面带微笑地望着她。

"你怎么在这里？"马上从茱莉亚故事中跳出的田小野欣喜地问。

"我和我的队友一起来的，待会儿我们有一个很小的舞台秀。"苏冬阳穿着一件薄款的浅蓝色拉链外套，里面穿的大概是演出服，表演前把外套脱掉就可以直接上台了。

"你已经有队友了？"田小野喜出望外，看样子苏冬阳离出道已经不远了。

"嗯。"他轻轻点了一下头，有些腼腆地问，"你怎么穿成这样？"

田小野这才想起自己还穿着女仆装，羞得用双手紧紧捂住了涨红的脸，不敢再看苏冬阳了。都怪茱莉亚把她拉上贼船，她才不想被男神默默贴上"隐藏宅女"的奇怪标签呢。

"我是被逼的……"急于撇清的田小野瞥了身旁的茱莉亚一眼。

"我就猜到你是被她影响的，她一看就是喜欢动漫的。"苏冬阳说着对茱莉亚笑了笑。

田小野这才想起来，苏冬阳第一次见茱莉亚时，茱莉亚穿的就是动漫感极强的和风超短裙。

"呵呵。"田小野只能傻笑，心里却暗暗有些焦急。在学校时男生就总是对茱莉亚特别关注，而她永远只是一个苍白的陪衬。她很怕苏冬阳也像于浩那样，被茱莉亚的外表吸引。

谁知，苏冬阳接下来并没有打听茱莉亚的年龄和学校，而是笑眯眯地说："看来

我要谢谢你,让我有机会看到小野这么可爱的样子。"

咦?田小野既惊奇于苏冬阳对茱莉亚不上心,也被苏冬阳突如其来的夸赞夸得愣住了。

萝莉?我吗?身高172cm的田小野与"萝莉"这个天生透着娇小可爱感的名词搭不上一点儿边,而苏冬阳注视她的眼神,分明是在看一个惹人怜爱的小女孩。

田小野莫名其妙地有点儿脸红心跳,明明已经高兴得心花怒放了,脸上还不敢表现出来,拼命忍着快要撑破嘴角的笑意,憋得都要内伤了。

"冬阳。"就在这时,三人身后突然传来一个好听的女声。

田小野循声望去,只见一个戴着鸭舌帽和墨镜的长腿美女正望着他们。虽然她背对阳光,上半张脸完全隐藏在阴影和墨镜之下,但是那涂着性感荧光粉色口红的嘴唇,以及光滑的小麦色皮肤已经透露了她的身份。田小野惊讶得差点儿叫出她的名字——TINA。

"你怎么在这里?快去后台集合了。"TINA对田小野礼节性地笑了笑,走过来拉住苏冬阳的袖子。她穿着有玫瑰花刺绣的薄牛仔外套,下半身是白色的牛仔小热裤和运动鞋,看上去很休闲,不像待会儿要上台表演的样子。

田小野立即在脑海中回忆了一下今天舞台表演的安排,可以确定没有看到TINA的大名。如果她要上台的话,肯定到处都贴满宣传海报了。

那么,她为什么会出现在这里呢?难道是带队的?不对,她又不是经纪人。难道是专程来给苏冬阳应援的?她这么有时间?

不等田小野想明白,苏冬阳就被TINA拉着,急匆匆地向她道别了。"小野,那我先走了。"刚走出两步又转过身来挥手说,"记得过来看哦,十点钟在主舞台。"

"嗯,加油——"田小野也用力地向他挥手道别,目送他的背影渐渐远去。

"喂喂,回回神。"茱莉亚拿手在她眼前晃来晃去,用围观群众看热闹时特有的口吻说,"你男神的桃花运很旺啊,我劝你还是不要在他身上浪费感情了。"

"TINA只是他的前辈而已。"

"我看不止哦……"茱莉亚说着顺着田小野的目光,也向苏冬阳和TINA的背影望去。第六感告诉他,TINA对苏冬阳的关心可不仅仅是前辈照顾后辈这么简单。

在光芒万丈的TINA面前,丑小鸭田小野完全不可能有胜算啊。

主舞台十点的活动名叫"手机游戏《梦幻偶像团》主创见面会"。不怪田小野没

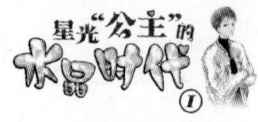

有联想到苏冬阳,因为单从这个活动名里真的嗅不到一点儿和苏冬阳有关的气息。嘉宾阵容里有一个名叫"NT少年队"的团体,大概就是苏冬阳所在的那个组合吧。

从游戏名和宣传图可以看出,这是一款主打女性市场的,时下非常流行的偶像团体音乐卡牌游戏。玩家在玩音乐游戏的同时还能收集精美的角色卡片。苏冬阳肯定和游戏制作没有半点儿关系,田小野猜测应该是他所属的公司为这款游戏提供了音乐,所以他才会出现在这里。

距离活动开始还有不到十分钟,现场已经挤满了人。放眼望去全都是密密麻麻的人头,大部分都是年轻女性,很多都穿着印有游戏logo的衣服,手上拿着印有游戏角色图的周边产品。看来这款游戏还是很红的,虽然田小野没有听说过……

游戏粉丝散发出来的热情令田小野在三米之外都能感受到,可谓滔滔热浪扑面而来,所以她决定还是不去凑这个热闹了。能远远地站在人群之外,静静地看完男神的演出,她就心满意足了。

茱莉亚陪她一起坐在正对主舞台的墙角里,一边喝奶茶一边等待活动开始。周围是一大群正在拍照的coser和摄影师。不少摄影师主动过来询问能否拍照,但都被茱莉亚像赶苍蝇似的赶走了。他一边挥手,一边不耐烦地嚷嚷着:"让开让开,别挡着舞台,我们要看节目。"即便如此,仍然有人在一旁偷偷拍照。唉,谁让茱莉亚长得这么美丽动人呢。

"今天怎么没人认出你?"田小野随便跟茱莉亚闲聊起来。

当初看TINA演出时就有不少人认出了茱莉亚,但是今天似乎非常平静。让田小野觉得有点儿不可思议。

"这有什么好奇怪的,看我直播的和来逛漫展的是两群人,连圈子都不一样。"

"你怎么知道?"田小野觉得没有这么绝对。

茱莉亚脱口而出:"你看你哥就没来。"

田小野突然觉得这句话好有说服力!她竟无法反驳!

"你自己看男神吧,我要去一下卫生间。"茱莉亚站了起来。

"你这样进去没问题吗?"田小野好心提醒他。他现在穿的可是轻飘飘、软蓬蓬的小短裙,这副模样走进卫生间,肯定会把善良纯洁的男同胞吓坏的。

这时,田小野的目光不小心瞥见从男士卫生间走出来的水兵服"女生"……

"好吧,我输了,你去吧……"捂住闷得发痛的胸口,田小野必须靠在墙上才能不让自己倒下去。她挥挥手,放茱莉亚离去。这个世界果然不是用她的常识可以

理解的……

我要去看男神,洗一下被玷污的眼睛。想到这里,田小野下意识地抬头朝主舞台的方向张望。与此同时,热力四射的音乐轰然奏响,吓得她的心脏差点儿跳出来。

开始了!开始了!再也坐不住的田小野立即站起来,踮起脚向前张望。隔着黑压压的一片人山人海,只见五个身穿游戏角色服装的年轻男性出现在喷着干冰的舞台上,田小野一眼就认出站在正中的那个就是她的男神苏冬阳。

所有人都身穿同样的白衣白裤,唯独苏冬阳拥有"白马王子"的高贵气质。他的一举一动都是那么出类拔萃、与众不同,无论是眨眼还是勾手指的小动作都能把观众撩拨得发出阵阵尖叫。另外四名队友在他璀璨的光芒下,只能心甘情愿地充当配角了。

突然,田小野听到观众群里响起几声嘹亮的:"苏冬阳!苏冬阳——"热情的呐喊声硬生生地插进火热的音乐中,不少人都投去好奇的目光。

"原来他已经有粉丝了……"田小野低喃着,心情有些复杂。高兴归高兴,一想到他即将出道成为大众情人,不再是自己偷偷暗恋的那个"勾魂学长"了,田小野心里就有点儿空落落的。

"你要真这么喜欢他的话就去追啊。"茱莉亚不知何时已经回到田小野身旁,看到她盯着舞台一会儿陶醉一会儿失落的样子,抱着看热闹不怕事大的心态鼓励她去追求真爱。

"他都要出道了,不可能谈恋爱的……"田小野叹了一口气。

"哦。"茱莉亚不知为何显得有点儿失望,低沉地应了一声。

这时歌舞表演正进行到最高潮,兴奋得脸颊潮红的田小野目不斜视地盯着台上劲歌热舞的苏冬阳,没有工夫搭理茱莉亚。等歌曲串烧全部结束,NT少年队的成员们做完收尾动作后,她才轻轻瞥了身后的茱莉亚一眼。只见茱莉亚默默坐在墙角,扁着嘴,有点儿气呼呼的。

"怎么了?"田小野蹲在他身旁。

"没意思,我还以为你会惊慌失措地红着脸否认呢。"说着还非常夸张地装出惊讶的模样,尖声尖气地娇嚷道,"才没有呢!谁说我喜欢他了!你不要乱讲!讨厌死了!"

"你电视剧看多了吧?我才不会这样呢。"田小野又羞又恼地拍了他一巴掌。他哈哈大笑起来,先前那忧郁失望的表情一扫而空,又变回平常自在快活的模样。

"知难而退是对的。你看他身边已经有TINA那样的大美女了,哪会看上你啊。"

"他们只是同事关系。"田小野不耐烦地又强调了一遍。

"也许现在是同事，以后可就不一定啦。我的第六感告诉我，TINA肯定对他有意思。你看TINA看他的眼神，花痴度简直跟你不相上下……"

田小野翻了一个白眼。

"我可以帮你追到他。"

"谁？"

茱莉亚突如其来的发言让田小野愣住了。

"他。"茱莉亚指着退下舞台的苏冬阳，胸有成竹地坏笑着问，"如果我帮你追到他，你要怎么感谢我？"

天上果然不会掉馅饼，茱莉亚马上就开始讲条件了。不得不承认，他的话对田小野来说真的很有诱惑力。就算当不了苏冬阳的女朋友，只要更有自信地把喜欢他的这份感情清楚明白地传达给他，让他知道，田小野就心满意足了。

"你想怎么样？"田小野心动了，开始试探茱莉亚的底牌。

"再答应我一件事情就可以了。"茱莉亚故意卖关子，神秘兮兮地说。

田小野心里"咯噔"了一下，戒备地问："不会又是穿女仆装吧……"

已经吃过一次亏的田小野可不想在同一个坑跌倒两次。不过，如果只要再穿一次女仆装就能追到苏冬阳的话，这笔生意还是划算的。她料定茱莉亚不敢提出什么惊世骇俗的要求，态度渐渐软化下来，相当于已经答应他了。

"哈哈哈，"茱莉亚豪爽地大笑起来，得意扬扬地说，"肯定是一件天大的好事。"

下午四点半，漫展终于结束了。陪茱莉亚逛得双腿酸痛的田小野只想快点儿回家，倒在床上蒙头大睡。为了赶制女仆装，她已经一个月没有好好休息了，每天都挂着黑眼圈上课，无时无刻不在跟瞌睡虫做着激烈的抗争。如今她终于可以卸下重担，享受一下休闲时光了。

田小野和茱莉亚提着大大小小十几个纸袋，摇摇晃晃地走上楼梯。要不是每个纸袋上都印着大眼睛、樱桃嘴的美少女，他们看上去一定像极了时尚电影里去商贸街购物归来的女主角。意犹未尽的茱莉亚还沉浸在漫展的气氛中，一路上都在大声抱怨某个没抢到的限量周边产品数量太少了，网上肯定会挂出比原价贵十倍的二手品，让他的钱包大出血。

"不过没有关系，我让你哥多送我几个礼物就行了。"茱莉亚半开玩笑地说。

"喂……"田小野已经不想说他了。之所以突然提到于浩,是因为一天没有联系到茱莉亚的于浩已经连续发来二十多条微信了,茱莉亚在出租车上一直跟他聊着天呢。

"你还是少打我哥的主意。他没有富家子弟的命却得了一身富家子弟的病,兜里没有几个钱。"反正于浩缺钱的时候只会伸手向她要,她的栗子工坊可养不起这个"巨婴"。

"我在他身上浪费了这么多时间,于情于理他都该补偿我一下。"

"最后吃亏的可是我,我才没钱借给他呢。"

"那你就帮我多做几件衣服啊。"说到这里,茱莉亚突然脑子开窍了,恍然大悟地讲道,"我付给你的钱,兜了一圈,最后又回到我的口袋里了,天底下居然还有这么好的事情!不行,我绝对不能放过他。"

"求求你高抬贵手吧……"

说说笑笑的两人一前一后地爬着楼梯。茱莉亚走在前面,田小野跟在后面。眼看快要到家了,茱莉亚突然停下脚步,话刚说到一半的田小野下意识地抬头望去。

这一望,不仅她的脚步戛然停下,就连笑容也瞬间凝固在脸上。

"露露?你怎么在这里?"田小野不敢相信自己的眼睛,干笑着打招呼。她的心脏狂跳起来,郭寒露冷漠的目光令她产生了强烈的不祥的预感。

"我没想到你是这种人。"郭寒露盯着田小野,一张口就是这句话。冰霜覆盖的脸颊上没有一丁点儿笑意,就连那双水汪汪的大眼睛,此刻都是冷漠的、冷厉的,仿佛刀剑一样。

田小野的心口一沉。完了,刚才的话她全都听到了。

"那可是你哥,你怎么能联合别人一起骗他的钱呢?"郭寒露愤怒地低吼起来,不受控制的情绪就像一头暴怒的野兽,张牙舞爪地向田小野扑来。

看到她气势汹汹的样子,不想撞在枪口上的茱莉亚默默退到墙边。要不是郭寒露拦在他回家的必经之路上,他早就躲进房间里去了。

田小野急忙上前解释:"不是这样的,我们只是开个玩笑……"

"这是玩笑吗?哪有这样的玩笑?她说要骗你哥的钱,你居然还跟她嘻嘻哈哈地聊得那么开心!我真是看错你了,你忘记你答应过我什么了吗?"

郭寒露的一通怒吼把田小野吼蒙了。她当然记得自己答应过郭寒露,以后少跟茱莉亚来往,但那只是安抚郭寒露的话,后来她照旧与茱莉亚来往,没有一点儿回避。她不怪郭寒露因此而生气,只怪自己不知道应该如何跟她解释。

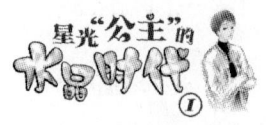

"谁骗他了？是他自己愿意给的。"

就在田小野为难之际，茱莉亚突然出声了。一下就把郭寒露的炮火吸引过去。

"如果你不理他，他会给你吗？"郭寒露对茱莉亚凶狠地嘶吼起来。刚才她一直当茱莉亚不存在，既然茱莉亚自己来刷存在感，那就别怪她不客气了。

"你以为我愿意吗？我还不是为了你好……"茱莉亚撇了撇嘴，把目光移到墙角去了。

"为了我好？"郭寒露冷笑起来，仿佛听到一个非常荒唐的笑话，难以置信地质问道，"我认识你吗？我求你了吗？你害我被甩还说为了我好？我招你惹你了？"

"既然你这么说，那我把真相告诉你……"茱莉亚突然把手上的纸袋扔到地上。

"茱莉亚。"田小野急匆匆地喊了一声，但是已经晚了，茱莉亚已经解开了上衣的扣子。

看着突然当着自己的面脱衣服的茱莉亚，郭寒露也被吓蒙了。不等她反应过来，茱莉亚身上的那件女仆装就已经滑到地上，露出里面薄薄的衬衣和衬裙。直线状的身材令郭寒露倒吸一口冷气。接下来，茱莉亚一把扯下头上的金色假发，狠狠地摔到地上。

望着眼前突然从一个大号的金发洋娃娃变成漆黑短发的茱莉亚，郭寒露终于确信了一件事。意料之外的真相令她连呼吸都变得紊乱，她用颤抖的手指指着茱莉亚，带着被吓得扭曲的表情，尖厉地问道："你……你什么时候变成男生了？"

"我从一开始就是男的，做主播完全是一个意外。"茱莉亚连声音都变成男声了，"要不是小野担心你被她哥欺骗感情，整天唉声叹气的，我才懒得搭理你们呢。"

"所以你们两个早就串通好了？"听了茱莉亚的话后，郭寒露非但不领情，反而更加愤怒，把矛头指向一旁的田小野。她扭过头去，用愤恨的眼神瞪着不知所措的田小野。

"你说话怎么这么难听？小野这么做是关心你。"茱莉亚替田小野打抱不平。

这句话耗尽了郭寒露的忍耐。她几乎用尽了全身的力气，用带着哭腔的嘶哑声音狂吼道："我喜欢谁，和谁在一起，用不着你们操心！"话音落下的同时，眼泪也滚落下来。

"露露……"田小野心痛如绞，拉住她想要解释，却被狠狠地推开了。

"我再也不会来找你了！"哭着丢下这句话后，眼眶发红的郭寒露捂住已被泪水浸湿的下半张脸，逃似的跑下楼梯。仓皇急促的脚步声不一会儿就消失在楼梯的深处。

"看吧，我没说错吧，她才不会感谢你呢……"茱莉亚还是那副吊儿郎当的模样，

不以为然地撇了撇嘴，提起地上的纸袋和女仆装，向自己的房间走去。经过田小野身旁的时候，田小野狠狠瞪了他一眼。他这才收起那副漫不经心的态度，闭嘴不吭声了。

一声关门的轻响后，走廊上只剩下田小野一个人。

她静静地站了很久很久，想的全是"这下完了，郭寒露肯定不会再理我了"。混乱的思绪耗尽了残留的体力，最后她只能拖着精疲力尽的身体，慢吞吞地挪回房间，重重地一头栽到床上，再也不想起来了……

伤感的狂欢夜

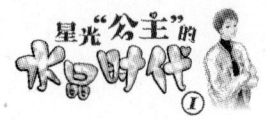

从那以后，郭寒露再也没有跟田小野说过一句话。偶尔在路上遇到，田小野主动跟她打招呼，她也不理不睬的。田小野想了很多办法，托朋友说好话，送小礼物，主动帮忙，但都没能换回她的理解。后来田小野意识到，她是铁了心要跟自己绝交，已经无法挽回了。

夜深人静的时候，田小野总是忍不住反思自己，是不是真的做错了？是不是真的不该多管闲事？但那不是闲事啊，那是自己最好的朋友的感情大事啊……难道要眼睁睁看着她被人伤透了心，说几句无济于事的安慰之词，才是更好的办法吗？

田小野找不到答案，有时觉得自己错了，有时又觉得没错。不过，从结果上来说，郭寒露再也没有跟于浩来往了。这让田小野在伤心委屈之余还可以自我安慰一下："虽然代价是惨痛的，但是目的达到了，也该知足了。"

另一方面，漫展时宣布要帮田小野追到男神苏冬阳的茱莉亚可没闲着。他就像一个刚刚上任的新官，干劲十足地为田小野制订了一系列严格的减肥和美容计划，号称要亲手把灰姑娘田小野打造成一个钻石级的白富美。

美容院、健身房、水疗室这些地方没少去，而且会员卡也都办齐了。衣服、鞋帽、包包、首饰、化妆品、护肤品的包裹田小野每天都能收到三四个，多得连快递员都看不下去了，好心提醒道："小姑娘，你少买点儿……"其实田小野心里苦啊，因为那全都是茱莉亚买的！

用茱莉亚的话说就是："女人想变美啊，不花钱是不行的！"反正花的都是茱莉亚的钱，平白无故捡到这么大一个便宜的田小野不好跟他抱怨什么，像布娃娃似的乖乖地任由他摆布。

令人欣慰的是，茱莉亚的审美观还不错。就连对时尚不太敏感的田小野每次照镜子时，都明显感到自己比以前漂亮多了。天气一天天变冷，衣服越穿越多，但是她的体重却越来越轻。身体长出的御寒脂肪都被运动消耗掉了，以前有些圆润的脸也变成了好看的瓜子脸。

在茱莉亚的悉心调教之下，田小野很快就变成了彩妆达人。不过，她上课时依旧素面朝天，不敢太过张扬，只在周末逛街时会化个淡妆出门。回头率从以前的约等于零，突然暴增到百分之五十以上，连她自己都觉得越来越喜欢自己了，性格也随之变得开朗起来。

"小野，跟我一起做直播吧。"茱莉亚突然发出这样的邀请。

那是十一月上旬的一天，茱莉亚为田小野量身打造的改造计划已经执行了大约一

个月,无论是容貌身材,还是仪态举止上的改变都已经初见成效,让田小野成功实现了从丑小鸭到白天鹅的完美逆袭。不过,听到茱莉亚的邀请后,田小野还是吓了一跳。

"什么?我可不行……"田小野几乎是出自本能地一口拒绝了。

"怎么不行?就当是给我捧个场呗。我为你付出这么多,你就不感恩啊?"

"可是我不会唱歌啊……"田小野的公鸭嗓子可是能吓哭小孩儿的。

"谁要你唱歌了,你就坐在我身边,跟我聊聊天就行了。"

就这样,田小野被茱莉亚拐上了直播的贼船。她有生以来第一次坐在摄像头前,当着十万网友的面,带着尴尬的笑容挥手打招呼:"呃……大家好,我是茱莉亚的朋友……"

"哇,美女耶!""小礼物走一走!""鼓掌鼓掌。""美女今晚唱什么?"

田小野刚一出声,网友们立即发出热情的回应。屏幕右下角五彩缤纷的点赞特效华丽地飞舞起来,缀着各种有趣表情符号的留言也刷得飞快,令还不太适应直播节奏的田小野受宠若惊,僵硬的笑容渐渐变得自然起来,绷紧的身体也渐渐放松下来。

望着直播窗口中与茱莉亚并肩而坐的自己,田小野忽然发现这画面还挺和谐的。以前她总觉得粗糙的自己跟精美的茱莉亚不是同一个画风,但是没想到只用了短短一个月的时间,她们就已经同步了。

屏幕里抿嘴浅笑的自己,不再是以前那个不起眼的灰姑娘,而像是一个优雅高贵的公主,享受着陌生人最友善的对待和最温柔的笑脸,整个世界都变得不一样了。

接下来,在茱莉亚的引导下,田小野很快就进入状态了,敞开心扉跟大家愉快地交流起来。

明明直播前就已经约好不唱歌,但是播着播着,不知道该说是形势所迫还是气氛所致,田小野居然开嗓了。虽然唱得不好听,但是粉丝们一点儿都不嫌弃,非常捧场地刷了不少礼物。

"好了,今天的直播就到这里。"十点一到,茱莉亚就准时宣布要下线了。面对粉丝们难舍难分的挽留,他熟练地回答道:"美女是不能熬夜的,大家也早点儿休息吧,拜拜!"

说完毫不留恋地下线了,反倒是田小野有点儿依依不舍,情绪还沉浸在刚才的热聊中,嘴角挂着愉快的笑意,但身边却不再是"挤满"十万人的直播室,只剩下茱莉亚一个人陪伴,突然有种莫名的寂寞感涌上心头。

原来这就是直播啊……轻轻捂住怦怦直跳的心脏,田小野深深地吸了一口气。

"怎么样,好玩吧?"茱莉亚头也不回地盯着电脑,一边结算礼物一边问。

"好玩是好玩,不过……你确定静静真的还在看你吗?你总不能一辈子做直播吧?"聊到这里,田小野忍不住八卦起来,"你这么红,难道就没有演艺公司来找你签约出道吗?"

"有啊,很多啊。"茱莉亚漫不经心地说,"不过我不感兴趣……"

连当明星都不感兴趣,真不知道他对什么感兴趣。难道他没有仔细规划过自己的未来吗?他的家人知道他在干这行吗?泛滥的疑问把田小野的脑袋装得满满的。

有时候觉得茱莉亚很亲近,是自己无话不谈的朋友;但有时候又觉得他很神秘,田小野到现在连他的真名叫什么都不知道……

"对了,你哥今天没来看我直播呢,本来我还很期待看到他认出你的反应。不过没关系,反正他会看回放的。"也许是察觉到周围安静得有点儿不自然,茱莉亚开始主动找话说。

"我可不希望他去看回放……"田小野一谈到于浩就扁起嘴巴,一副厌恶至极的样子。

田小野最不希望发生的事情,三天后还是发生了——

那是一个寒潮来袭的夜晚,田小野正蜷缩在铺着电热毯的温暖床铺里,一边看着热播电视剧,一边做着布艺小发卡。

栗子工坊的生意还是没有什么起色,除了茱莉亚四位数的大单之外,每个月大概只能接到十多个不足百元的小单。不过,对于还是在校学生的田小野来说,这样的工作量正好合适。既可以保证生活费的来源,又不会耽误学业,而且她还有充足的休息时间享受大学时光。

"小野,上周跟茱莉亚一起直播的人是你吗?"

看到来电显示是于浩时,田小野心里十分抗拒,磨蹭了半分钟,见铃声没有一点儿停止的迹象,只能硬着头皮接听。结果,于浩不负所望地说出了这句她最不想听到的话。

"呃……你看到回放了啊?"田小野呵呵干笑着敷衍应付。

"当然看了!茱莉亚的化妆技术太可怕了,居然连你那样的脸都能救!化妆术不愧是亚洲三大邪术之一,我总算是心服口服了,啧啧啧……"

于浩在电话那头滔滔不绝;而田小野却笑得越来越僵硬。

说实话，要不是看在跟他有血缘关系的分上，她真想直接挂断。什么叫"连我的脸都能救"？我就这么不好看吗？我还觉得你丑呢！

而这只是一个开始。从那以后，于浩三天两头地约田小野出去玩。当然，他也想约茱莉亚，但是茱莉亚每次都以各种不同的理由委婉地拒绝参加，让他碰够了钉子。

他的活动很多，看电影唱歌这些就不说了，还有真人CS（野战游戏）、密室逃脱、桌游、溜冰、滑雪、旅游等五花八门的消遣项目。以前他约田小野只是拿田小野当人肉提款机，但现在却真的把田小野当成亲妹妹对待了。

也许是觉得有个漂亮妹妹倍儿有面子吧，田小野总算进入了他的社交圈。其实田小野一点儿都不稀罕结识他那群狐朋狗友，唯一让她感兴趣的人只有一个，那就是男神苏冬阳。每次她都会别有用心地打听一下苏冬阳去不去，凡是得到肯定答复的，她就从没缺席过。

见面的机会多了，两个人的关系就渐渐亲近起来。不仅会彼此开些小玩笑，偶尔还会在微信上聊聊天——这可是田小野以前想都不敢想的VIP级待遇！

"照这样发展下去，你可以抽空跟他表白了。"

十二月的一天，全程关注两人关系进展的恋爱军师茱莉亚决定射出这临门一脚。

"太……太突然了吧……"正在处理栗子工坊订单的田小野吓得握鼠标的手抖了一下。

"干脆就在圣诞节告白好了，还有两个礼拜，你可以好好准备一下礼物和台词。"嘴里还嚼着辣条的茱莉亚打开手机上的日历翻了翻，不容田小野考虑就草草决定下来。

"这么快！"田小野属于那种一到关键时刻就打退堂鼓的人。光是想象一下表白的画面，她白皙的脸颊就"唰"地一下全红了。

经过这段时间的相处，她隐约觉得苏冬阳对自己特别关照，但又不确定这种关照是带着一丝恋爱情愫，还是单纯地对朋友妹妹亲切呵护。

"这还快啊？圣诞节可是一年一度的最佳告白时机，凡是单身狗都想趁机脱单的。"

"他可不是单身狗……"田小野小声嘀咕。同样是单身，但有的人是单身狗，有的人却是单身贵族，而苏冬阳就属于后者。"他们公司规定不能谈恋爱的……"

这是田小野最大的顾虑。明知道结果是失败，为什么要破坏现在的关系呢？虽然不是情侣，但是这种恰到好处的距离舒适愉悦。至少现在苏冬阳还把自己当成妹妹对待，就怕他知道自己对他的感情后故意回避，到时候就连妹妹都做不了了。

"那你也可以提前报名，先占个位吧，不然他被别人抢走了，你可别后悔。"心

态乐观的茱莉亚倒是想得挺美。

"可是我我我……"田小野非常羡慕茱莉亚的洒脱，但是作为当事人，她的胆子突然变得比米粒还小，连再多向前走半步都要犹豫好久。

"我什么我啊，这都还没告白呢，怎么就结巴了？"茱莉亚瞧不起她。

"我说什么啊？"田小野急得直抓头。

"我喜欢你，你喜不喜欢我？"茱莉亚耷拉着眼皮说。

"太直白了，我说不出口！"田小野羞涩地捂住脸，不停地摇头。

茱莉亚故意用动画美少女特有的口吻，嗲嗲地说："我希望以后每年的圣诞都和你一起度过。你是我的圣诞老人，我是你的小麋鹿。"说着还配合双手合十的动作，用闪闪发亮的眼睛深情地望向斜上方45度，背景仿佛出现了一大片粉红色的玫瑰花。

"太肉麻了！"田小野咬紧牙根，打了一个哆嗦。

"怎么变漂亮我可以教你，但是告白这种事还是要靠自己，最重要的是真心。"茱莉亚终于收起开玩笑的态度，变得正经起来，"只要说出心中最真实的感情，他一定会明白的。"

田小野似懂非懂地点点头，害怕告白被拒的忐忑在茱莉亚的话语中渐渐平静下来。

茱莉亚坦率的态度令她反思自己的小心翼翼是否太拘谨了，偶尔勇敢一次也不错，无论成败也算是对这段感情有个交代了。

想到这里，田小野不禁有点儿期盼圣诞节早日到来。

"谢谢你。"想通之后心情随之开朗起来，田小野露出释然的笑容。

看到田小野做出告白的决定，一开始怂恿她的茱莉亚没有鼓掌庆祝，而是有点儿怅然若失似的轻轻叹了一口气。在田小野疑惑的目光中，他轻轻说了一句："就算被拒绝也没关系，总有人会发现你可爱的地方。"

什么嘛，连你也觉得我会失败，那为什么还煽动我告白啊？想看我出糗吗？果然没安好心！田小野气呼呼地鼓起腮帮子，并未察觉到茱莉亚眼底流露出的一丝寂寞和矛盾。

提前一个月就已经进入圣诞节气氛的城市就像正为告白做着最后准备的小野一样，每天都会在幸福和甜蜜的空气中变得更加漂亮一点儿。

市中心的每个商场都摆出了精心装饰的圣诞树，餐饮店也推出了各种华丽的圣诞套餐，街道两旁的树木上挂上了璀璨夺目的彩灯，为落光叶子后光秃秃的枝干披上绚

烂的新衣。

每当夜幕降临时，五彩缤纷的霓虹灯迫不及待地睁开眼睛，望着街道上熙熙攘攘的人群，把繁忙嘈杂的市区变成一个浪漫而又梦幻的新世界。

孩子们用英文演唱着圣诞节歌曲，清脆欢快的铃铛声仿佛乘着雪橇从遥远的北欧飘来，那一丝可爱的异国情调早已完美地融合在这里，拂去了夜风中的淡淡寒意，播撒着节日的欢愉。

圣诞节当晚8点，田小野早早地来到与于浩约好的时代广场。这里有盛大的倒计时活动，而且9点还有烟花和3D灯光表演，所以吸引了很多慕名而来的年轻人。

田小野穿着一件带毛领的雪白斗篷大衣，头上戴着一顶柔软的兔毛帽，脚上穿着一双带毛边的长筒靴，胳膊上挎着一个蝴蝶结造型的毛绒包包，全身上下都是软绵绵、毛茸茸的，看上去就像一只可爱的小白兔，让人忍不住想要抚摸她。平时总是因为个子太高而显得有点儿man（男人）的她，忽然变得可爱起来了。

标志性的黑长直秀发烫成了海藻般的蓬松大波浪，还特意染成了低调又不过时的栗色。耳垂上的小红珠耳环和脸上精致的妆容都是她花了很多心思研究和搭配的，既不会显得过分隆重，又能让人感受到她的用心和真诚。

田小野竭尽所能地把一切都做到万无一失、尽善尽美，但唯一遗憾的就是茉莉亚因为要直播而无法亲眼见证她告白的历史性一刻。

距离烟花表演还有一个小时，广场上已经挤满了人，好位置早就被抢光了。田小野握着手机在人群外围走来走去，寻找于浩的身影。比普通人高出半个头的她今天穿了一双中跟长靴，再加上全身上下毛茸茸的白衣，令她格外醒目，回头率高达百分之两百。

"小野——这里！"不等她看见于浩，于浩的声音就传来了，她高兴地回头一看，果然看见于浩和五六个同学站在不远处的花坛边。

田小野兴奋地向他跑去，边跑边搜寻苏冬阳的身影，但是没有看到苏冬阳，却看到了另一个令她非常意外的人。

"露露？"一时间田小野竟不知该用什么表情面对她，显得十分局促。

站在于浩身旁的不是别人，正是已经两个月没有跟她说过话的郭寒露。

曾经无话不谈的好友，变成了连见面都觉得尴尬的陌路人，田小野尴尬的笑容里带着遮掩不住的苦涩，但她还是主动打招呼。

"你怎么在这里？"

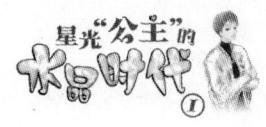

"是你哥约我的……"郭寒露轻轻看了一眼身旁的于浩。

于浩正忙着跟其他还没赶到的朋友联系,没有时间接话。

"你今天化妆了呢,真好看,我都快认不出来了……"郭寒露轻声说着。

平淡无奇的寒暄在田小野心中却是天大的恩赐,但她来不及感动,她做梦都没想到于浩跟郭寒露还有联系,满脑子都充斥着"他俩究竟是什么关系"的大问号。

"没想到他竟然主动约我,还是圣诞节这么特殊的日子……"郭寒露突然拉住田小野的胳膊,轻轻把嘴唇凑到她的耳边小声说着,声音中藏着掩饰不住的羞涩和喜悦。

田小野吓了一跳,已经记不清多久没有跟郭寒露这么亲密地交谈了。

以前总是形影不离的两个人,如今就连偶尔遇到都会保持两米以上的距离,点点头就算打过招呼了。她以为跟郭寒露冰释前嫌的那天自己一定会高兴得欢欣雀跃,但此刻突然被郭寒露咬耳朵的她一点儿也高兴不起来,只剩下满满的惊讶和忧虑堵在胸口,令她连呼吸都变得困难了。

聚集在这个花坛边的人都是于浩的朋友,而且都是一男一女的组合,没有落单的。看似落单的田小野只要等到男神苏冬阳到来,就正好凑成一对了(估计于浩也是这么安排的)。难道于浩约郭寒露出来就是为了补个空?难道他不知道这会让纯情的郭寒露误解吗?

田小野一想到这里就生气,等于浩讲完电话后,立即把他拉到一旁小声质问:"你们怎么还在来往?"说话时故意转过身去背对郭寒露,但郭寒露还是对他们投来狐疑的目光。

于浩摊了摊手说:"茉莉亚又不能来,我有什么办法?"

田小野知道于浩早就约过茉莉亚,但是茉莉亚因为要直播,毫不犹豫地拒绝了。

于浩无奈地说:"圣诞节这么特殊的日子,我总不能一个人过吧?"

"怎么就是一个人过了?你不是找了这么多朋友吗?"田小野气不打一处来。

知道田小野为何生气的于浩宽慰她道:"你放心好了,我们只是普通朋友,配对就是为了吃饭、看电影时打个折而已。"

圣诞节的确有很多情侣消费的折扣,但是田小野不愿看到于浩以此为借口招惹已经决定离开他的郭寒露。刚才郭寒露娇羞的语气已经令田小野确信,她一定误会于浩约她是想跟她复合,而不是只当于浩口中的"普通朋友"。这么大的误会以后怎么解释啊?

田小野刚想大吼一声"你太过分了",忽然听到身后传来郭寒露靠近的脚步声,

吓得赶紧把还没来得及说出口的指责硬生生地咽下去，强行转移话题问道："苏冬阳呢？"

"他有表演呢，还是给上次那个TINA当伴舞。"

这时郭寒露已经走到田小野身旁，静静听着兄妹俩的对话。

"你不是保证他会来吗？"田小野连礼物都准备好了，是一瓶价格不菲的名牌香水。

"他是说他会来啊，不过10点之前就要走……"于浩边说边探头向远处张望了一下，忽然指着人群里一个用围巾裹着下半张脸的高挑帅哥说，"你看，他来了。"

这时苏冬阳也发现了于浩等人，高兴地抬手向他们示意，加快脚步走了过来。他穿着厚厚的迷彩纹保暖外套，把上半身裹得圆圆的，但是下半身只穿了一条深黑色的薄牛仔裤，彻底执行着不穿秋裤的那套时尚法则，细瘦纤长的美腿令女生都羡慕不已。

"你今晚还有表演啊？"心跳怦然加快的田小野假装镇定，小声发问。

"是啊。"苏冬阳微笑着轻轻点头，用带着宠溺的目光注视着田小野说，"本来是不能来的，但是你哥说你无论如何都要见我，见不到我就要寻死觅活的，我怎么敢不来呢？"

我才没有呢！田小野气呼呼地瞪了于浩一眼，心想：他到底在苏冬阳面前造了多少谣啊？

虽然自己的确表达了希望他今晚能把苏冬阳约出来的强烈愿望，但是绝对没有到寻死觅活的地步。呜呜，好丢脸，万一被当成爱耍脾气又矫情的任性女生怎么办？

"你有什么事吗？"

苏冬阳的问题令田小野的心脏扑通一跳。她羞涩地低下头，右手下意识地捏紧了藏在口袋里的小礼盒，轻轻地说："待……待会儿告诉你……"

糟了，搞不好他已经猜到了！一个女生想在圣诞节这个特殊日子里，对一个男生说非常重要的事情，但凡稍微有点儿头脑的人都能猜到是什么，更何况是聪明的苏冬阳呢？

如果他已经猜到了，明明有工作还特意赶来，难道他也……

想到这里，早已红透了脸的田小野抬头看了一眼正在和于浩闲聊的苏冬阳，心中升起一丝甜蜜的期待。

9点整，烟花表演准时开始。临江而建的时代广场上挤满黑压压的人群，所有人都眺望着绵延在对岸江边的雄伟建筑群。

在一阵连续的烟花炸响声后,漆黑的夜空被不停绽放的烟花映照得五颜六色。在愉快的音乐声中,人群中传来一阵又一阵的惊呼,对岸高楼大厦上的彩灯全部熄灭,取而代之的是由灯光和投影描绘出的全新美景。

若干座大厦的外壁连在一起,组成一面占据了半面天空的巨型屏幕,生动地显示着关于圣诞节的浪漫画面。倒映在水中的灯光和烟花将屏幕延伸到江面上,形成了一个更加立体的空间,在所有人的眼前展现出一个美丽梦幻的新世界。

"这里太偏了,我们到那边去!"表演刚刚开始,于浩就指挥着大家转移阵地,不顾旁人投来的不满目光,强行在水泄不通的人群中挤出一条窄缝来。

田小野心里不太愿意,但见其他人都跟着于浩一起向最拥挤的最佳观景处挤去,也只好厚着脸皮跟在他们身后,一边跟别人道歉一边向前挤去。

忽然,人群中伸出一只手揽住她被挤得东倒西歪的身体。

不等她反应过来,熟悉的气息便笼了过来,伴随着一句温柔的低语:"那边人太多,我又要走了,就不过去了……你送我出去吧。"

田小野愣愣地抬起头,正好迎上苏冬阳带着温暖笑意的双眸,一时间连怎么说话都忘了。好不容易回过神来,田小野已经被他拉出了比满员地铁更可怕的密集空间,来到行人较为稀疏的地方。

终于呼吸到新鲜空气的田小野长长地舒了一口气,回头眺望人群,早就看不到于浩等人的身影了。

身边,只剩下苏冬阳一个人。

彼岸夜空中美妙的表演依旧继续着,梦幻美景伴随着欢乐的歌声瞬息万变,以此起彼伏绽放的烟花为背景,带来精彩的演出。

"我给你准备了一个小礼物。"苏冬阳忽然站定,从衣兜里掏出一个小盒子。

也许是因为急着离开的关系,他的动作和语速都很快。不等田小野反应过来他就已经把盒盖打开,将里面一串冰蓝色的雪花水晶手链拿出来交给田小野,问:"喜欢吗?"

"送给我的?"做梦都没想到能收到男神送的圣诞礼物,受宠若惊的田小野高兴得快哭出来了。她如获至宝似的捧着水晶手链,就像捧着一串真正的雪花,生怕一用力就融化了。

苏冬阳微笑着点头,温柔地注视着田小野高兴的样子。

"这个……给你……"

突然想起自己也准备了小礼物的田小野,慢吞吞地从口袋里拿出早已准备好的香

第五章 伤感的狂欢夜

水。虽然香水是买的,但是系在瓶口上的深蓝色丝带蝴蝶结是她亲手做的,充满了真挚的爱意。

"谢谢。"苏冬阳低声道谢,早就猜到的他显得并不太吃惊。

"我喜欢你……"

时间是在这一秒停止的。不敢与苏冬阳对视的田小野扭头望向远方的夜空,正好看到一片玫瑰花瓣在飞扬的雪花中优美地旋转,仿佛是吉卜赛女郎艳丽的舞裙。

人群依旧嘈杂,音乐依旧欢愉,但是田小野的世界却仿佛被突然冻结在这一秒。

苏冬阳没有做出任何回应。他就像一个雪人似的,一动不动地站在原地,没有言语也没有动作,甚至没有呼吸,是冰冷的、僵硬的。

异样的沉默令田小野原本充满期盼的心骤然蒙上冰霜,她忽然有点儿想哭。已经从沉默中得到答案的她连一秒钟都觉得漫长,不敢继续待下去。

"我不能有女朋友的……"苏冬阳终于说话了,说的正是那句田小野早就猜到的台词。

结局如此简单,没有任何奇迹。如此美好的夜晚总会令人产生不切实际的奢望,以为什么浪漫的愿望都会心想事成,忘记了现实总爱用残酷和真实给人当头一棒。哪怕工作繁重的他为了自己特意赶来,还精心准备了礼物,也丝毫不妨碍他拒绝得如此果断。

"其实,我……"

田小野一开口就后悔了,因为她听见自己的声音已经变得嘶哑,带着微弱的颤抖,可怜又不坚强——这不是她为自己定下的人设。但是既然开口了,就硬撑着说到最后吧。

"我从来没有告诉你,自从大一时在迎新晚会上看到你,我就一直非常喜欢你……我知道你现在不能交女朋友,但是我可以等你……只要你觉得我还不错,有那么一丁点儿的希望,我就可以一直等到你能交女朋友的那一天……你不用觉得有负担,是我自己高兴等的……"

"你还是不要等了。"

苏冬阳打断了田小野絮絮叨叨的话语。田小野最后的坚强在这一刻被彻底击溃,她真的一个字都说不出来了,只剩下大滴大滴的眼泪不停地往下掉,落在毛茸茸的衣领里,很快,她的脖子包裹在一片潮热的湿气中,仿佛被一只无形的手扼住喉咙,变得无法呼吸。

也许苏冬阳还想说些什么,但是突然响起的手机铃声却打断了他的思绪。

沉浸在悲伤中的田小野听不清他究竟讲了些什么，大概是工作人员催他马上赶去现场吧。他走了也好，这样自己就可以早点儿回家，扑到被子里大哭一场，尽情地发泄失恋的苦闷了。

"对不起，小野，我真的要走了……"

没有时间安慰流泪不语的田小野，苏冬阳匆匆道别后，又着急又无奈地转身离去了。

田小野隔着眼底升起的水雾望着他渐渐消失在人群中，整个人都有点儿恍惚，身后又传来人群兴奋的惊呼，大概表演又到高潮了。

灿烂的烟花在头顶明灭绽放，刹那的炫目之后就将细碎的光芒零零星星地洒向人间。

如此盛大的美景也无法照亮田小野布满阴霾的心。她深呼吸了几下后，拨通了郭寒露的电话："露露，我先回去了……"

她努力把自己的话语修饰得圆润自然，令人听不出一丝哭腔，然而令她意外的是，手机对面竟然传来了郭寒露抽噎的声音。

"你怎么哭了？"

田小野紧张的追问没有得到任何回复，只听到电话突然被挂断的忙音。她没有再回拨过去，因为可以猜到大概和于浩有关，能让郭寒露这么伤心的人也就只有于浩了……

然而现在的田小野沉浸在失恋的悲伤中，没有精力再去思考其他的事情。

她迈着沉重的脚步向车站走去。身旁来来往往的行人全都是出双入对的，每个人的脸上都洋溢着幸福的笑容，唯独她形单影只，孤零零地拖着幽幽的长影，在路灯下凄凉地行走着。

身后欢愉的音乐声越来越远，最后就连烟花绽放的响声也归于沉寂。田小野望着身旁的车水马龙和流光溢彩，所有美好都是别人的，和超然此外的她没有任何关系。

田小野轻轻敲响茱莉亚的房门。

刚才她在公交车上已经哭过一场，现在心情平静多了。回家后先洗了一把脸，静静地在床上躺了一会儿，觉得应该尽早把结果告诉从头到尾策划这次告白的军师茱莉亚，于是拖着疲惫的身子来串门了。

还有一个重要的原因是她不想一个人待在房间里，耳边死一样的寂静令她心中的伤口迟迟无法愈合。她很想听一听茱莉亚的声音，就算是讽刺和嘲笑也能成为她的一

剂疗伤良药。

"你怎么了?"茱莉亚打开门,看到田小野披头散发地站在外面,吓得向后躲了半步。

他的直播早就结束了,电脑屏幕上正在播放着一部好莱坞电影。

田小野一声不吭,连眼皮都不抬,就轻悠悠地飘进了他的房间,坐在床沿上。

"被拒绝了吧?"

田小野全身上下都写着"我失恋了"四个大字,他指了指放在餐桌上的一个蛋糕盒说:"幸好我早有准备,一起吃吧。"

田小野把盒盖揭开,只见正中央的巧克力板上赫然写着"失恋快乐",顿时觉得心脏刚刚愈合的伤口又被撕开了。

"原来你早就猜到我会失败,我真的一点儿希望都没有吗?"

茱莉亚笑嘻嘻的,一边切蛋糕一边说:"不是觉得一点儿希望都没有。我当然是支持你,希望你成功啊。如果成功了,看到这句话你只会当成是一个小玩笑,一笑了之;如果失败了,你会觉得我有先见之明。所以在只能订一个蛋糕的前提下,我当然是订失恋蛋糕啦。"

这么说倒是有点儿道理,茱莉亚的小算盘打得还真是细致。

情绪低落的田小野懒得跟他计较了,不客气地接过他递来的纸盘和叉子。

想当初,田小野为了减肥,晚上10点以后连水都不敢多喝一口,现在居然要破例吃奶油蛋糕,真觉得有点儿自甘堕落,破罐子破摔了。

"吃吧,我陪你。"茱莉亚给自己盛了一块比田小野更大的,往嘴里满满地塞了一大口,含糊不清地说,"甜食可以解压和疗伤,吃完以后心情好多了。"

面对茱莉亚的一番好意,田小野敷衍性地塞了一块到嘴里。没想到柔软的奶油在舌尖融化后,淡淡的甜味迅速在口腔中扩散,蛋糕竟真的好像对她施了幸福魔法似的,让沉积在心间的悲伤阴影都变淡了,她忽然觉得世界变得简单而美好起来。

其实失恋不算什么,自己早就有心理准备了,鼓起勇气表白只是为了给自己这两年的单恋一个交代而已。如果苏冬阳接受自己,那才真是比中彩票还令人难以置信的奇闻呢。

伤心就伤心一晚,明天又变回那个无忧无虑的自己吧。想到这里,田小野又大大地啃了一口蛋糕。

"田小野,你给我出来!""砰砰砰——"

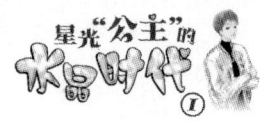

突然,门外传来一阵凶猛的拍打声和叫喊声,吓得田小野差点儿把塑料叉子咬断在嘴里。

"你哥来找你了。"茱莉亚一下就听出是于浩的声音,"你是不是没有跟他说一声就回来了?"

田小野这才想起自己回家前只给郭寒露打过一个电话。当时郭寒露略带哭腔,她以为于浩就在旁边,所以就没有再给于浩打电话。

难道于浩是因为担心自己而特意找来的?这个念头刚一闪过,她就忍不住苦笑着在心里对自己说:怎么可能,于浩才不是这种人设……

"砰砰砰!砰砰砰——"

就在田小野思考的短短几秒钟时间里,于浩都快把门给敲碎了。

"来了来了!我在这边——"

担心惊动邻居的田小野急忙应了一声,放下手中的蛋糕,跑过去开门。

因为茱莉亚还在房间里,她只敢把门拉开一道缝挤出去。谁料于浩发现她在隔壁后,突然转身飞奔过来,一掌推开用身体堵住门口的田小野,冲进茱莉亚的房间!

"哥,你干什么?"田小野急忙跑过去阻拦,把于浩向外推。

"你给我让开——"于浩就像吃了十斤炸药似的,满嘴都是火药味。他毫不留情地掀飞田小野,气喘吁吁地盯着坐在墙角吃蛋糕的茱莉亚。

茱莉亚也被这突如其来的意外吓蒙了,鼓鼓囊囊的腮帮里还填塞着没来得及咽下去的蛋糕。意识到自己不仅没有戴假发,还穿着男装的他迅速在脑海中搜索着应急策略,但是不等他做出任何反应,恼羞成怒的于浩突然发出一声暴喝:"你果然是男生!"

这声惊天动地的怒吼犹如一道巨雷,狠狠地劈在田小野和茱莉亚的头顶。他俩清楚地意识到,任何笨拙的谎言都无法扭转局势,因为于浩已经知道真相了……

他此时此刻出现在这里,不是因为担心田小野,而是因为他已经从郭寒露口中得知茱莉亚的真实身份。

在铁一般的事实面前,他不得不承认女神茱莉亚就是一个男生,而且自己的妹妹明明知情,却还伙同外人把他当猴耍。从未有过的恼怒快要冲破他的理智,他就像一座濒临爆发的火山,气得满脸通红,连五官都变得扭曲了。

事到如今还能怎么办?在一触即发的紧张局势中,内心复杂得翻江倒海的田小野抱着必死的决心,哆哆嗦嗦地对气得连头发都快倒立起来的于浩说:"哥……你听我给你解释……"

第五章 伤感的狂欢夜

距离时代广场半小时车程的大剧场内。姗姗来迟的苏冬阳在工作人员的催促下，七手八脚地换好演出服。今晚TINA是这场圣诞晚会的压轴表演明星，而他则是伴舞中的主舞。

虽然刚从寒风中赶来，但是一路狂奔的他却热得满头大汗。还有十分钟就要登台了，和整个舞队一起在幕后静候出场的他，专注地凝视着舞台上的表演，心思却早就飞远了。

察觉到他的心不在焉，TINA递来一张纸巾，问道："你怎么了？"

苏冬阳笑了笑，接过纸巾擦去额头的汗珠，轻轻地说："有点儿累。"

"今天还请假，你圣诞节能有什么急事？约会吗？"

TINA半开玩笑地问着，没想到苏冬阳却认真地回答："拒绝了一个我喜欢的女孩子。"

TINA愣住了，等着他把"我喜欢"订正成"喜欢我"，但是他却没有改口。

"为什么？"TINA干笑着问，"既然喜欢她为什么不接受？你还没有正式签约吧？"

的确有偶像会在出道前与公司签下"不能谈恋爱"的合约，但是苏冬阳没有。他刚才拒绝田小野的那个理由只是一个借口罢了，真正的原因是——

"因为她值得更好的人去喜欢，而不是现在这个连能不能出道都不知道的我。"苏冬阳压抑着深沉的叹息，凝视着光彩夺目的舞台，眼神变得空洞起来。

他可以无怨无悔地付出自己的青春去追求梦想，但是他有什么资格浪费别人的青春呢？

"我连自己的未来是什么都不知道，怎么能让她把那么美好的年华都浪费在等我上呢？"

虽然听到田小野说出那句"我可以一直等到你能交女朋友的那一天"时很感动，但是理智让他做出了绝情的回答。

"你怎么不批评我？"苏冬阳自嘲地笑着问。本以为TINA会同情那个被自己拒绝的女孩，没想到TINA却没有摆出前辈的架子教训他，而是浅浅一笑。

"大概是因为我也明白那种因为喜欢一个人，而变得有点儿自卑和小心翼翼的心情吧。"

苏冬阳惊讶地睁大眼睛。正式签约的TINA和只是练习生的他不一样，一般情况下不会这么明目张胆地跟别人讨论恋爱话题。

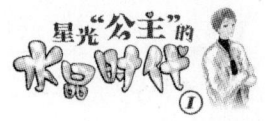

刚才TINA假装若无其事地透露了一个巨大的秘密,原来她也已经心有所属了。

苏冬阳不敢追问下去,呆呆地注视着TINA神秘兮兮的笑容。

就在这时,工作人员通知他们上台的喊话声打断了他的思考。

TINA对他眨了一下眼,小声说:"要保密哦。"

趁着灯光熄灭的瞬间,TINA迅速跑到位于舞台后方的指定位置。

望着她活泼的身影,苏冬阳的心中陡然升起一种异样的感觉。不知道是不是自己多心了,总觉得外表高冷的TINA在自己面前总是流露出可爱调皮的一面。

离于浩识破茉莉亚的身份已经过去一周了。

那晚田小野已经做好了最坏的打算,甚至连怎么报警都想好了,但是于浩并没有对茉莉亚使用暴力,只是狠狠地对着墙壁砸了几拳,然后就转身离开了。

望着他消失的背影,田小野久久无法回过神来。

后来,于浩咬牙切齿的表情变成了田小野圣诞节的噩梦,连平日里都会在田小野的脑海中浮现出来,把她吓出一身冷汗。她断定于浩不会善罢甘休,担惊受怕的心脏始终颤巍巍地悬在半空,不知道什么时候就会被打击报复。

终于,田小野最担心的事情在一个礼拜后发生了。

那晚是茉莉亚圣诞节之后的首次直播,于浩老早就上线了,而且不停地刷"茉莉亚是男人"的评论。不等茉莉亚做出回应,粉丝们就已经把他骂得体无完肤了。然而于浩非常坚持,似乎抱定了要跟茉莉亚同归于尽的决心,无论被怎么谩骂都没有撤退,而是越战越勇。

无法再对他置之不理的茉莉亚只好怼了一句:"你说我是男的就拿出证据啊。"

反正于浩手里没有证据,他索性来个打死也不承认,看于浩能拿他怎么办。

"你敢不敢把帘子扯下来,让大家看看你的房间!"于浩一连刷了十条同样的评论。

之所以提出这样的要求,是因为于浩冲进茉莉亚的房间时,发现这里根本就不是他在直播时看到的那个处处摆放着粉红色软萌小饰品,就连化妆镜都是HELLO KITTY(凯蒂猫)头像的完美少女房,而是一个与普通男生房间无异的、平淡无奇的小房间。

这是因为茉莉亚直播时会在身后挂一个印着房间照片的帘子,看上去好像坐在少女房里,其实只是一幅背景画而已。这样不仅可以让房间看上去更加整齐美观,还可以保护隐私,不仅是茉莉亚这种有秘密在身的特殊人群会用,其他普通女主播也

会这样做。

"扯就扯啊。"茱莉亚一点儿也不心虚,"唰"地一下站起来,扯下身后的背景画,露出房间的真容。

"这就是我的房间……"他拿起摄像头,在房间里到处转悠起来,边走边介绍,"这里是我的衣柜,里面都是我的衣服……全都是女生穿的吧?这里还有鞋子,也是女生的吧。哦,这里还有一些DIY的材料,缎带、蕾丝、花布……你还有什么想看的吗?"

虽然真实的房间没有背景画上的那么粉红少女心,但是任何人一眼都可以看出这是一个女生的房间。刚才一直叫嚣着要让茱莉亚原形毕露的于浩不说话了,茱莉亚的粉丝们立即乘胜追击,把他骂得狗血淋头。最后于浩撂下一句狠话"我们走着瞧",就灰溜溜地下线了。

看到这场惊心动魄的闹剧终于落幕,一直躲在摄像头后面的田小野长长地舒了一口气。其实这里是她的房间,因为茱莉亚早就猜到于浩会提出看房间的要求,所以提前转移阵地了。

事实证明茱莉亚是明智的,要不然就被于浩拆穿了……

"我哥知道这是我的房间,他不会轻易放过你的……"直播结束后,田小野忍不住提醒茱莉亚不要轻敌。以她对于浩的了解,于浩很快就会卷土重来,不达目的誓不罢休。

"兵来将挡水来土掩,我倒要看看他有多大本事能抓住我的把柄。"有勇有谋的茱莉亚表现出强大的自信。他早就厌倦跟于浩演戏了,就这样闹掰了也好。

"唉……"左右为难的田小野发出一声长叹。早知今日何必当初,可是现在后悔已经晚了。以后该怎么面对于浩呢?马上就要放寒假了,回家后两个人天天住在一个屋檐下,真是要命啊!

第二天是星期天,田小野还没有睡醒,就被突然杀到门口的于浩吵醒。果然不出她所料,于浩认出昨晚直播时的房间就是她的房间,没有半夜直接冲过来就已经是非常克制了。

"你跟他串通一气来骗我就算了,为什么还要帮他妨碍我揭穿真相?"门开后,于浩劈头盖脸就对睡眼惺忪的田小野一顿痛骂,"你到底是不是我亲妹妹?你站哪边的?"

田小野把食指竖在唇边,不停地让他小声些,生怕吵到邻居。见于浩还是一副泼

妇骂街的模样，她只能把他拉进房间，好声好气地说道："茉莉亚做直播完全是出于善心，没想靠这个赚钱，他已经同意把你以前打赏他的钱还给你了，你就放过他吧。"

"这不是钱的问题！"于浩扯着嗓门大吼道，"什么出于善心？他就是一个骗子！"

"他不是骗子，我见过静静的照片，不是他瞎编的。"

"你居然还帮他说话！是不是想气死我？"于浩指着田小野的鼻子威胁道，"如果你不帮我揭穿他的身份，今年过年就别想清静！你就不怕我告诉爸妈，你跟他住在一起吗？"

"我们只是邻居，哪有住在一起？"田小野连解释的力气都没有了，声音有气无力。她耷拉着肩膀，低垂着眼皮，浑身上下都是浓得化不开的疲倦感。

"你整天跟一个骗子混在一起，你以为爸妈会不管吗？以后你休想自己在外面租房住！没法儿寄快递，你的网店也要跟着一起关门大吉！你好好想清楚，到底帮不帮我？"

"哥，你别这么逼我行不行……"

"笃笃笃"。这时，突然传来一阵敲门声，田小野回头一看，发现穿着男式睡衣的茉莉亚站在门外。原来他俩的争吵声传到隔壁，把罪魁祸首茉莉亚吵醒了。

第六章
当爱触不可及

"怎么了？"茉莉亚走进房间，挡在于浩面前，把不知所措的田小野保护在身后。刚睡醒的他一副睡眼惺忪的模样，但紧蹙的双眉间却散发着慑人的威胁，与直播时卖萌装可爱的样子判若两人，好像是从电影里走出来的不良少年。

于浩用燃着怒火的双眸狠狠地盯着他，费了好大的劲才认出他就是把自己当猴耍的茉莉亚。一时间愤怒、憎恶、耻辱、悔恨各种激烈的情绪全部冲上脑门，他再也控制不住，指着茉莉亚的鼻子高嚷道："你来得正好！你这个骗子居然还有脸出现？"

"我骗你什么了？我逼你给我送礼物了吗？是你自己心甘情愿硬塞给我的。现在我全都还给你，再多加一点儿精神损失费好不好？"

"你……"于浩被他强势的攻击压制得说不出话来，气得连脖子都粗了。

"你们别吵了！"田小野见情况不妙，急忙冲过去紧紧抱住于浩的胳膊，生怕他理智崩溃挥拳打人。她一边劝于浩保持冷静，一边不停对茉莉亚使眼色，让他赶紧走，别添乱。

结果茉莉亚不但不走，还趾高气扬地走到于浩面前，继续挑衅道："你有什么不满都冲我来，对她发什么脾气？还向爸妈告状，你以为自己还是小学生吗？"

"别以为我不敢！"于浩吵不过茉莉亚，扭头对田小野发出警告，"我家养你这么多年，你就是这么报答的？别怪我没提醒你，如果事情捅穿了，以后你休想继续在校外租房住！"

"哥，你别这样……"吃人嘴短的田小野可不敢像茉莉亚那么理直气壮，可怜兮兮地望着于浩。

茉莉亚虚构身份直播的确是欺骗行为，于浩会这么生气也在情理之中。她最怕的就是事情闹大了会两败俱伤，可惜茉莉亚不懂她的一片苦心，非要跟于浩针锋相对。

"你别求他。"正在气头上的茉莉亚一把拉开田小野，"如果你家克扣你的生活费，以后我来养你。别说是房租了，就连学费我都替你出。你可以养活自己，根本不需要用他们的钱。"

田小野终于体会到什么是"有钱任性"了。于浩可以威胁到她，但是根本威胁不到茉莉亚。茉莉亚可以跟于浩撕破脸老死不相往来，但是她还要回家过年呢，闹成这样怎么办？

面对态度强硬的茉莉亚，欺软怕硬的于浩突然把矛头指向田小野，撂下一句狠话："好，田小野，你跟他就是一伙的，咱们走着瞧！"

说完掉头转身，愤然离去，留下莫名其妙的田小野呆呆望着"砰"地一下关闭的房门，

心想,只希望事情和平解决的自己到底做错什么了?

从那以后,于浩再也没有找上门来,而且也没有去茱莉亚的直播室闹场。

田小野提心吊胆了一段日子后,期末考试日渐逼近,忙着应考的她连担惊受怕的工夫都没有,渐渐把于浩的警告遗忘了。

而向于浩泄密的郭寒露,圣诞节之后就再也没有和田小野说过话。

这次郭寒露的刻意回避与以前的报复式冷战不同,不是对田小野的惩罚,而是为破坏他们兄妹关系感到愧疚,不敢面对田小野了。

田小野气归气,但每次看到郭寒露不安歉疚的样子,又不忍心责怪她。随着时间流逝,田小野就连气都消了,只是为她们之间经不起考验的友情感到有些惋惜。

昏天黑地的考前复习后,田小野胸有成竹地坐在考场上,运笔如飞地答完每一份试卷。当最后一科的结束铃声响起后,她紧绷的神经终于松懈下来。

交完卷的同学们纷纷离开,教室内外都传来大家愉快的交谈声。

田小野一边收拾文具,一边想着是否应该勇敢地联系于浩一下。以前他们都会提前告知对方自己的考试时间,先考完的人在学校多留几天,等另一个人考完后再一起回家,但是这次和于浩闹得这么僵,田小野一直等到最后也没有等到于浩的联系,只好自己主动。

田小野抱着课本和文具,坐在教学楼下的花坛边,鼓起勇气拨打了于浩的电话。

铃声响起的时候,她紧张得连心脏都快跳出来了,但是铃声响到第三声被突然切断时,她的整颗心都凉透了。

原来以为那件事已经过去了,没想到只是她一厢情愿,在于浩心里其实还没有过去。

没有办法,田小野只好给于浩的朋友打电话,总算知道于浩找到了一份短期实习工作,临近除夕才结束,看来今年他们只能分开回家了。

田小野给于浩发去一条短信:"哥,我明天先回家了,你实习加油。"

不出所料,田小野没有收到任何回复。

下午,田小野买好了明天的长途汽车票,晚上回到家里收拾行李。

以前收拾行李挺简单的,就是一些换洗的衣物和课本,家里还有不少以前留下的旧衣服,不出门时就凑合着穿,混过一个寒假还是绰绰有余的。

台式电脑带不走,幸好春节期间快递放假,网店也不开张,而且就算遇到急事也可以用手机处理,所以不需要搬运电脑。不过,这次的情况却稍有不同。

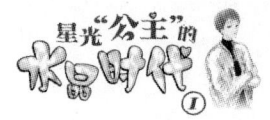

田小野抬起头，目光移向放在桌边的一大堆瓶瓶罐罐。

护肤品有美白的、保湿的、防晒的、祛斑的、紧致的，各种功效都齐全。化妆品有粉底、腮红、眉笔、眼影、口红。有些是和茱莉亚拼单买的折扣品，有些是茱莉亚用不完送她的，虽然看着挺奢侈，但其实真没花多少钱。

如果把这些全都收拾起来，行李箱还真塞不下。而且，家里人看到自己突然变得这么精致讲究，一定会吓坏的吧……

正想随便挑几瓶实用的带回去，茱莉亚就来串门了。

他一边吃着盒装酸奶，一边悠闲地踱步进来，看到地上大大敞开的行李箱后，依依不舍地问道："你真的要走啊？"

他穿着绒毛的厚款家居服，蓬松细软的发丝垂在脖子和耳边，看上去就像小动物一样可爱。

"这还能有假？考完试所有学生都要回家，谁还留在学校啊？"

"哦……"茱莉亚闷闷不乐地坐在床边，低头专心吃着酸奶，没再说话。

正在挑选护肤品的田小野察觉到他的情绪有些不对劲，回头问道："你怎么了？"

看到茱莉亚若有所思的寂寞表情，田小野忽然一下全都明白了，小声又问："你过年不回家吗？"

"那里就是我的家。"茱莉亚用挖酸奶的勺子指了一下正前方的墙壁。

那堵墙后面的确是他现在住的地方，却并不具有"家"的意义。至少和田小野对"家"的理解不太一样。

"你一个人过年不寂寞吗？"田小野忘记了挑选护肤品，担心起茱莉亚来。

"那你早点儿回来陪我啊。"茱莉亚咬着酸奶勺子，笑嘻嘻地说。

呃，一不小心就给自己挖了一个坑。田小野傻愣着，一时不知道该怎么接话了。

"如果家里人同意的话，我就早点儿回来。"田小野对茱莉亚浅浅一笑，之所以会这么说，不仅是为了安慰茱莉亚，还有更深的原因。

茱莉亚注视着她，似乎想问什么，但忍住了。

田小野干脆自己说："反正那里也不是我的家，是我哥的家。"自从十年前失去母亲后，她就一直寄住在表哥于浩家中。

一般人听到她这么说，肯定会追问"他们是不是对你不好"，但是茱莉亚却没有。

他咬着勺子，勺柄在嘴边一上一下地拨弄，陷入思索的表情又可爱又幼稚。

"你不好奇我和他们的关系吗？"田小野还是第一次遇到这么不八卦的人。

第六章 当爱触不可及

茱莉亚取出勺子，自恋兮兮地说："我这么聪明，自己就能猜到啦。寄人篱下哪有不受委屈的？反正就是那几种套路，什么偏心啦、护犊子啦、刻薄啦，他家还能玩出什么新花样？"

茱莉亚扳着指头一一数着，一副见多识广的"老司机"模样，把田小野都逗笑了。

"你说的是不错，不过我家的情况还要更复杂一点儿。"

至于有多复杂，田小野就没有透露了。那是她和于浩全家最大的秘密，她还没有做好与别人分享的准备，就算是她以前最好的朋友郭寒露都不知道，茱莉亚也不行。

"别说这些了，跟你说正经的。"茱莉亚突然直起身子，一边用勺子隔空指指点点，一边连珠炮似的说，"那套补水面膜带上，别忘了敷脸，还有那瓶去黑眼圈的眼霜，过年别总熬夜，也别老是聚餐，暴饮暴食。都说每逢佳节胖三斤，春节尤甚，你可当心点儿，别过完年后丑得连我都不认识你了，我可是花了好大力气才把你这傻白甜打造成白富美的。"

在美容导师茱莉亚面前，田小野永远只有低头挨骂的份。她忧伤地叹了一口气，一边有口无心地应着"是是是，知道了"，一边乖乖地把茱莉亚提到的东西全都塞进行李箱。其实她知道茱莉亚的用心良苦，刚才茱莉亚一定是看出气氛有点儿低沉，所以才故意转移话题吧。

当初努力改变自己是想要抓住苏冬阳的心，但是被苏冬阳拒绝后，田小野忽然觉得打不打扮都无所谓了。正所谓"女为悦己者容"，都没有人欣赏，再漂亮有什么用呢？

"还有这个。"茱莉亚忽然来到田小野身边，手上拿着一个印着"压岁钱"字样的红包。

"这是什么？"蹲在地上整理行李的田小野一下愣住了，傻傻地抬头望着他。不知道是不是错觉，她总觉得茱莉亚的表情有些羞涩别扭，不像平时那么洒脱自然。

"提前给你包个红包，给你就拿着。"说着就把红包递到田小野面前。

田小野只好接过来，开玩笑说："你不用这么客气。按我们老家的风俗，只有长辈才给晚辈包红包，你想占我便宜啊？"嘴上这么说，其实心里正在盘算着怎么拒绝。

茱莉亚没少关照田小野的网店生意，从来只有商家送顾客红包，哪有顾客送商家红包的道理？而且红包上金灿灿的"压岁钱"三个字太刺眼了，简直让她哭笑不得。

随手翻过来一看，红包背面还印着某快餐店的logo。这下真相大白了，估计是快餐店送外卖时附赠的。

"不是钱，你打开看看。"茱莉亚催促着，紧张的神色有点儿期盼又有点儿害羞。

田小野狐疑地把红包打开，没想到里面居然是三张漫展门票！

不是同一场活动的三张票，而是三场活动的，几乎每周末都有一场，贯穿了整个寒假。

田小野更加哭笑不得了，以她对茉莉亚的了解，茉莉亚肯定会使出威逼利诱等一切手段，逼自己跟他一起玩 cosplay（角色扮演）。

啊，突然觉得头好痛，心好累，谁来救我逃出他的魔掌……

预感到自己惨淡未来的田小野直接扑倒在行李箱上，耷拉着脖子和肩膀，一副快要死翘翘的模样。收到这种新年礼物还真是一点儿都开心不起来，田小野又回忆起上次被几十个摄影师围拍的噩梦了。

"早点儿回来，别浪费门票。"茉莉亚蹲下来，拨开挡在田小野脸上的头发，然后一点儿也不怜香惜玉地撑开她的眼皮，一秒钟就破解了她的装死大法。

"好痛啊！"田小野一巴掌拍开茉莉亚的手，揉着酸痛的眼睛弹坐起来。

茉莉亚盯着她恼怒的模样"嘻嘻"傻笑，目光忽然温柔下来，好久都没有移开。

他笑起来非常好看，黑亮的眼珠炯炯有神，眼角微微向下弯曲，把眼下可爱的卧蚕挤得胀鼓鼓的，笑得很甜、很温暖、很亲切，还散发出一种被幸福笼罩的感觉。

这些田小野以前就发现了，但是最近感触更深了。

以前两个人不怎么对视，这段时间不知道怎么搞的，时不时就四目相接了，而且距离挺近的。就像现在这样，茉莉亚还在托着下巴望着她，离她只有半米左右。

对方毕竟是个男生，田小野被盯久了还是有点儿小鹿乱撞。

田小野不自然地向后挪开半步，稍微拉开距离，说："门票我可以收下，但是不一定三场都能参加哦。"第一场漫展的时间离春节很近，她不一定能从老家赶过来。

"哦……"茉莉亚把失望的尾音拉得老长，可怜兮兮的模样就像一只没有主人陪伴的宠物，居然让田小野产生了一丝罪恶感，觉得自己对不起他。

如果真的要做比较的话，田小野摸着良心说，和他在一起真的要比回家开心太多了。仅仅是一瞬间，田小野产生了"跟他一起过年一定更有意思"的想法。虽然他有时候强势了一点儿，任性了一点儿，惹是生非了一点儿，多管闲事了一点儿，但是……

田小野已经越来越习惯和他一起相处了，哪怕是斗嘴也觉得很开心，索然无味的日子因为他的存在而变得有趣起来，一想到明天就要分别，心头忽然涌起异样的寂寞和失落。

第六章 当爱触不可及

两个小时的车程后,田小野终于回到老家。

望着熟悉的街景,听着身边路人熟悉的口音,有种久违的感觉。

拖着拉杆箱从一群围着她热情询问要不要搭车的司机中匆匆走过,田小野在路边早已约好的地点,看到了一辆熟悉的白色大众车。

"小野。"坐在驾驶座上的男人从摇下的车窗中看到田小野的身影后,高兴地大喊起来。

"姑父!"田小野立即扬手向他打招呼,加快速度穿过公路,来到车旁。

这时姑父于翰林已经走下来帮她把沉重的行李箱放进后备厢,一边询问她的学习情况,一边亲热地搂着她的肩膀上车了。

今年四十余岁的于翰林是省电视台的知名节目制作人,专门制作传统文化和国学方面的教育类节目,经常接触书香门第,耳濡目染的,自己身上也散发出温文尔雅、彬彬有礼的气质。即使没有戴眼镜,别人也能看出他满腹经纶。

"你怎么把头发染了?"田小野正在系安全带,于翰林突然问道。

"哦,这……这样好看一点儿……"田小野尴尬而腼腆地答道。从小到大她都没有染过头发,要不是茱莉亚连哄带骗,她也不会勇敢地迈出人生中的这一步。

汽车启动,行驶在晚高峰拥挤的车流中,慢吞吞地开一会儿又停一会儿,令于翰林在驾驶之余还能用眼角多瞥田小野几眼。"小野,你是不是……化妆了?"

"啊?"田小野突然噎住了。女生天生都是爱美的,体会到化妆品的魔力后,就再也不想素颜出门了。就是因为不想被问及这个问题,今天她只涂了BB霜和裸色唇膏,用刘海遮住半永久的眉毛和眼线,没想到还是被看出来了,都怪她太低估于翰林的火眼金睛。

"嗯……稍微学了一下……"铁证面前无法狡辩,田小野只好弱弱地承认了。

其实就算她全素颜也会被问及同样的问题,因为她整个人的气质和以前截然不同,变得时尚靓丽了。这都多亏了茱莉亚的悉心调教。

于翰林没有多说什么,专心致志地继续开车。

田小野一直不安地偷偷用余光打量他,生怕他责怪自己不好好学习,虚荣浮躁,但是他什么也没说,只是若有所思地注视着前方的道路。

田小野不知道他在想什么,甚至不知道他生气没有。从小到大,田小野从来都猜不透他。他们有着非常亲近的关系,但是在田小野心中,他永远都是一个遥不可及的存在。

汽车停在小区车库里，于翰林帮田小野拖着行李箱，两个人一起并肩回到家中。

姑姑郭美涵正忙着准备晚饭，厨房里响起阵阵肉菜下锅的油爆声。于翰林高喊了一声："我们回来了！"郭美涵才冷冰冰地应了一句："知道了。"

半年不见的侄女回家了，照理说做姑姑的应该十分殷切亲热才对，但是郭美涵一点儿欢迎的意思都没有，一直在厨房里炒菜。田小野早就习惯了，拖着行李箱回到自己的房间。有外人在的时候姑姑才会演一下，只有他们自家人的时候，她一直都是这种爱理不理的态度。

晚饭很简单，三菜一汤，两荤一素，其中一盘土豆烧牛肉还是中午剩的。

饭桌上很安静，只有电视机里传来的新闻节目的声音。田小野埋头吃饭，只想快点儿吃完，早点儿回自己的房间去。突然，郭美涵阴阳怪气地说了一句："哟，小野学会打扮了呢。"

郭美涵以前是省电视台的主持人，嫁给于翰林后才成为全职太太。虽然已经不再像从前那样美若天仙，但是年过四十的她风韵犹存，明显比同龄人年轻美貌得多。田小野的变化连对化妆一窍不通的于翰林都看得出来，当然也瞒不过经常做美容的郭美涵的眼睛。

"文那个眉不便宜吧？啧啧，头发也染了，衣服也是新的……"郭美涵端着碗，做作地叹息道，"还是儿子好啊，连放假都忙着挣钱，不像闺女啊，整天就知道花钱。"细长的眼睛别有深意地瞥了于翰林一眼，满脸都是尖酸刻薄的丑态。

其实于浩才是花钱如流水，花完自己的不够，还要花田小野的，田小野赚的比他多得多。虽然心里很委屈，但是田小野嘴上没吭声，依旧默默地低头扒饭，权当没有听到。

"你像她这么大的时候还不是开始化妆了？"于翰林帮田小野回了一句。

郭美涵立即嚷嚷起来："我那是工作需要，学播音主持的上镜能不化妆吗？你见过素颜的主持人吗？"

于翰林闷闷地吃了一口菜，没理她。她更加肆无忌惮了，装腔作势地接着说："小野，姑姑提醒你，女孩子要矜持一点儿，要懂得洁身自爱，别整天打扮得花枝招展的招蜂引蝶。大学里还是应该好好学习，等工作以后谈的男朋友才能长久呢。"

"我没有谈恋爱。"田小野忍不下去了，低声顶了一句。

郭美涵冷笑一声，又别有深意地看了于翰林一眼。

"你少说几句，越说越难听了。"于翰林也听不下去了，板起脸来。

第六章 当爱触不可及

郭美涵一听于翰林袒护田小野，怒火一下就被点燃了。她鼓起眼睛，尖声尖气地嚷道："我是好心提醒她，现在很多大学生都不知道洁身自好！你天天看新闻又不是不知道这些！我哪句话难听了？"

把于翰林骂得不吭声后，郭美涵忽然望着田小野，假装殷切地问："小野，你在外面租房子是一个人住吧？"

"我吃饱了。"田小野轻轻放下筷子，深吸一口气离开了饭桌。只是吃得半饱的她什么都不想吃了，满肚子填满了怨愤，什么都塞不进了。

回到房间里，隔着门都能隐约听到饭厅里传来阵阵争吵声。

田小野不想管他们到底在吵什么，戴上耳机，把音量开到最大。打开视频网站随便翻了翻，不知怎么就点进了茱莉亚的直播室。今晚他没有直播，田小野只能看以前的回放。

"大家好，我是茱莉亚，感谢大家今晚又来看我的直播。静静，你上线了吗？"

"这么快就有人点歌啦？现在人好少哦，不想唱，等人多了再唱，我们来聊聊好玩的事情吧。

"上次和我一起直播的美女？她刚被甩哦。"

"对嘛，我也觉得那男的眼睛有问题，你们想追啊？休想……"

我被甩的事情用得着在直播时当着这么多人的面讲吗？田小野感觉胸口中了一箭，刚刚愈合的伤口又裂开了。先把这个仇记下来，回去再找他算账！

不到一分钟，田小野就完全进入了茱莉亚的世界，把门外的争吵声隔绝在另一个时空。

连她自己都觉得非常不可思议，当茱莉亚熟悉的声音从耳边传来，她憋在心头的一口气突然疏散了。看到茱莉亚在镜头前微笑的样子，她的嘴角就不自觉地上扬起来。所有不开心的事情都忘记了，只剩下茱莉亚讲的搞笑段子，聊的搞笑话题，还有最拿手的模仿表演。

这才第一天，没听到他唠叨，没看到他的身影，田小野就已经开始有点儿想念了……

于浩家一百多平方米的大房子里，真正属于田小野的空间就是她的那间小小的卧室。大多数时候，她只是在洗漱、吃饭和上卫生间的时候出去走动一下，其他时间都乖乖待在卧室里。她知道郭美涵不喜欢看到她，所以她尽量少出现在郭美涵的视线里。

幸好田小野还要经营网店，一忙起来一天的时光倏忽而逝，令她没有闲暇去烦恼其他事情。直到春节前夕连快递都停发了，她才真正空闲下来。

这时才感到日子变得有些难熬，每天无所事事，不知道该干什么。

她和茱莉亚在一起时从来不会觉得无聊，茱莉亚总有讲不完的话，有时被他气得喘不上气，有时又被他逗得捧腹大笑。只要有他在，连空气都变得不一样了。

这段时间田小野做得最多的事情，就是看茱莉亚的直播。这才发现其实他经常在直播中提到自己，自己在他口中不断变化身份。最早是网店老板娘，然后是隔壁邻居，现在是美女嘉宾。

他夸奖自己时总是显得很自豪，取笑自己时又显得很溺爱，就连生气时都带着一种"就是拿她没办法，算我错好了"的无奈。他的每一个表情，都让田小野强烈感受到一种被喜欢着的甜蜜。先不论是哪种喜欢，反正就是能让田小野感到被重视、珍惜和爱护。

茱莉亚带给田小野一种在这个徒有其表的"家"里感觉不到的，能让田小野意识到自己的价值、变得更有自信、更加喜欢自己的、具有魔力的幸福感。

当初记下的仇恨早就被抛到九霄云外，田小野只想早点儿回去，得意扬扬地鄙视一下他只有自己一个朋友的狭隘交友圈。

田小野回家两个礼拜后的一天，刚起床就发现今天和平常不太一样。厨房里堆满了菜，炖得"咕嘟"直响的砂锅里传来人参鸡汤的浓郁香气。

郭美涵忙碌的背影轻盈优美，仿佛带着舞蹈的节奏，如果这时突然播放一首广场舞神曲，她一定会跟着哼唱和摇摆起来。

看到郭美涵心情这么好，田小野不用问就知道，一定是于浩要回来了。

于浩那么记仇的人，一定还没有原谅自己吧？应该怎么面对他呢？田小野想来想去，最后还是决定假装什么事情都没发生过，因为于浩肯定也不想让父母知道他打赏主播的事情。

郭美涵从白天忙到晚上，终于做出一大桌丰盛的菜肴。鸡鸭鱼肉全都齐了，还有螃蟹和龙虾，各类食材争奇斗艳的程度一点儿也不输给年夜饭，田小野刚回家时吃的那顿更是没法比。不过田小野也不会去比，连想都不想，因为想多了全是泪，她知道自己在这个家的地位。

因为要等于浩回家，开饭时间比以前晚了将近两个小时。当田小野的肚子已经咕咕叫的时候，她终于听到于浩的声音了："妈，我回来了！"

郭美涵欢天喜地地跑去开门,于翰林从沙发上起身,过去帮忙接行李。卧室里的田小野深吸一口气,带着上刑场的觉悟打开了门。

"儿子,你怎么穿这么少?这么冷的天,连秋裤都不穿!唉,又瘦了,你每天有没有好好吃饭?男孩子减什么肥?你的手好冷啊,快去用热水洗个脸……"从于浩进门的那一刻起,郭美涵就像被抽得停不下的陀螺,一直跟前跟后地伺候着,一点儿也不知道疲惫。

看到他们一家团圆的样子,田小野觉得自己有点儿多余。她规规矩矩地坐在餐桌边,像幼儿园小朋友似的把手放在膝盖上,把身体缩得很紧,好像以为这样就可以隐形似的。

风尘仆仆的于浩脱下外衣后,一屁股坐在田小野对面,不等长辈落座就从盘子里拎出一条螃蟹腿啃起来。

郭美涵端汤盛饭,忙得不亦乐乎。于翰林把于浩的行李放好后也坐在餐桌边,向于浩问起实习的经历。

不一会儿,郭美涵也落座了,把热菜肉菜全摆在于浩面前,还一个劲地往于浩碗里夹菜,直到于浩大叫"妈,你别这样,我自己知道吃"才终于收手了。

田小野低着头,轻轻地嚼着每一口饭,不敢发出一丁点儿声音。如果没有自己,这顿团圆饭该是多么其乐融融、幸福美满啊?她越发感到自己的多余,只想早点儿吃完早点儿走。

"儿子,你别太累着自己,家里又不指望你赚钱,你去打什么工啊?你妹都回来休息好久了,你还忙着工作。"郭美涵心疼地拨了拨于浩的头发,而于浩忙着啃龙虾没有回话。

郭美涵接着说:"你是不是钱又不够花了?妈下学期多给你打点儿生活费……"

于翰林打断道:"你别总是惯着他,他的生活费已经很高了。"

这点田小野可以做证。于浩的生活费绝对是他班上最高等级的,只不过他花钱如流水,没有计划不懂节制,一眨眼就用光了,还经常向田小野借钱,但是从来没还过。

郭美涵马上说:"现在上学要花钱的地方多着呢,更何况他下学期就要毕业了,去公司面试不要钱啊?同学聚餐不要钱啊?就是应该多给点儿。"

于翰林说:"小野的生活费比他少多了,从来没说不够花。"

这次不等郭美涵反驳,终于啃完龙虾的于浩抹了抹嘴,阴阳怪气地说:"我哪能跟小野比啊?现在人家可是小富婆呢。"

郭美涵突然凑过来问:"小野,你那家网店能赚多少钱啊?"

于浩抢着说:"她不开网店也有钱啊,交了一个富得流油的男朋友,现在正春风得意呢。"

"哼,还说没谈恋爱?"郭美涵轻蔑地瞥了田小野一眼。那眼神能让田小野恶心一年。

"哥,那不是我男朋友,只是我邻居。"田小野好声好气地为自己辩驳。

于浩马上冷笑着说:"不是你男朋友你们还整天出双入对的?我都看到好几次了。"

"你别胡说八道!"田小野真的生气了,嗓门一下大了起来。

"小野,你那个邻居到底是什么人?"一直没有作声的于翰林终于无法继续保持沉默了,放下筷子,严肃地皱起眉头问。

"就是一个普通人,以前总照顾我网店的生意,后来很巧地成了我的邻居。"

"什么普通人?他就是一个骗子!"

于翰林和郭美涵都被于浩的发言吓呆了。

"你们别听他胡说!"这饭没法吃了,田小野气得差点儿拍案而起。

于浩今天铁了心要跟她撕破脸,节节逼迫道:"我哪句话胡说了?他男扮女装做直播,是不是在骗钱?是不是骗子?"

看着于翰林和郭美涵越来越黑的脸色,田小野慌慌张张地说:"不是这样的,你们听我解释……"

接着,田小野仔仔细细地把茱莉亚,以及茱莉亚从事的工作客观地介绍了一遍,而且还着重强调了茱莉亚帮助静静的善举。为了不让矛盾进一步激化,她故意省略了于浩参与其中的部分。为了证明茱莉亚高超的模仿能力,她还在手机上找到茱莉亚直播的视频,播放给大家看。

本以为这样就能扭转大家对茱莉亚的误解,没想到郭美涵看到一半就尖声尖气地叫起来:"哎哟,这打扮也太夸张了,居然还有这么多人看?那个静静的故事肯定是假的。"

田小野忙说:"静静是真的,我见过照片。网络直播是一份新兴职业,现在可火了,而且他的才艺比很多主播都厉害!"

"连一天播音都没学过,当什么主播?就是闹着玩的。"前专业人士郭美涵嗤之以鼻。

于浩生怕事情闹不大似的,在一旁添油加醋地说:"小野以前不打扮的,都是跟他学的,整天把自己捯饬得跟网红似的,迟早要学坏……"

"你再说我就把你的事情捅出来！"田小野气得都想骂人了。她没有告于浩的状已经算是仁至义尽了，谁知于浩不但不知道收敛，还火上浇油，令她忍无可忍。

"你有什么事？"郭美涵立即关心起儿子来。

"我……就是被骗了点儿钱。"于浩支支吾吾道。与其被别人捅破，还不如自己招认。

"什么？他骗你钱？"郭美涵尖叫起来，两个眼球都鼓成珠子了。

田小野忙说："是他自己给的，人家已经还给他了。"

于浩和郭美涵抓住不放，一口咬定就是骗钱，田小野怎么也解释不清楚。

一家人吵吵嚷嚷的，都没心思吃饭了。突然，一直沉默的于翰林发话了："小野，你以后还是少跟那个人来往。"

他低沉浑厚的声音一响起，其他三人都噤声了，嘈杂喧闹的饭厅顿时安静下来。

"为什么？你们根本就不了解他……"田小野委屈得鼻子都发酸了。于浩和郭美涵怎么样都无所谓，但是连于翰林都误会茱莉亚，这让田小野无法接受。

"什么样的妈就有什么样的女儿，你妈当初就喜欢勾三搭四的，什么人都往上凑……"

"不许你侮辱我妈！"田小野向郭美涵嘶吼起来，泪水在眼眶里直打转。

"我哪句话侮辱她了？我说的都是事实！"见田小野敢顶嘴，郭美涵立即火冒三丈，恶毒地高声嚷道，"你受不了就搬出去啊！别用我们的钱，别让我们养你啊！"

"我马上就搬出去，一分钱也不要！"

"小野——"

于翰林喊不住田小野。田小野就像一头暴怒的猛兽，扭头冲回卧室，"哐当"一声重重关上门，趴到床上大哭起来。

门外响起此起彼伏的争吵声，她用枕头盖住头，一个字都不想听。

她已经受够了，不想再过这种寄人篱下的日子了！这里没有人在乎她，她就是多余的！

虽然她还是学生，但是已经成年了，而且有网店收入，可以养活自己。想到这里，田小野擦干眼泪，平复了一下情绪后果断地跳下床，开始收拾行李。

于翰林来敲门，她也不理不应。

于翰林用钥匙把门打开后，看到塞满衣服的行李箱，急得头都大了。田小野头也不回，一边飞快地收拾行李一边说："我马上就走，我马上就走！"没有汽车还有火车，虽然是春运期间，但是短途票并不难买，她今晚就要离开这里。

"小野,你不要这么任性,马上就要过年了,你到哪儿去?"于翰林拉住她的胳膊。

"让她走,我看她有多大能耐。"郭美涵靠在门边,怪声怪气地说。

田小野挣开于翰林,"刺啦"一下拉上行李箱,拖起来就走。与郭美涵擦肩而过时,用凶恶的眼神狠狠瞪了她一眼,但是不等郭美涵发作,就扭头走远了。

"小野——"于翰林冲出去,郭美涵一把拽住他。

"你干什么呀?让她走,她有本事别回来。就算是条狗养这么大都知道摇尾巴了,她倒好,好像是我们欠了她似的,一点儿都不知道感恩……"

"啪——"田小野用尽全身力气摔门而出,把刺耳的话语阻断在门后。

她不会像一条狗一样摇尾乞怜,求他们给自己一个容身之处。

她有骨气、有自尊,可以一个人生活下去。

此时田小野心中只有一个信念:我再也不会回来了!从今以后,我再也不会回来了!

临近春节,街道上早已张灯结彩,无论走到哪里都能看见喜庆的灯笼和闪烁的彩灯。整个城市都被装点得火树银花、富丽堂皇,置身于这片绚烂美丽的繁华之中,田小野弱小的身影就像一粒渺小的尘埃,在人潮中飘飘荡荡,疲惫而又孤独。

她独自坐在火车站的候车室里,用耳机塞住耳朵,听着手机里婉转的歌声,把自己从这个纷杂喧哗的世界中隔离出来。

在这个团圆的时候,所有人都赶着回家,只有她奔向完全相反的地方。

她不觉得寂寞,因为曾经的热闹都是假象,她一直都生活在彻底的寂寞中。她真正的家在十年前就随着母亲的去世而消失了,后来待的那个地方只是一个徒有虚名的空壳。

那里没有人等待她、盼望她,但是她现在要去的地方,至少还有一个人眼巴巴地盼着她快点儿回去。

田小野打开钱包,确认了一下那三张门票还在,总算放心了。

她知道茉莉亚是需要她的,是敞开双臂迎接她的。

与其在虚假的家庭中当一个多余的人,不如去陪伴需要自己的人,度过更快乐的时光。与其在精神折磨中苦熬,不如勇敢地离开,重新开始有微笑相伴的生活。

半夜十二点,筋疲力尽的田小野终于回到出租房。

望着房间里熟悉而简陋的一切,早已流光的眼泪再次涌了上来。

第六章 当爱触不可及

她把行李箱往墙边一堆,门也不关就扑到床上大哭起来。她哭得歇斯底里,声嘶力竭,仿佛要把这些年沉积在心底的所有委屈全部宣泄出来,彻底清除干净。

"你怎么了?"门边突然传来茱莉亚的声音。

早就睡下的他被田小野惊天动地的哭声惊醒,趿着拖鞋匆匆赶来。他半眯着眼睛,神情迷迷糊糊的,摸黑走到床边坐下,拍了拍田小野的肩膀。

"你怎么哭了?是不是跟于浩吵架了?"不等田小野开口,茱莉亚就已经猜到七八分。他就知道于浩不会轻易放过田小野,但是没想到田小野会被伤得这么惨,都快哭成泪人了。

茱莉亚恨铁不成钢,气得拍了抽噎不止的田小野几下,嚷道:"你夹着尾巴跑了算什么?跟他吵啊!把他借了你多少钱没还算清楚,还有他做的那些混账事都给他捅出来,看他还敢不敢欺负你。你别哭了,如果是为了我的事,我明天就跟你一起回去,找他当面对质……"

"我不回去了,我再也不回去了!"田小野挥开茱莉亚的手,失控地嚷叫起来。

"那他还不高兴死啊?你不可能过年不回家吧?"

"那里不是我的家。"田小野突然坐起来,用手背擦去脸上的泪水。

黑暗中,她倔强地望着茱莉亚迷茫的眼睛,目光里闪烁着异样的光芒。

这句话不是气话,而是蕴含着很多秘密的实话。

"我……"就在田小野想要继续说下去时,她的手机突然响了。

看到屏幕上显示着苏冬阳的名字,田小野一下慌张起来,不知所措地握着手机不敢接听。

自从圣诞节告白被拒绝后,她就再也没有联系过苏冬阳了。苏冬阳这时突然打电话来,仅仅是因为凑巧,还是因为知道了什么?

苏冬阳非常执着,铃声响了很久依然没有要停止的迹象。田小野没有办法,只好深吸了几口气,努力伪装成平常的模样,轻轻地说了声:"喂……"

没想到刚说出一个字,对面就传来苏冬阳十万火急的声音:"喂,小野,你现在在哪里?"会这么问就证明他知道田小野没在家。田小野一下更慌了,不知道该怎么回答。

不等田小野出声,苏冬阳就焦急地低吼起来:"你有什么事情好好和家里人说,不要任性,你一个女孩子这么晚了不要到处乱跑!"听得出来他非常担心田小野的安全。

田小野小声说:"我……我已经回到出租房了……"

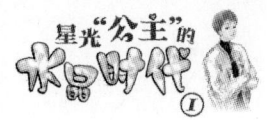

闻言，苏冬阳这才稍微放心下来，长长地叹了一口气，苦口婆心地劝道："虽然我不知道你家到底出了什么事，但是天大的事情你都不该这样做，更何况马上就要过年了。你别赌气了，早点儿回去吧……"

苏冬阳喋喋不休地劝说着，但是田小野满脑子想的都是："他是怎么知道的？"直到几天后田小野才知晓答案，原来她离开后于浩发了一条炫耀战功的朋友圈，被苏冬阳看到了。

"我……我是不会回去的……今年过年我就在出租房过……"离开家门的那一刻，田小野就下定决心了。无论谁劝她，她都不会改变心意。

"到底怎么了？"苏冬阳从田小野坚定的语气中听出事态的严重，又担心又焦急地问。

于是田小野把事情经过简单讲述了一遍，省略了郭美涵最后那句侮辱她的母亲、令矛盾升级的话，所以苏冬阳只以为她是因为家人不许她跟茱莉亚来往才闹别扭的，觉得她太小题大做了。

"小野，你姑妈他们都是担心你，怕你被带坏了……"

"你明明见过茱莉亚，知道茱莉亚不是坏人，为什么还帮他们说话？"田小野又急又气。

苏冬阳好声好气地说："我知道茱莉亚看上去不像坏人，对你也好，但是……他的确是有点儿奇怪，不仅来路不明，而且没有正当职业，你当心一点儿对你没有坏处……"

苏冬阳接下来还说了些什么，田小野已经听不见了。她觉得自己脑袋里一片混乱，耳边都是"嗡嗡嗡"的杂乱响声。她本想把自己的满腹委屈向苏冬阳倾诉，寻求他的关心和理解，没想到他居然站在郭美涵那边，一时间对他失望至极，后悔刚才对他说了那么多。

"小野,他们都是为了你好,你怎么会为了这点儿事情就闹这么大的别扭呢？小野,你还在听我说话吗？小野？"一直都是苏冬阳一个人在喋喋不休，田小野不发一语。

就在这时，茱莉亚突然一把抢走手机，向苏冬阳挑衅道："你说谁来路不明？"

突然听到茱莉亚的声音，苏冬阳一时愣住了。他万万没想到，茱莉亚就在田小野的身边，把他们刚才的对话全都听进了耳中。

"你凭什么让小野回去？"茱莉亚火气冲天地质问苏冬阳，"你明明拒绝她的表白了，还装出一副男朋友的样子算什么？刚才听她说她在于浩家受的委屈，连我都快

听不下去了，你居然还劝她回去？她有才华有能力，可以养活自己，凭什么要回去当受气包？"

正在气头上的茱莉亚连珠炮似的"噼里啪啦"讲了一大通，苏冬阳沉默了好一会儿，忽然轻轻说道："就是因为有你这种朋友，小野才会变成现在这样。"

如果他的语气再激动一点儿，愤怒一点儿，茱莉亚还可以当他是"一时失言"，但就是因为他说得太平静、太淡定了，茱莉亚连这个借口都不能为他找，瞬间有种筋疲力尽后的无奈感，只能当这真的是他深思熟虑后得出的最后结论了。

"她现在变成什么样了？难道现在这样不好吗？至少她长大了、独立了，知道反抗了，不再言听计从，懂得自己思考和判断了。就算外人觉得她的决定很荒唐，她也是问心无愧的。她觉得现在这样更轻松、更幸福，你为什么要逼她回到那种痛苦的折磨之中？"

苏冬阳心平气和地回答："她正在气头上，已经失去理智了，你不应该推波助澜，让事态越来越严重。等她冷静下来她就知道自己错了，她伤害了她的亲人……"

茱莉亚不等苏冬阳把话说完就截断道："她的亲人没有伤害她吗？如果是这种互相伤害的关系，为什么不早点儿结束呢？我跟她有相似的经历，我理解她。一个人无法选择自己的亲人和家庭，但是可以选择自己的朋友和人生。无论她多么讨厌那个家，因为彼此是亲人，她就必须留在那里吗？她就不能挣脱和反抗吗？我最讨厌的就是打着'为你好'的名义亲情绑架，把她变成一个没有自主选择权的傀儡。"

在茱莉亚咄咄逼人的话语中，苏冬阳渐渐沉默下来，静静听着。

"如果于浩家那些人不想让她走，她就走不出那道门。既然现在她走出来了，就是于浩家默许的结果，所以你就别多管闲事了。她选择了我，我会向她证明她是对的。从现在开始由我来照顾她，我保证让她过上比以前幸福一百倍的生活。你要真为她好，以后就别再来找她了。"

平静地说完这些话后，茱莉亚轻轻挂断电话。本来一开始他气得火冒三丈，想跟苏冬阳大吵一架，但是苏冬阳却耐心地听他讲话。等他把所有想说的话说完后，他忽然觉得气消了。

茱莉亚回头看了田小野一眼，发现田小野正目瞪口呆地盯着他，忽然有点儿不好意思。为了掩饰尴尬，他把手机丢进田小野怀中，说："你真傻，到底看上他哪点了？反正他都拒绝你了，你以后就别老是惦记他了。干脆我帮你把他的电话号码删了吧……"

说着又想拿回手机,田小野却快他一步,紧紧把手机握在掌心里,不准他删。

明知道对苏冬阳的单恋应该翻篇了,但田小野就是有点儿舍不得,有点儿放不下。毕竟已经喜欢他两年了,而且他只是担心自己,没有恶意,删电话号码未免太过分了……

见田小野依旧余情未了,茱莉亚无奈地摇了摇头,但想起刚才苏冬阳说的话,还是觉得咽不下这口气,嘟哝着:"气死我了,居然说我来路不明……"

"你本来就来路不明啊,我到现在还不知道你的真名叫什么呢。"田小野补了一刀。

茱莉亚捂住心口,差点儿气得喷出一口老血来。他低下头,犹豫了一会儿,忽然在田小野身旁坐下,坏笑着说:"那我告诉你啊。"明亮的眼眸里闪动着狡猾的光芒。

田小野吓了一跳,身体微微后仰,有点儿防备。

以前她磨破嘴皮都问不出茱莉亚的来历,她不信茱莉亚会轻易说出来。

果不其然,茱莉亚马上提出一个附加条件:"但是作为交换,你也要告诉我,你刚才为什么说那里不是你的家。"

看到田小野脸上一闪而过的惊慌失措,茱莉亚嘴角上扬起来。他知道自己猜对了,从田小野刚才的表情中就能看出,那句话的背后一定藏着一个巨大的秘密。

独立日大翻身

腊月的深夜非常寒冷,即使穿着厚厚的羽绒服,坐在房间里还是会冻得直哆嗦。茱莉亚就像在自己房间似的,熟练而自然地打开灯,打开烤火炉。

时间已经是凌晨一点多了,但是他和田小野一点儿也不困倦。大哭过了,大吵过了,现在精神正亢奋着,一点儿睡意也没有。

茱莉亚说:"之所以连真名都不能告诉你,是因为我太出名了,你上网一搜就能搜到。"

为了证明这句话,他在田小野的手机里输入了"朱明熙"三个字。一秒钟后,果然搜到一大堆网页,而且和这个名字同时出现的,还有两个演艺界的超级大腕。

"你居然是朱展文和白海燕的儿子?"田小野吓得差点儿咬到自己的舌头。

"我没事会编这种瞎话骗你吗?你要看我的身份证吗?"

这倒不用了,田小野相信他,因为没人会撒这么大的一个谎。

不怪田小野会这么惊讶,因为对于大多数人来说,这对明星夫妻就像天上的星星一样遥不可及。朱展文是国际知名电影导演,拍了三十多年电影至今仍然保持着旺盛的创作力,每年都有新片问世,不断刷新票房纪录,是一名成功找到商业和艺术之间完美平衡的业界传奇。

白海燕曾经是朱展文的御用女主角,作为"朱女郎"出道后在国内和国际上都获奖无数,但是爆红五六年后就匆匆结婚生子,淡出娱乐圈。后来她上过几个访谈节目,谈到为什么要急流勇退时说:"我是一个对自己要求很高的人,当时拍戏的热情、年轻的容貌和旺盛的体力都在离我而去,我注定无法超越以前的自己了,与其被人说走下坡路,不如把最好的自己留在大家的记忆中。"

也许她是对的。虽然从那以后她再也没有新作问世,但是每一部旧作都备受追捧。所有人提到白海燕时,都把她当成了一个荧幕传奇,无论是多么苛刻的影评人都对她赞不绝口。她聪明又强势,懂得审时度势,有着明确的目标,这些优点还体现在她的经商上。息影后的她成功转型为一名优秀的女商人,拥有自己的时尚品牌,设计女装、女包、饰品等。

因为父母都是演艺圈名流,所以朱明熙从出生起就开始上头条,一直备受媒体关注。他五六岁时客串朱展文的电影崭露头角,七八岁时就开始出演电视剧和话剧,成为一名家喻户晓的童星,但是十岁时发生在片场的一场事故,彻底改变了他的人生轨迹。

"我被炸伤了。"朱明熙望着田小野,轻轻地说,"因为炸药提前爆炸,抱着我的男演员还没来得及逃走,我和他都受到严重的烧伤。后来,我休学住了半年院,就

是在养病的那段时间迷上了动漫和游戏，打开了二次元的大门，然后就再也无法回到过去了。"

"原来那部剧里的小白龙就是你啊！"田小野恍然大悟，"我小时候可喜欢他了！"

只不过那时候田小野年纪更小，根本不知道演员姓甚名谁，有什么家庭背景，只是单纯地被他的荧幕形象征服了。那部剧至今仍是她记忆中的白月光，她现在还能回忆起追剧时的兴奋和感动。

"你怎么不继续拍戏啊？如果你坚持拍下去，现在早就红得发紫了！"田小野有些惋惜。

"别看我当时年纪小，但是住院养伤期间，我仔细地思考了自己的人生。我忽然发现，自己之所以演戏只是因为想要得到母亲的认可而已。她觉得我有才华，应该走这条路，但是我没有当明星的梦想。我就想在家看动画、打游戏，悠闲度日……"

田小野听完不知道该如何评价，突然觉得白海燕这个当妈的真不容易，有朱明熙这个胸无大志的儿子真辛苦。女强人基因怎么一点儿都没遗传给他呢？美貌倒是遗传下来了……

"可你也不能虚度青春啊，难怪你妈着急，我都替你着急了。与其做直播，当个小网红，还不如回去拍戏，当个大明星呢。如果静静知道你是演员，肯定会成为小影迷的。"

田小野真想把朱明熙的脑袋撬开，看看他是不是有哪根筋没连对。他的逃离和自己有着本质的区别，他就是叛逆期综合征，任性使然。

因为他的起点太高，事业星途唾手可得，所以他才不珍惜。其实白海燕是对的，田小野也认为他很有表演才华。之所以虚构身份这么久都没有被拆穿，不仅是因为无懈可击的女装扮相，更是因为他天衣无缝的完美演技。他对自己这种与生俱来的才华不以为意，但是外人都能看出他就是一个天生的演员，想帮他却不知道该从哪里使力，真是皇帝不急太监急。

"这次我之所以躲我妈，就是因为她又要硬逼着我去拍戏。以前什么武侠的、玄幻的、战争的都被我推掉了，不是要吊威亚就是要爆破，我说我害怕她也不逼我，结果这次我为我接了一部校园纯爱的，我实在是推不掉啊。"谈起烦心事，朱明熙皱起眉头，不停地摇头叹息。

"既然不危险，你为什么不拍啊？"朱明熙的烦恼太高级，田小野无法体会。

"因为当演员不是我的梦想，而把我培养成一个演员则是我妈的梦想。我为什么

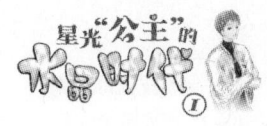

要牺牲自己的人生去实现她的梦想啊？而且言情片里男女主角谈起恋爱来都特别肉麻，很多台词我根本就说不出口。别看我长得不怎么魁梧，其实我的内心很爷们，不想演花美男。如果是立马横刀、英姿飒爽的硬汉角色，也许我还有兴趣尝试一下。"

田小野无言以对，抚额叹息，问道："你是不是对自己的定位有误解？光是身材不魁梧这一点，就已经足以让你与梦想相距十万八千里了。"特别是看惯他甜美可爱的女装扮相后，就更难以想象他满身肌肉的硬汉形象了。

"我躲了我妈大半年了，我妈一直在打听我的下落。之前住在酒店被她发现了，只好十万火急地转移阵地，搬到这里来住。"

"啊！"田小野突然惊叫一声，回忆起第一次去花园酒店跟茉莉亚见面，离开时感觉好像有人跟踪，"原来那个人不是跟踪我，而是监视你啊？"

朱明熙点点头，说："你看到的那个人可能就是我妈找的侦探。幸好我逃得快，不然早就被逮回去了。我妈以为停掉我的卡，我就会乖乖回去认错，没想到我居然自力更生了这么久，她肯定已经对我刮目相看了吧？真要感谢静静启发我找到这样一条生路。"

谈起白海燕的时候，朱明熙总会流露出一点儿对抗意识，仿佛早已把白海燕当成了敌人。而他的所作所为，就只是为了战胜这个敌人，取得胜利，赢得独立罢了。

田小野若有所思地点了点头，凝视着朱明熙得意的脸，忽然觉得自己好像更了解他了。

"我的故事说完了，现在轮到你了。"朱明熙盘腿坐在床边，单手托着下巴，用锐利的目光盯着田小野问，"你和于浩家到底是什么关系？"

田小野沉默了。这是一个她从未告诉过任何人的秘密。

她从小就被教育，绝对不能对任何人说，而她也一直乖乖执行着这个约定，但是今天她突然有种冲动，想要曝光这个隐藏了十年的秘密，想要让朱明熙了解真相。

这仿佛是一个仪式，象征着她不再被那个家庭束缚和控制，象征着她可以获得真正的独立和自由，冲破阴霾，开启一段新的生活。

"于浩不是我表哥……"田小野冰凉的声音在深夜中响起，"而是我同父异母的亲哥哥。"

"亲哥哥？"朱明熙果然被这句开场白吓得脸色煞白。

田小野轻轻点头，讲出一段很长很长的故事……

第七章 独立日大翻身

田小野的母亲田晓珍是一个独立的人偶制作手工艺者,因为拍摄纪录片而与担任制片人的于翰林结缘。相见恨晚的两人迅速坠入爱河,认定对方就是自己命中注定的那个人,于是闪电般结了婚,但是婚后的甜蜜时光并没有持续太久,田晓珍就接到了一个自称"于翰林前妻"的女人打来的电话。

那个女人正是郭美涵。外表美丽的她从小到大一直是一个骄傲的公主,追求者不计其数,她从来没有失恋过也不允许自己失恋,所以当于翰林向她提出离婚时,她一点儿都不拖泥带水,非常爽快地答应了。她认为没有必要去挽留一个已经不爱她的男人,因为她很快就能找到一个更好的、更爱她的男人,继续过着公主般幸福美满的生活。

就在他们领到离婚证,双方都对新生活满怀憧憬的时候,一个意外的降临令郭美涵瞬间从云端跌到谷底,所有骄傲和自信都被摔碎了。她突然从公主梦中醒来,开始面临一个非常可怕的现实问题——她怀上了于翰林的孩子,今后该怎么办?

郭美涵没有告诉于翰林,但是亲戚朋友都知道,当时所有人都劝她拿掉这个孩子,但是她没有。她很有母性,很有责任感,但又非常天真,倔强地顶着家人的愤怒和朋友的不解,坚持要把孩子生下来养大。她一直做得非常好,表现得非常坚强,最后真的把孩子生下来了。

直到这时,于翰林依然不知道这一切,在另一座城市与田晓珍过着幸福的生活。

把孩子生下来只是第一关,当郭美涵苦苦熬过这一关后,她发现世界并没有因此变得豁然开朗,在她面前依然是一道又一道新的难关,一个又一个新的障碍。艰难险阻全都扑面而来,令她举步维艰,苦不堪言。终于,她努力维持的强大外表彻底崩溃,她对现实认输了。

她哭着求田晓珍把于翰林还给她,她不想一个人带孩子了,她做得并不好,她需要帮助,需要一个男人在她脆弱无助的时候无条件地支持她、陪伴她。除了孩子的亲生父亲于翰林之外,很难再找到第二个男人来代替这个位置了。

田晓珍接到这个有如晴天霹雳的电话后,脑海在很长一段时间里都是空白的。也是这时她才知道,原来于翰林结过婚,有一个前妻,甚至还有一个儿子。于翰林一直对她隐瞒了这段婚史,她直到这一刻才恍然大悟,原来她破坏了一个已婚男人的婚姻。一夜之间她突然变成婚外情的对象,恋爱中所有甜蜜的回忆全都褪了色,变得肮脏不堪,失去了曾经的美丽。

田晓珍和于翰林大吵了一架。吵过之后,她冷静下来,理智地思考应该如何解决问题。她劝于翰林重新回到妻儿身边,一段连相爱都是错误的恋情,注定不会有幸福

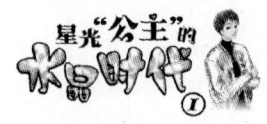

的结局。如果他们的幸福要用另一个女人的悲痛来换,她觉得自己背负不起这份沉重的罪孽。

一来田晓珍态度坚决,二来知道郭美涵生下孩子后,于翰林的心境起了很大变化,不忍心看到自己的亲生骨肉从小没有爸爸,经过一番激烈的心理斗争后,他终于决定回到郭美涵身边,承担起曾经被他放弃的丈夫和父亲的责任。

这个时候,谁到底爱谁、谁对谁才是真爱已经不重要了,于翰林的天平倾向了现实的一边,以牺牲爱情为代价做出了最理智的决定。

故事本该就此结束,从此田晓珍消失在于翰林和郭美涵的世界中,但是就在于翰林离开后不久,田晓珍发现自己也怀孕了。

就像是上天对她夺人之夫做出的惩罚一样,她也尝到了当初郭美涵经历的一切。唯一不同的是,她把郭美涵没有做到的事情做得很好,把郭美涵做到一半就认输放弃的事情坚持了下去。她一辈子都不想再见到于翰林,也不想让女儿知道父亲是谁,只想要把"独自抚养女儿长大"的信念贯穿终生,但是,她的"终生"太短暂了。

八岁的田小野太早地失去了母亲,太早地见到了父亲,太早地去了父亲的家。对于田小野来说,虽然那里有她唯一的血脉至亲,但同时也有一个恨她入骨的继母。她太早地失去了母爱,太早地学会了小心翼翼地看继母脸色,战战兢兢地生活在"别人家里"。

于翰林在当地算是一个有头有脸的人物,两次离婚毕竟不是光彩的事情,所以郭美涵不准田小野叫于翰林爸爸,而让田小野认她当姑姑,作为一个亲戚家的小孩儿在于家长大。其实郭美涵唱的就是一出掩耳盗铃的戏码,不少外人都知道内情,只不过不会大张旗鼓地议论而已。

当年田小野被于翰林从老家接走时带着两箱行李。一箱装的是她自己的衣帽鞋袜,另一箱装的则是田晓珍的遗物。她自己那箱行李随她一起进入于家,但是田晓珍的箱子却不知去向了。后来,田小野渐渐懂事了,心想一定是于翰林为了不刺激到郭美涵而偷偷藏起来了。

"我妈设计的《百美图》应该就在那个箱子里。"田小野说。

讲完这个悲伤而无奈的故事后,她显得有些疲倦。

她从来不恨谁,因为她可以理解故事中每个人的想法。她唯一恨的就是自己,如果十八年前她没有出生,这个故事本来应该会有一个两全其美的结局。是她让田晓珍成为一个单亲母亲,也是她以前妻遗女的身份硬生生挤进了一个圆满的三口之家。

唯一可以挽救这个故事的办法，就是她离开。把她这个原本就不该被写进故事里的人，从于翰林和郭美涵的家庭中剔除，扔进茫茫人海中自生自灭。

这样的想法早已有之，但是直到今时今日，终于长大成人的她才勇敢地走出了这一步。也许其他人以为她只是一时冲动，但是只有她自己知道，这个想法早已深深地埋进心里，扎根很久很久了。

"你当主播倒是可以养活自己，但是我的栗子工坊却养不活我。"田小野呈大字形倒在床上，长叹了一口气。勇敢是勇敢了，但是今后怎么办呢？面对新生活的她不禁有些恐慌。

"我可以免费帮你打广告啊，保证让你网店的生意像开了挂似的一日千里，羡煞旁人。"

"也许能赚到生活费，但是学费怎么办呢？"田小野望着屋顶的日光灯，忧愁地说。

"小野，我有一个想法。"朱明熙忽然认真起来，推了推田小野的肩膀。

快要睡着的田小野微微偏头，望见他炯炯有神的眼睛后，忽然预感到什么，睡意全都不见了。"你想干什么？"田小野直起上半身，重新在床沿上坐好，紧张地问。

"我们可以一起创立一个服装品牌，把你给人偶做的衣服全都做成真人尺寸，走二次元风格，面向COS爱好者。我妈息影后创立了自己的时尚品牌，我从小耳濡目染，对这个行业有所了解，做起来比较得心应手，而且我的粉丝有一百多万呢，做好宣传肯定能大卖的。"

"把这些古装衣服做成真人尺寸？这怎么穿出门啊？你确定会有人买吗？"田小野指着桌边的那一排古装人偶，对朱明熙的异想天开感到不可思议。

"这就是你少见多怪了，网上这种汉服店多得是。"他说着马上掏出手机，打开几家有名的汉服网店页面，拿给田小野看，"热款每个月卖出五六百套不成问题。不要说你现在的学费了，就算你毕业以后想去国外留学深造，赚的钱也够你把博士学位读完了。"

田小野仔细看了看那几家网店的服装，越看越觉得有点儿心痒，再加上朱明熙一个劲地在耳边煽风点火，她竟真有点儿跃跃欲试了。

"小野，你还记得当初我说如果帮你追到苏冬阳，你就答应我一件事吗？其实那件事就是想邀请你和我一起创业，只不过你告白失败了，我一直没好意思开口。今天总算等到这个机会了，我是认真的，工厂我去联系，客服和模特都由我来做，你只要负责设计就行了。"

"万一赔本了怎么办……"田小野以前接的都是DIY订单，顾客交了钱她才开工，所以不存在赔本的问题，但是如果改为生产成衣，销量不如预期就很容易赔本了。

"有我在你还担心什么赔本啊？赔了算我的，赚了我们平分。"朱明熙爽快地一挥手，田小野实在找不到其他拒绝的理由了。有朱明熙这么豪气的合伙人，真是睡着都会笑醒啊。

回到出租屋的第二天，田小野睡了一个大懒觉。

昨晚她和朱明熙聊人生、聊理想、聊过去、聊未来一直聊到凌晨三四点，冻得实在不行了，才钻进被窝睡觉。但就算躺在床上，脑子里还是思考着设计啊、网店啊、赚钱啊各种杂事，直到天蒙蒙亮，田小野才进入梦乡。

沉浸在甜美梦境中的田小野早已不再对新生活感到恐慌，心中只有满满的期待。这一切都要感谢朱明熙，如果不是有他这个坚实的后盾，也许田小野昨晚会在痛哭流涕中悲惨度过吧。

从今以后他们的关系将更加紧密，不再是老板和顾客，也不再是单纯的邻居，而是被牢牢捆绑在一起的事业合伙人，有福同享有难同当，浩瀚天地一起闯荡，荣辱成败一起分享。

正午时分，阴霾了好几天的天空终于放晴。明媚的阳光把出租房照得亮堂堂的，田小野起床后先点了一份快餐，在等待送餐员到来的空闲时间里，她不仅做了一遍大扫除，还铺上蕾丝桌布，系上缎带窗帘绳，挂上布艺小花篮，用DIY的材料把房间精心装扮了一下。

以前田小野总把这里当成暂时的落脚点，再怎么简陋朴素都觉得无所谓，但是从今以后这里就是"家"了，感情上的升华让她非常想把这个小窝布置得更舒适一些。

吃过午饭后，田小野正想上网看看新闻，突然听到门外"笃笃"响起了敲门声。风风火火的朱明熙从来不会这么文明地敲门，田小野脑海中瞬间浮现出一个身影。

"谁啊？"

"是我。"

熟悉的声音证实了田小野的猜测。骤然加快的心跳带走了她的冷静，令她不知所措起来。

门外正是于翰林，那个她在人前只能称其为"姑父"的父亲。

她早就猜到他一定会来，反正躲不过，只好鼓起勇气面对了。她一定要让他知道，

自己有多么坚决,多么冷静。

门一开,于翰林马上走了进来,生怕晚一秒就错过机会似的。他两手空空,没有带任何东西,因为他不是来探望田小野,而是来把田小野带回去的。

房间里没有椅子,两个人都坐在床沿上。于翰林仔细打量着田小野,看到她的眼睛并不红肿,脸色也并不憔悴,才稍微松了一口气。

"小野,昨晚没有拦你,是因为看到你们都太激动了,分开一下也许会更好。现在她已经冷静下来,知道自己说错话,愿意向你认错了。你可以原谅她,跟我一起回去吗?"

田小野没有吭声。她不信郭美涵会低头认错,于翰林这么说只是安慰她而已。

于翰林等了好一会儿,但田小野却只把沉默当成唯一的答复。

看出她的坚决后,于翰林没有硬逼,而是叹了一口气,选择了妥协,说:"如果你心情不好,可以在这里多住几天,让自己冷静下来。但是,过年你一定要回去,到时候我开车来接你好不好?"

"我不会回去的,"田小野终于说话了,"昨晚我离开的那一刻就已经在心里发过誓了,我再也不会回去了。不仅过年不回去,以后也不会回去。我就算死也会死在外面,不会让你们看见。我总有一天要独立,要离开你们,现在时机已经成熟,我也已经做好准备了。"

"你怎么就这么不懂事呢?"于翰林的眉心压出一个深深的"川"字。

田小野并未退缩,恳切而急迫地说:"我说的不是气话。我已经十八岁,是个成年人了。从现在开始你不用再抚养我,我可以养活自己,可以对自己的人生负责。我没有你想象中的那么脆弱,我有朋友、有同学,还有工作,我完全可以自食其力,独立生活,我……"

"小野,"于翰林突然打断田小野的滔滔不绝,将她抱入怀中,"爸爸很爱你。"

仅仅只是这几个字,瞬间摧毁了田小野的所有防线,令她蓄积已久的眼泪顷刻间完全爆发,止也止不住地涌了出来。其实她一点儿也不想哭,想在于翰林面前展示出自己最坚强的一面,让于翰林放心离开,但是听到那几个字后,却再也无法控制住自己的情绪了。

"当初是我对不起你妈妈,所有的错都在我身上,请你给我一个赎罪的机会,让我把你照顾好,看着你过上开心幸福的生活。我知道这么多年你一直很委屈、很痛苦,都是因为我做得不够好,我会努力改正,尽力做到最好,不会再让你受气了……"

于翰林诚恳的话语从田小野耳边轻柔掠过，不仅没有舒缓疼痛，反而令疼痛加剧了。类似的承诺田小野听过很多遍，每次都被感动，但每次都以失望告终。她依然过得委屈而痛苦，在郭美涵的压迫下度日如年，每天数着时间苦熬着、坚持着，永远也望不到终点。

田小野推开于翰林，低头擦去眼泪，哽咽着说：“十年都做不好的事情，就算再给你十年时间依然还是不会有任何改变。既然如此，你不如放过我吧。我不需要你给我什么，我自己就能给自己想要的生活。如果我跟你回去，你心里舒服了，但是我却痛苦不堪。既然你口口声声地说爱我，为什么要用我的痛苦来换取你自己的舒服呢？你就不能让我舒服一下吗？”

面对田小野尖锐的质问，于翰林竟无言以对。他矛盾地凝视着田小野的眼睛，忽然发现女儿真的长大了，可以说出令他也无法反驳的话了。

恍惚中，他仿佛看到田小野坚定不移的眼神与当年田晓珍的眼神重叠了，令他无奈痛心的同时，也令他明白一个事实——无论他说什么，都已经无法再挽回她了。

"如果你坚持要自己生活，你可以尝试一下，但是，你随时都可以后悔，想回家的时候随时都可以回家，不要逞强，不要忘记我会无条件地帮助你、爱护你。"交代完后，于翰林掏出钱包，把里面所有的钱都塞给田小野，"你拿着用吧。"

"我有钱。"田小野推开了他的手。

"就当不是我给你的，是从你妈的遗产里扣出来的。"于翰林说着硬塞过去，田小野还是没有接。那叠厚厚的百元大钞散落下来，从床沿滑落到地上，散落得满地都是。于翰林默默地捡起来，没有再逼田小野收下。他沉郁地叹息着，额头的皱纹更深了。

"你可以……把我妈的遗产给我吗？"田小野突然小心翼翼地问了一个令人意外的问题。

于翰林立即答道："随时都可以，有时间我们回你老家把手续办了吧。"

田小野的老家是外省，只有寒暑假才有时间回去。其实钱倒无所谓，她最关心的就是那套《百美图》的设计稿。如果真要跟朱明熙合作的话，最好能尽快拿到。

"我说的不是钱，是我妈当年留下来的设计图……"

"你妈当年的设计图都在家里，我都好好保存着。"

听到这句话田小野就放心了，迫不及待地追问："你能马上给我吗？我有急用。"

于翰林没有追问缘由，猜也能猜到是和网店有关，便一口答应道："那我快递给你吧。"

第七章 独立日大翻身

于翰林前脚刚走，朱明熙后脚就进来了。看到田小野满脸泪痕的样子，他吓得都不敢靠近了。"怎么了？"他站在门边战战兢兢地问，"你们吵架了？"

田小野揩去泪水，对他苦涩地笑了一下，说："吵过以后心情好多了。"把所有想说的话全部说出来，就像是对伤口进行清创处理，去掉污物和坏死的部分，从而让伤口更快愈合。

距离除夕只剩下最后三天了，学校附近变得空荡荡的，就连以前人满为患的美食街都变得冷清起来。外卖一个接一个放假休息，田小野每天都不知道该吃什么，最后她把心一横，跑去超市买了一套锅碗瓢盆，决定在家里开伙。

虽然她从来没有炒过菜，但是凭借与生俱来的烹饪慧根，经过一番钻研和摸索后，居然真的做出一大桌像模像样的菜肴来。就连挑食的朱明熙吃完都赞不绝口，从那以后每天都来田小野家里蹭饭。

大年三十那天，田小野去了超市和生鲜市场，买回一大堆蔬菜和海鲜，准备晚上跟朱明熙一起涮火锅。

手机一大早就响个不停，全都是朋友们发来的拜年短信和商家的促销广告。她洗完菜坐在床边休息时随便翻看了一下，没想到居然从中挖出一条苏冬阳发来的短信。没有刻意卖萌的表情符号，也没有气势恢宏的长篇排比句，不是复制群发，而是亲手编写的信息。

"小野，新年快乐。好久没有你的消息了，希望你过得还好。照顾好自己，过年多吃点儿，不要亏待自己。你脸颊有肉的样子挺好看的，不要减肥了。"

他没有提那天不开心的事情，也没有摆出男朋友的样子劝田小野回家过年。亲切而质朴的文字让田小野的心间暖暖的。

这几天朋友圈里全都是大家发的过年状态，满屏都是喜气洋洋的笑脸，唯独田小野的朋友圈一片死寂。

她不愿让别人知道她跟家里闹了矛盾，不想听到任何安慰和劝告，只想安安静静地过完这个年。别人眼中的寂寞恰好是她要的清静，她的幸福和快乐不需要靠别人点赞来证明。

那天晚上，田小野和朱明熙早早地坐在电脑前看春晚的网络直播。

田小野是春晚的忠实观众，就喜欢那种欢天喜地、普天同庆的节日气氛。虽然朱明熙不断质疑她的品位，但还是老老实实地跟着一起看了。

电磁炉上的牛油老火锅煮得"咕嘟"响，鱼虾牛羊肉都在锅里热闹地翻腾着，芝麻油和蒜末拌在一起的油碟浓香四溢，再加上不上火的罐装凉茶，田小野吃撑了就倒在床上躺一会儿，看到好玩的地方就跟着观众一起捧腹大笑，刷刷手机跟网友一起吐槽。

不用再提心吊胆地看别人的脸色，不用再规规矩矩地正襟危坐在沙发前，生怕哪个姿势不对就被批评教育，现在这样的轻松自由要多惬意就有多惬意，这才是田小野梦寐以求的理想生活。

当春晚所有主持人齐聚到舞台中央，一人一句慷慨激昂地渲染气氛，田小野就知道终于要跨年了。十秒钟倒计时归零的瞬间，伴随着热情振奋的齐声呐喊"过年了——"，屋外惊天动地的鞭炮声把春节的气氛推到最高潮。连房子都好像被震得摇晃起来，刺鼻的鞭炮硝烟味和弥散的烟尘被夜风送进房间，朱明熙赶紧跑过去把窗户关起来。

鞭炮声此起彼伏，田小野打着哈欠，正打算去刷牙漱口的时候，扔在桌边的手机突然响了起来。

"小野……"电话是于翰林打来的，"你那边还好吗？"

"嗯，我正打算睡觉呢。晚上吃的火锅，吃得可饱呢，还剩了好多菜，能继续吃两天。"

"那就好。"于翰林欣慰而低沉的声音缓缓传来。

他那边很安静，带着一点儿微弱的回音，好像是偷偷躲在楼道里打的这个电话。疲惫的声音中没有一点儿过年的喜悦，田小野可以猜出，他今晚大概没有笑过。

郭美涵肯定对他的态度颇有微词，说不定还吵了几句。他们一定还不适应少了田小野的春节，就像田小野也有点儿不太适应少了他们一样。虽然在一起时不快乐，但是分开了却总觉得少了什么。亲人间奇妙的羁绊依旧联系着他们，不是轻易可以扯断的。

给于翰林拜完年，又简单地客套寒暄了几句后，田小野挂断了电话。

电脑上继续播放着春晚节目，正演到经典歌曲大联唱。歌唱家们字正腔圆的歌声婉转悠扬，伴舞者身着华美艳丽的服装旋转飞舞。

床边朱明熙正在低头刷手机，偶尔"哧哧"傻笑几声，沉浸在丰富多彩的网络世界中不能自拔。小餐桌上杯盘狼藉，地板上滴了不少油点儿。远处依稀传来烟花绽放的响声，斑斓多彩的光芒将漆黑的窗户照得光怪陆离。

田小野静静地站在原地，心情前所未有地平静。置身于这片盛大的喧哗灿烂之中，她忽然有点儿茫然无依，恍惚无措，仿佛陷入了一个虚假的幻境。

"你怎么了？"朱明熙发现了正在发呆的田小野。

"好困啊，我想睡觉了。"马上回过神来的田小野假装打哈欠，想把朱明熙赶走。

"睡什么啊，我们出去放烟花吧？"朱明熙跳起来，冲到田小野身边。

"是谁说熬夜会变丑的？"田小野丢给他一个大白眼。

"今晚不算啦……"朱明熙不由分说地拉着田小野出门了。

隆冬的寒风扑面而来，刮在脸上生疼。户外空气中鞭炮的硝烟味更浓了，混合着燃纸的气味，不是很好闻，却是春节特有的，有着不同寻常的意义，所以田小野并不讨厌。

朱明熙拿出早就准备好的一大口袋乱七八糟的烟花，很多田小野都叫不出名字。他们就像小学生似的吵着叫着嬉笑着，跑着跳着旋转着，在深夜的河边望着缤纷的火焰在指尖和空中绽放。一起欢笑，一起歌唱，一起望着河对岸闪烁的霓虹灯不断变化成各种美丽的图案。

这是田小野从来没有看过的景色，从来没有经历过的时光，在这个辞旧迎新的日子里，她体内的每一个细胞都被赋予新的意义。

虽然身边只有朱明熙一个人陪伴，但是只要有他在就永远不会感到寂寞。

他是一个非常特别的存在，像风一样无拘无束、随心所欲，像芥末一样呛鼻刺激，也像烟花一样灿烂美好。他吸引着田小野的目光，一举一动都是那么与众不同。

大年初一和初二，田小野和朱明熙一连吃了两天火锅，总算把买的菜全都吃光了。用朱明熙的话说就是"我这辈子再也不想看到火锅了，我整个人都快变成火锅了"。

今年春节田小野不用到处串门走亲戚，也不用和亲朋好友相约聚餐，只是跟朱明熙凑在一起看剧和做直播，时间在睁眼和闭眼之间不知不觉地匆匆流逝，说好的长假短得还没反应过来就快要结束了。

今年春节最与众不同之处就是，田小野的外出行程里排的都是参加漫展的计划。朱明熙送票给她的那三场活动，她一场也没落下，全都半推半就地跟着朱明熙一起去凑热闹了。

她穿着平时不会穿的衣服，摆着平时不会摆的pose，带着尴尬而腼腆的笑容，被一大群脖子上挂着单反相机的摄影师们热情地围在中间拍照。只要留心观察一下就会发现，其实穿汉服和汉元素服来参加漫展的人还挺多的，令她对即将要投身其中的事业增添了几分信心。

除此之外，还有一件事令田小野暗暗开心了很久。

那是寒假快要结束的时候，田小野已经收好心，开始预习下学期的功课了，朱明

熙突然发来一段MV视频。田小野点开一看才知道，那是TINA刚上线的新歌。令人意外的是，MV的男主角居然是苏冬阳。两人扮演的是一对情侣，不少亲密的画面看得人脸红心跳。

"你白马王子的那位美女前辈对他可是真爱啊，干什么都带着他。"作为歌唱主播的朱明熙平时就很关注新歌发布，所以才在第一时间看到了这首新歌，"他们团队的成员就他一个人露脸的机会最多，我看他应该快要出道了。"

如果真是这样就好了。被苏冬阳拒绝后的田小野一点儿也不害怕与全世界的粉丝一起分享他了。既然当不了女朋友，那就作为一个普通的粉丝，看着他在舞台上唱唱跳跳也挺开心的。况且他有颜值有才华，本来就该让更多人看到，在更大更灿烂的舞台上闪闪发光。

"对了，你爸不是说要把设计图寄给你吗？怎么没有动静啊？"朱明熙一直惦记着过完年就赶紧开工，之前就催过好几次了，但是田小野说快递没上班，估计要年后才能收到。眼看已经过完元宵节，快递早就上班了，但是于翰林答应寄来的设计图却迟迟没有到。

田小野也觉得有些奇怪，犹豫着要不要打电话去催一催，巧的是这天下午就收到了快递送来的一大包资料。拆开一看，里面果然是田晓珍的设计图。

很多都是田小野从未见过的设计，从人偶的面部妆容到服装造型，甚至还有饰品和道具的灵感，全都零零散散地记录在泛黄的稿纸上，每一页都蕴含着田晓珍的玲珑匠心，全都是无价之宝。

田小野废寝忘食地看完每一张稿纸，仿佛隔着十年的漫长时光，跨越生与死的界限，与才华横溢的母亲进行了一次灵魂的交流。她仿佛听到了母亲的谆谆教诲，看到了母亲生前追求的梦想和渴望创造的杰作。母亲穿越时空为她指点迷津，令她醍醐灌顶，终生受益。

从下午一直看到晚上，直到肚子饿得"咕咕"叫了才想起来错过了晚饭时间，田小野撕开一袋饼干充饥，又开始仔细钻研起来。但是，当她看完最后一张稿纸却蓦然意识到一个问题——这里面根本就没有她记忆中的《百美图》啊。

虽然有几个古典人偶的设计图，却都是独立的，不成系列。

田小野立即打电话向于翰林询问，于翰林却说全都寄过去了。他应该不会说谎，难道是自己记错了？田小野不禁对自己的记忆产生了怀疑。

毕竟她当初年纪太小了，早已记不清到底把《百美图》放进行李箱没有。也许《百

美图》流落别处,由其他人收藏着,也许早就混在废纸里变成灰烬了……

来串门的朱明熙听到这个意外的消息后,表现得倒是十分平静。

"就用你的设计做吧。"朱明熙指着桌上的那排人偶说,"我觉得已经够好了。"

"唉……"田小野长叹一声,"只好如此了……"

母亲的设计一直是田小野心中高不可攀的巅峰。就算只靠记忆中几个模糊的碎片,她也坚信母亲的设计稿比自己的精美好几倍。只可惜,这辈子可能再也无法见到真正的《百美图》了,只能将那些童年记忆里的碎片当成一场梦,留在脑海深处的盒子里尘封起来。

确定找不回《百美图》后,田小野只好自力更生。

她把过去的设计稿仔细整理了一遍,列出一份长长的百美名单,还为每个美人都建立了一个文件夹,保存着详细的人物设定资料、设计灵感和参考元素。其中有十余个基本成型,二三十个有点儿模糊的构思,但是剩下的却都只有一个空空的名字,完全看不到方向,离完成"百美"的目标还有很长一段路要走。

做完这些准备工作后,大二下学期已经开学。必须要兼顾事业和学业的田小野变得更加繁忙。

在服装生意步入正轨之前,她不想放弃DIY订单,万一服装亏本了至少还有一条退路。正因为如此,她几乎所有时间都被榨干了,脑子里塞满了永远也做不完的工作计划,就连吃饭睡觉的时间都觉得浪费,每天都像在战场上浴血奋战似的,毫无保留地燃烧着体力和青春。

田小野的合伙人朱明熙也没有闲着。作为提出要做汉服品牌的人,他的干劲比田小野还大,不仅设计出水墨风格的品牌logo,还把栗子工坊的网店重新"装修"了一番,让原本的小清新风格变得古香古色起来,无论是版面还是图标都透着一股仙气。

他还设计了很多套商品详情的模板,为每套服装都配上一段古典风的诗文。别看他平时大大咧咧的,但是细心起来连田小野这个女生都甘拜下风,总是能把困难重重的事情做得尽善尽美。

除此之外,他还到处洽谈合作工厂,用涂过蜜似的嘴巴和头头是道的分析拿到最大优惠,利用自己网红的身份在直播节目中插入广告,很快就吸引了很多客人。他先放出设计稿,征收订金,然后根据订金多少决定制作数量,这样就不用担心亏本和库存爆仓了。

田小野第一次尝到一天接几百个订单的甜头，工作热情越来越大。

为了不耽误田小野做设计，朱明熙主动承担起最辛苦的客服工作。每天晚上田小野绞尽脑汁画设计图的时候，他就在电脑前跟客人聊得火热。一遍遍重复着"亲，一点儿都不贵哦""亲，订金不退哦""亲，记得确认收货哦"，就算是精力充沛的他都忍不住要趴在桌子上长叹心力交瘁、体力透支了。

"小野，这条裙子透不透？秋天能穿吗？"

"小野，身高160cm、体重53kg该穿什么号？"

客人们的问题五花八门，有些朱明熙自己就能回答，但有些涉及商品细节，就必须要请教田小野了。没有办法，他只好把电脑搬到田小野的房间，两个人一起工作到深夜。

"小野，小野，小野……"田小野的思路总是被朱明熙的紧急呼叫打断，不过奇怪的是，田小野不但不觉得心烦，反而还挺喜欢一边跟他聊天一边工作。

有时候遇到瓶颈了，还可以请他一起想办法、拿主意。他的审美观是田小野见过的所有男生中最好的，而且他没有选择恐惧症，总是能在田小野拿不定主意的时候给出最合适的建议。

一个月后，"栗子古风·姝"系列的第一批汉元素服终于问世了，总共有四套，分别以四大美女为主题，西施小家碧玉，昭君塞外风情，貂蝉灵动可爱，玉环华贵大气，不仅各具特色，而且独具匠心，借着茉莉亚的名气在网上小小地红了一把，实际销量远远超过预订量。

按照朱明熙的计划，一百套服装分为姝、媛、娴、嬛、蟻五个系列，每个系列二十套，每个系列分为五期出售，一期就是四套，每个月推出一期。这样两年就可以把整个系列做完了。

田小野作为唯一的设计师，肩膀上挑着可怕的重担，但是巨额的回报鼓励着她，令她坚持下来。

第一期推出后，以后就不能停，每月都要有新款问世。工厂送来的成衣很快就堆满了田小野房间的每一个角落，把她的生活空间挤压得只剩下床边的一小圈。每次快递上门取货时，都能一眼望穿，几乎没有任何隐私可言。某天，朱明熙突然提出一个大胆的想法。

"小野，我们一起合租一套两室一厅的大房子吧？"

"合租？"田小野从电脑前抬起头，惊讶地望着他。

"是啊。这样我们可以把客厅当成仓库,用来存放衣服。两个卧室都可以锁门,可以保证我们各自的隐私,只不过卫生间是共用的。如果你不喜欢的话,我们还可以租三室一厅的,这样就有两个卫生间了。"

"好啊。"田小野想都不想就一口答应下来,令战战兢兢提出建议的朱明熙非常意外。"反正你现在还不是天天来我家,有什么区别?"田小野早就不把朱明熙当外人了。

"我们这栋楼上就有两室一厅的大房子,我明天就去问问房东还有没有空房。"

"那太好了,搬家只用爬爬楼梯,一点儿都不浪费时间。"田小野的时间早就开始按秒过了,一点儿都不敢浪费。

正好完成一套设计的她按下保存键,因为坐得太久,想要起身活动一下。谁知刚跳下床,突然觉得大腿肌肉传来一阵剧烈的抽痛,整个人重重地倒在床上。

"你怎么了?"听到响声后的朱明熙抬头问道。

田小野一边用力按住阵阵发痛的肌肉,一边说:"没事,有点儿抽筋,马上就好。"

腿部的剧痛通过神经传入大脑,令她的脑袋都跟着痛起来。她保持着侧卧在床的姿势,好半天都不敢移动。左腿痛得发麻,酸胀难忍的痛楚就像波涛似的一阵一阵涌上来。

好在一会儿疼痛感就逐渐减轻,田小野又可以走来走去了。

"坐着都能抽筋啊?你要多喝点儿牛奶补钙。"看到田小野没有大碍,朱明熙还嘲笑她。

这时他们不知道,这并非简单的抽筋,而是过劳引起的坐骨神经痛和肌肉痛。田小野很快就会尝到轻视这种疼痛的严重后果了。

鸡蛋碰上石头

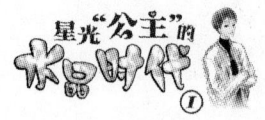

  第二天田小野和朱明熙就从二楼搬到六楼，住进了两室一厅的大房子，不仅采光更好，而且一点儿也不潮湿，还配有冰箱和微波炉等几样简单的家电。窗明几净的环境和优雅舒适的户型令田小野的生活质量在一夜之间就提高了一个档次。

  虽然他们的行李不多，但还是搬了一个晚上才搬完。在楼梯上往返十多次的田小野搬完最后一个纸箱后，彻底瘫在床上不想动了。

  "不行了，我的腿好痛，等明天再收拾房间吧。"气喘吁吁的田小野呈大字形倒在床上。刚才搬家的时候她就觉得腿痛，但她咬着牙坚持下来了，现在一停下才明显地感到大腿肌肉贴着骨头的地方好像有一把刀在刮似的，痛得她龇牙咧嘴，难以忍受。

  朱明熙把一个充好电的暖手宝放在她腿上，说："你以前不是篮球队的吗？怎么身体素质这么差？"虽然说出来的话不太好听，但是那双担忧的眼眸里却充满了关怀。

  "唉……"田小野发出一声长叹。她也不知道怎么回事，只觉得最近太累了，精神上和身体上的双重压力压得她有些喘不过气。看似潇洒自由的独立背后隐藏着对未来的深切不安，不知道自己能否养活自己的她，只能把这种不安转化为工作动力，用忙碌来化解犹豫和怀疑。

  没想到，本来以为睡一觉就好的腿痛居然一天比一天严重，搬家后的第三天，田小野已经痛得整条右腿都无法弯曲了。虽然咬着牙勉强可以走路，但是她必须把整条腿都绷得像木棍似的笔直，稍微弯曲一点儿都会让她痛得忍不住叫出声来。

  看到田小野痛得萎靡不振的样子，朱明熙再也不敢像前两天那样说风凉话了，急忙带她去校医院看病。结果照了CT（电子计算机断层扫描）也没发现什么毛病，校医只开了一盒止痛药，说继续观察一段时间，如果还是痛得厉害就去市医院做进一步的检查。

  止痛药可以减缓疼痛，却不能令疼痛完全消失。吃过药后的田小野虽然不至于痛得直叫唤了，但是依然只能乖乖躺在床上休息，不敢到处走动。

  课是不能去上了，她向学校请了几天假，但是缺勤太多会直接影响学分，田小野可不敢放任自己太久，病情刚刚恢复了一点儿就硬撑着重返校园。

  朱明熙天天用单车接送她上下课，成为校园里一道亮丽的风景线。也许是颜值太高的关系，凡是有朱明熙的画面仿佛都变成了青春校园剧里的浪漫镜头。每次坐在他身后，伴着车铃声穿过校园时，田小野都有一种奇妙的心动，好像提前尝到了恋爱的滋味。

  但是，无论在其他人眼中他们是多么相配的一对，田小野自己明白他们之间是

第八章 鸡蛋碰上石头

多么清白和高尚,高尚得都想颁一个"身残志坚奖"和一个"助人为乐奖"给自己和朱明熙了。

一个礼拜后,已经忘记腿痛是什么感觉的田小野全身心地投入繁忙的工作中。

"你前两天痛得连路都走不了,没想到这么快就没事了。我还以为你得骨癌了呢。"正在做客服的朱明熙手指飞快地敲击键盘,嘴巴还闲不下来,重启了暂停数日的毒舌技能。

"闭上你的乌鸦嘴,我这么健康的人怎么会得癌症呢?"正在画图的田小野连眼皮都没抬,专心致志地盯着屏幕。

自从搬到大房子后,朱明熙不做直播时都在客厅陪田小野一起工作,直到睡觉时两个人才回到各自的卧室。

客厅里没有电视机,只有五个新添置的模特架,桌子上和柜子里塞满资料和参考图片,地上堆满待发货的服装,沙发上铺着五颜六色的布料和五花八门的配饰。他俩绝对不会去坐沙发,因为一不小心就会被藏在沙发缝里的大头针或者缝衣针扎得惊声尖叫。

也许这画面在外人看来有些狼藉和邋遢,但是在他俩心中一切都是井井有条的。田小野从来不会找不到需要的布料,朱明熙也从来没有发错一件货,其实这种杂乱只是他们忙碌而又充实的证明罢了。他们沉浸在这种努力拼搏的状态中,一点儿都不觉得艰难和辛苦。

周六晚上,朱明熙照常在自己卧室里关门直播。田小野在客厅里专心致志地修改设计,突然,一阵门铃声令她直起身来。"谁啊?"平时除了送外卖的就没人会上门了。

"小野。"门外传来的这声低唤令田小野猛地打了一个激灵。苏冬阳?他怎么来了?

田小野应了一声,飞快地跑去开门,门外果然是令她小鹿乱撞的苏冬阳,但是还有一个她不想看到的人——于浩。

他知道自己和朱明熙住在一起吗?朱明熙还在房间里直播呢,他该不会闹事吧?这么一想,如临大敌的田小野急忙用身子堵在门口,不给他们进屋的机会。

"你……你们怎么知道我在这里?"田小野没有把搬家的事情告诉任何人。

苏冬阳说:"我们去二楼找你,但房东说你已经搬到六楼来了。"

听他话中说的是"你"而不是"你们",而且于浩到现在为止还是和颜悦色的,没有任何疑似要撸袖子揍人的迹象,所以田小野猜测他们应该还不知道自己和朱明熙

住在一个屋檐下。

想到这里，忐忑不安的田小野紧张地瞥了朱明熙紧闭的卧室门一眼，在心中默默祈祷：神啊，千万不要让我哥发现朱明熙就在那扇门后面，不然肯定又要天下大乱了！

田小野刚一松懈，不拿自己当外人的于浩像泥鳅似的一下就钻了进去，一边到处打量，一边尖酸地啧啧感慨："可以啊，小野，你居然租得起这么大的房子，日子过得不错嘛。"

眼看他伸手就要打开朱明熙的房门，田小野一个箭步冲上去，生气地拽住他的胳膊说："你别到处乱走好不好？这里是我住的地方，我有隐私的！"

"隐私？"于浩好像听到一个天大的笑话，"你从小就住在我家，还跟我谈隐私？"

"好了，你妹毕竟是女孩子，你就稍微尊重她一下吧。"幸好苏冬阳走过来打圆场，也幸好卧室门隔音好，不然她与朱明熙合租的惊天秘密就被于浩发现了。

反正客厅没有地方坐，田小野急忙把他们带到自己卧室。

"你们随便坐吧，怎么今天会来找我？"

其实卧室里可以坐的地方也就只有床沿而已。苏冬阳倒是坐下了，但于浩还是到处转、到处看。田小野的目光一寸都不敢移开，盯着他的一举一动，把心提到了嗓子眼。

"听说你请了几天假，哪里不舒服？"苏冬阳关切地询问。

"哦，没什么，就是腿有一点儿痛而已，早就好了……"田小野心不在焉地回答着，注意力全在于浩身上。

这时于浩已经一头钻进厨房，像在自己家似的打开冰箱，看到里面空空如也后立即失望地说："怎么一点儿吃的都没有？"

田小野气得低吼道："你到底是不是来探病的？不带慰问品来看我就算了，居然还在我家找吃的？"

平时田小野不会为了这种小事而生气，今天之所以如此反常完全是因为心虚，害怕他这样继续乱翻乱找下去会发现朱明熙，田小野希望可以用生气吓到于浩，让他乖乖坐下来。

"谁说我是来探病的？我只是陪他来看看你而已。"于浩说着指了苏冬阳一下，嘴角的笑意突然变得邪恶起来，"哦，对了，不如你们慢慢聊，我去买点儿吃的回来。"

田小野本来很生气，但是听到他这句话后，突然变得害羞而紧张。就连一旁的苏冬阳在被这样"出卖"后都显得有些尴尬，不知道该说什么，只是干笑着。

圣诞节那天被拒绝的伤痛又清晰地浮现出来。田小野不明白，为什么苏冬阳明明

不喜欢自己还这么关心自己？难道是因为同情和内疚吗？难道只想继续当一个好哥哥吗？于浩为什么故意为他们创造独处的机会？一定是误会苏冬阳对自己有好感了吧？

不等田小野想明白，于浩已经一把抓起放在电脑桌上的门钥匙，坏笑着潇洒挥手离开了。

与苏冬阳独处一室的田小野心跳骤然加速，不一会儿就变得面红耳赤了。虽然知道苏冬阳不喜欢自己，但田小野还是忍不住为他心动，仅仅是和他坐在一起就紧张得无所适从了。

"小野，"苏冬阳柔和的声音打破尴尬，"你还是早点儿和家人和解吧。"

哪怕听到的是这么不动听的话，田小野的心跳还是加快了。

"你既要完成学业又要照顾网店，实在是太辛苦了。你就是太不爱惜自己的身体了，所以才会生病。很多病痛都是经年累月、积劳成疾的，如果你再不重视，等累出大病以后再后悔就晚了。你明明可以不用自己负担学费的，为什么要跟家人较这个劲呢？"

哪怕不喜欢听到这些劝告，田小野依然低头默默听着。她知道苏冬阳是真心为了自己着想，但是他毕竟不是自己，不了解自己的真实感受。虽然他的善意没有化解田小野心里的疙瘩，但他依然是带着善意的，所以田小野选择了顺从和忍耐，没有否定和反驳他的话。

"虽然你现在生意做得不错，但那都是用健康去拼的，你没有必要给自己这么大的压力。你看看你的其他同学，他们都在享受大学时光呢，你也应该像他们那样轻松愉快地生活。"

"我不想浪费时间。"田小野生硬地开口说道，"说得好听点儿是在享受青春，说得难听点儿就是无所事事。我和他们最大的不同就是我有一份事业了，虽然很累很辛苦，但是我能从中积累经验，离梦想越来越近。如果你觉得享受青春是对的，当初为什么要休学从艺呢？"

矛头突然转向自己，苏冬阳愣了愣，笑着叹息道："我说不过你。"

"你们听谁说我生病了？露露吗？"害怕他纠缠不放的田小野急忙转移话题。

"嗯，"苏冬阳点点头，"她和于浩又开始交往了。"

"什么？"田小野只觉得一阵天旋地转，快要昏过去了。

郭寒露已经被伤害过一次了，为什么还要往于浩这个火坑里面跳呢？回忆起当初郭寒露哭吼着"我喜欢谁，和谁在一起，用不着你们操心"的样子，田小野只能长叹

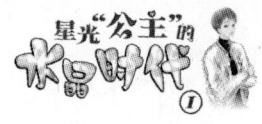

一声。也许她说得没错，恋爱是两个人的事情，就算自己再担心也不该多管这个闲事。

"别谈他们了，说说你吧。"田小野想起过年时看到的那个MV，"TINA的新歌那么红，你又是MV的男主角，肯定吸了不少粉吧？看你的微博粉丝都有几十万了！"

每次聊到工作上的话题，迟迟没有出道的苏冬阳总是谦虚得近乎自卑，但是这次他却笑着说："嗯，我也没想到反响这么好，公司已经开始让我做出道准备了。"

"真的吗？"田小野惊得差点儿跳起来。

她曾以为苏冬阳出道后她会很失落，但是当她真正听到这个消息后，心中只有喜悦和兴奋。看着苏冬阳充满自信的笑容和眼神中对未来的憧憬，她就发自内心地为他高兴。

接着两个人又聊了一点儿各自的生活琐事。气氛正好的时候，虚掩的卧室门外突然传来一声暴喝："你怎么在这里？"田小野吓得打了一个哆嗦，因为她听出声音的主人正是朱明熙。

"我才要问你呢！你怎么住在我妹家里？"于浩的吼声紧接着响起。刚刚买零食回来的他正好撞见直播结束的朱明熙，一个旧恨未消，一个理直气壮，两个人直接在客厅里争吵起来。

"这里是我们合租的。"

"什么？你们居然……"

"哥，不是你想的那样。"一个头两个大的田小野急忙冲过去，一边分开就快打起来的两个人一边解释，"他现在是我的合伙人，我们一起开网店。"

"你找他当合伙人？"于浩指着朱明熙的鼻子狠狠骂道，"他就是个骗子！"

"好了好了。"苏冬阳用尽全力才把于浩伸得笔直的手臂扳下来，拖着他向门外走去。

"小野，我们先走了，你要好好保重身体，不要太劳累。"边说边取下于浩手里装满膨化食品的袋子，放在鞋柜上，不等田小野应答就匆匆关上门，不给于浩反扑过去的机会。

听见两个人的脚步声远去，田小野没好气地瞪了朱明熙一眼，好像在责怪他又激怒于浩。

"你瞪我干什么？我直播完刚出来透口气就看到他在外面，还以为是小偷呢！"

"本来这件事已经过去了，现在你又刺激他，我怕他会报复你……"

"他能拿我怎么样？好几次想揭穿我还不是功亏一篑？我才不怕他呢，最多不做

直播了,我继续和静静视频聊天好了。反正我们现在网店的生意这么好,不用再靠直播打广告了。"

"话是这么说没错……"但不知为何,田小野总有一种不祥的预感。

眨眼之间炎炎夏日又已到来,大二下学期已经过去一大半了。田小野每天都过着两点一线的简单生活,对时间的流逝缺乏实感,只有偶尔刷刷朋友圈时才能从于浩发布的近照中意识到,原来又到毕业季了。

自从上次于浩探病遇到朱明熙后就再也没有主动找过田小野。每当朱明熙得意扬扬地说"你看,我就知道他翻不了天"时,田小野总感到异样的平静中仿佛酝酿着一个巨大的阴谋。

终于,七月初的一天下午,就快消失在田小野生活中的于浩再次现身了。

他提着一大袋还冒着冰雾的新鲜荔枝,满脸都是令田小野不寒而栗的讨好笑容。当田小野警惕地问他"你想干什么"时,他还神秘兮兮地说"我进屋再慢慢告诉你"。

田小野只好不情不愿地把他放进来,他屁股还没坐热就迫不及待地切入正题:"我不是就快毕业了吗?这段时间要去很多公司面试,总不能穿T恤去吧?爸妈是给了我一些钱让我买正装,但是他们不知道现在的物价,给得太保守了,所以我想……"

"你想借钱啊?"田小野只听到一半就知道他打的什么鬼主意了。

"等我工作以后就有钱了。我领到第一个月的工资就马上还你,决不拖欠!"

"你想借多少啊?"耳根软的田小野松了口,结果听到于浩低声说出的数字后,立即吓得大叫起来,"你买什么衣服啊?怎么那么贵?"

"西装必须定做,不然不合身。这已经算是便宜的了。"

田小野投去轻蔑的目光,说:"你三个月工资都还不上吧?"还说什么第一个月就还,简直就是骗小孩儿嘛!已经被于浩借钱借怕了的田小野说什么都不上这个当。

"我看你网店生意不错,应该赚了不少吧?"

原来于浩早就查过网店销量,估测过田小野的月收入了。

"你以前借钱从来不还,凭什么让我相信你这次会还钱?除非你把之前欠的账都还清了,不然我是不会借给你的。"

"你是不是我亲妹啊?怎么这么斤斤计较?"于浩嗓门大了起来。

"我的钱也不是大风刮来的,都是辛辛苦苦挣的血汗钱,我前段时间都累出病了……"田小野低声嘟哝着。

"你别敬酒不吃吃罚酒，我可不是来求你的。"于浩的目光变得邪恶起来。

听他话中暗藏玄机，田小野隐约感到不妙，立即稍微坐远了一点儿，用警惕的目光打量他。

"你现在能赚这么多，还不是多亏了隔壁的那谁整天在直播里铺天盖地打广告。要不是我一直没有揭发他，他哪能有这么多粉丝？"于浩连茱莉亚的名字都不想提，黑沉着脸威胁道，"你要是不借我钱，我就把他隐瞒身份的丑事公之于众！这次我可是有凭有据的。"

"你能有什么证据？"田小野心里急得像火烧一样，却还故作镇定。

于浩阴狠地说："我有可以在一夜之间毁掉他的致命证据。"

田小野承认，她听到于浩威胁的第一时间的确被吓到了，但是后来冷静下来一想：于浩跟朱明熙早就没有交集了，怎么可能有证据？肯定是在虚张声势，故弄玄虚！

朱明熙听说这件事后笑得前仰后合，潇洒地说："那你让他公布好了，我真好奇他能找到什么证据。大不了我不做直播了，谁怕谁啊。"

是啊，谁怕谁啊。听到这句话，田小野就不再心慌了。反正她也觉得朱明熙做直播太浪费时间，还不如把精力花在网店上呢，说不定静静早就忘记他了。现在利用直播宣传网店的目的已经达到，他又没有跟直播网站签约，什么时候隐退都是个人自由，不受任何人干涉。

"你千万不要借钱给他！我倒要看看，他有多大本事。"

朱明熙硬要田小野发誓保证不借钱，不然就缠着她不放。

田小野被烦得没有办法，只好答应了，心想：这样也好，这是一个摆脱于浩的机会，让他知道自己再也不是以前那个任他宰割、强取豪夺的田小野。

后来于浩打电话催过几次，威逼利诱、软磨硬泡的法子全都使出来了，但都被田小野严词拒绝。第一次遇到田小野如此强硬，于浩每次都气得狠狠地挂断电话，但始终没有拿出什么有力的证据。渐渐地，田小野更加肯定他只是在虚张声势而已，底气变得更足了。

但是，田小野万万没有想到，一个礼拜后，已经很久没有跟她说过话的郭寒露突然在某堂选修课结束后，神色凝重地把她拉到走廊尽头的小阳台上，忧心如焚地劝道："小野，你就别跟你哥斗气了，把钱借给他吧。他工作以后每个月都有收入，还怕他不还你吗？"

第八章 鸡蛋碰上石头

郭寒露早就与于浩复合了,所以也是知情者。田小野以为她是于浩派来的,又急又气地嚷道:"他借过我那么多钱,什么时候还过?虽然我不知道他以后能拿多少工资,但是照他那种天女散花似的花钱法,拿多少都要月光。这简直是毫无悬念的。"

"难道你就不怕他揭穿茉莉亚吗?"郭寒露突然严厉起来。

"他只是吓唬我而已,其实根本没有什么证据……"

"他有!"不等田小野把话说完,郭寒露就已经声色俱厉地打断了她,"这次他不是开玩笑的,他手上真的有证据,是我劝他不要公开的,不然的话,不仅是茉莉亚做不了直播,也许连他……都要坐牢……"

"什么?"田小野皱起眉头,不敢相信自己的耳朵,"坐牢?"

不是于浩拿不出证据,而是郭寒露一直劝他不要冲动,因为那个"致命的证据"是一把双刃剑,不仅可以令茉莉亚身败名裂,还会令于浩自食恶果,最后落得两败俱伤的下场。

"你把话说清楚,到底怎么回事?"田小野拉着郭寒露不停追问,但她就是不肯多透露一个字。看她凝重认真的表情,田小野相信她没有说谎,也相信她不会伙同于浩来骗自己。

于浩到底做了什么?田小野不敢去想,越想越可怕。

"小野,你相信我,这样下去对谁都没有好处。"郭寒露拉着田小野的手,急得就快哭出来了,"如果他不还你钱,我帮他还。你就当救救他,不要让他一时冲动犯下大错……"

面对这样的郭寒露,田小野再也说不出一个字。

其实于浩想借的那笔钱对现在的她来说并不多,她只是逆来顺受太久了,想要反抗一下而已。但是,如果后果真如郭寒露说的这么严重,那还是不要赌这口气了吧……

"什么?你把钱借给他了?"朱明熙知道这件事后,气得差点儿把田小野团成球扔出去。

栗子工坊古装女服的新业务只做了几个月,赚到的钱都在网店账户上,没有提取出来,也没有平分,所以当田小野给于浩转账后,朱明熙第一时间就知道了。

"你不是发过誓吗?怎么可以出尔反尔?"

在朱明熙的超大分贝攻击下,田小野弱声弱气地把郭寒露的话原原本本复述了一遍。谁料朱明熙听后却是一声冷嗤,说:"真是近朱者赤近墨者黑,连郭寒露都被他带坏了!"

"露露是不会骗我的,也许我哥手上真有什么证据……"

"你是不是傻?他就是在虚张声势,怎么可能有证据?"朱明熙气得冲过去用手指猛戳田小野的头,"郭寒露就是帮凶,他们串通一气要讹你的钱!不行,我要找他把钱要回来……"

田小野急忙抱住他的胳膊,苦巴巴地求道:"你别去了。"

"现在网店是我们两个人的,你不问我就从账户上转钱给别人,我怎么不能要回来?"

朱明熙生起气来就像吞了弹药库似的,每句话都是一颗大炮弹,打得老实巴交的田小野毫无反驳之力。正当朱明熙快要摆脱田小野的阻拦一头冲出去时,门外突然传来敲门声。

"小野。"于浩居然主动上门了。田小野两眼一黑,急得快要昏厥过去。

"来得正好!"朱明熙带着上山打虎的气势冲过去开门。

"哥……你,你怎么来了?"满头冷汗的田小野一掌推开朱明熙,抢在他前面把门拉开一道缝隙,没想到于浩身后还站着苏冬阳。

"感谢你慷慨解囊,解我一时之急,想请你出去吃顿饭。"

于浩不知道郭寒露找过田小野,还以为是田小野良心发现给他转账了呢。为了表示感谢,他还善解人意地把苏冬阳也一起约出来了,哪里料到还没进门就被一顿狂轰滥炸。

"吃什么饭啊?你马上把钱还给我!"双眼快要喷出火来的朱明熙猛地把田小野拉到身后,气势汹汹地打开门与于浩针锋相对。

"我又不是借你的钱。"于浩狠狠地瞪了他一眼。

"怎么不是我的?钱是我和小野一起赚的,当然也有我的一份。"朱明熙据理力争。

"什么?小野,你们到底是什么关系?你对得起我兄弟吗?"

于浩突然指着身后的苏冬阳,把苏冬阳和田小野都下了一跳。

"田小野,你什么时候学得这么坏了?离家出走也就算了,现在居然还和一个骗子合伙做生意?亏我还帮你把冬阳约出来了,你不是暗恋他吗?什么时候跟这个骗子同流合污了?"

第八章 鸡蛋碰上石头

"你说什么?你再说一次!"

"你们别吵了!"田小野死死抱住濒临爆发的朱明熙。

于浩扯住田小野的肩膀,严厉逼问:"田小野,你把话说清楚,你们到底是什么关系?"

田小野光控制快要扑上去的朱明熙就已经耗尽全力了,哪有精力回答问题?于浩突然对苏冬阳低吼道:"你愣着干什么,你不是喜欢我妹吗?她跟别人一起住你不吃醋啊?"

什么?于浩的惊人发言在田小野耳边炸开,吓得她愣了一下。

本来以为苏冬阳会立即反驳说"我不喜欢她",没想到苏冬阳居然沉默了。

过了两秒钟,苏冬阳突然叹气道:"小野,你这样确实不好……"

他早就劝过田小野不要跟来路不明的朱明熙来往,对支持田小野离家出走的朱明熙有所不满,所以当然是选择站在于浩那边。

朱明熙一边挣扎一边嚷道:"你有什么资格过问?你不是已经拒绝她了吗?"

"田小野,如果你不跟他划清界限,我就把这件事告诉爸妈。"

"她和那个家已经没有任何关系了!"朱明熙替田小野回答。

"那我就让全校都知道,看她还有没有脸去上课!"

"你去啊。"朱明熙冷笑着,大气地挥手道,"她全班同学都知道我们是一对,我们正大光明地谈恋爱,你管得着吗?"

田小野腿痛时朱明熙曾经接送她上下课一个礼拜,所以他俩的事情早就在班上传开了。朱明熙不介意把这个误会闹得更大,只要可以堵上于浩的嘴。

于浩听到这话果然气炸了,一把抓住田小野的肩膀逼问:"什么?你真的跟他谈恋爱?"

"小野?"就连苏冬阳都跟着紧张起来,跟于浩一左一右围着田小野。

"你们别吵了!"田小野气得狂吼一声,把所有争吵声全都覆盖掉。

待三个男人都被她的惊声尖叫吓蒙后,她才气喘吁吁地说:"我……我们没有谈恋爱,只是合伙人,为了工作住在一起……"

说完后使出全身力气把于浩和苏冬阳往外推:"你们快走,我不想出去吃饭……"

直到把两个人都推到门外,彻底关上门后,田小野依旧深深地埋着头,任刘海挡住眼睛,靠在门上再也不出声了。

门外于浩喊了几声,见田小野没有回应,只得拉着苏冬阳悻然离去。

前一刻还沸反盈天的房间突然安静下来,连空气的流动仿佛都变慢了。察觉到田小野的情绪突然低落下来,朱明熙小心翼翼地靠近几步,低声唤道:"小野?"

田小野没有理他,深深地吸了一口气,过了好久才哽咽地问道:"你为什么要胡说八道?我们哪有谈恋爱?"

虽然她没有严厉指责,但那带着哭腔的语气却更令朱明熙心痛和焦急。轻轻拨开挡住田小野脸庞的头发,朱明熙专注地凝视着她难过痛苦的表情,忽然明白了。

"你还是喜欢苏冬阳对不对?"

正因为如此,让她在苏冬阳面前承认喜欢其他人真的太难了。

哪怕那是一个让于浩闭嘴的最好借口,她也不想让苏冬阳误会。就算全校同学都以为她和朱明熙在谈恋爱都没关系,她只是不想让苏冬阳知道。

一直忍着的眼泪忽然滑落脸庞,田小野抽泣起来。

她不知道自己在难过什么,只是觉得很委屈、很无助。她很想摆脱于浩,却摆脱不掉;很想放弃苏冬阳,却放弃不了。她对这么没用的自己感到失望,但又不知道应该如何改变,只能陷入深深的焦躁和烦恼之中。

"对不起,是我不好,你别哭了。"朱明熙拿来一张纸巾,轻轻帮她揩去眼泪。

"不,是我不好……我不该未经你许可就乱动网店的钱……"

"我不怪你,我只是不忍心看到你哥这么欺负你。其实我一点儿也不在乎那点儿钱,我只在乎你有没有受委屈。"

只可惜这份心意没有换来田小野开心的笑容,只换来了苦涩的泪水。虽然他可以陪在她身边,但是她心里牵挂的还是别人,原来一切都只是自己的一厢情愿罢了。

哪怕在别人眼中他们已经很像情侣,但是在田小野心中却没有一点儿暧昧。

她否定得如此坚决和清晰,令朱明熙心里微微泛起一丝苦涩的味道。

不知道所谓的"证据"是子虚乌有,还是于浩被郭寒露劝住了,没有做傻事,反正从那之后一直到暑假都是风平浪静的,于浩再也没有出现过。不过,当初借给他的钱他并没有退回来,估计于浩已经拿去买西装了吧。对此,田小野一点儿都不意外,更不指望他会还钱了。

今年暑假田小野并不打算回家,说了要独立就一定要说到做到。

新推出的古风女装已经渐渐步入正轨,每次推出新作都有一批固定的粉丝支持。

第八章 鸡蛋碰上石头

栗子工坊的收藏量和销售量已经翻了好几倍，朱明熙整天唠叨着一个人忙不过来，要雇几个专业的客服来解放自己。

这天晚上，田小野和朱明熙照例在客厅里各忙各的。突然，朱明熙的手机响了起来。

"喂。"他十分不耐烦地刚说了一个字，不知道对面说了什么话，竟让他的脸色瞬间变得一片煞白。

正在电脑上做设计的田小野感到有点儿不对劲，扭头向他望去，只见他一声不吭地捏着手机站起来，默默走回自己的房间，而且还关上了门。

怎么回事？田小野对紧闭的房门投去好奇而担心的目光。虽然她不想偷听，但是朱明熙气势雄浑的怒吼声却有力地穿透房门，直接传入田小野耳中。

"我是不会回去的！……你怎么知道我的手机号？……我做直播怎么了？我凭本事赚钱，你管得着吗？……你别威胁我！……就算你是我妈也不能逼我什么都听你的！"

那晚朱明熙没有再出来，直到田小野上床睡觉，他还是把自己关在卧室里，大概是不想被追问吧？不过，从他断断续续的话语中不难听出，他做直播的事情已经被家人知道了。就算是普通父母也不愿看到儿子从事这种职业，更何况他的父母还都是有头有脸的大红人呢。

田小野早就知道朱明熙是为了反抗给他乱接戏，强迫他当演员的妈妈白海燕才离家出走的。白海燕一直在寻找他，所以他才搬到这里来住，没想到还是被发现了。

照这样的发展趋势看，也许不久之后白海燕就会直接上门把他五花大绑押回家了吧？

直到这时田小野才隐隐意识到，原来这段时间与自己朝夕相处的朱明熙是另一个世界的人。如果他真被白海燕带回家，一定会成为遥不可及的大明星吧。

白海燕的电话只是一个序幕，朱明熙主播生涯的最大灾难是在三天后降临的。

那晚他在直播前照常登录茱莉亚的账号，没想到系统却一直提示密码错误。他立即申请修改密码，但是怎么都收不到确认短信。

正在他急得六神无主的时候，直播室突然打开了！出现在画面中的正是他！但是，不是带着完美无缺的妆容对着镜头挥手微笑的他，而是正在房间里换衣服的他！

直播室里立即炸开了锅，观众人数呈直线增长，不到三分钟就创下了最高纪录。

大家一开始只以为是茱莉亚忘记关摄像头，而她的房间里有一个清秀的男生正在

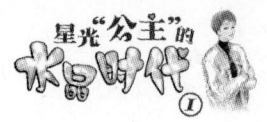

穿女装,但是当这段视频播放到男生戴上假发开始化妆的时候,才有粉丝恍然大悟地在留言区嚷道:"这是茉莉亚!茉莉亚是男生!"之前于浩就曾在留言区刷屏茉莉亚是男生,不少粉丝都还记忆犹新。

朱明熙坐在电脑前,默默注视着还在继续播放的视频。留言区已经爆炸了,粉丝们从一开始的震惊和怀疑渐渐转变为谩骂和侮辱。直播室的人数还在不断增长,如果一人喷一口口水,朱明熙早就被淹死了。尽管如此,面对这场从天而降的灾难,他依然非常冷静。

不管网友如何辱骂他,他都可以当成没看见,而他之所以一直坐在电脑前,没有关闭直播室,就是因为他想看看到底是什么人公布了这段视频。

他不是没有想到嫌疑人,只是想不到于浩怎么录到这段视频的,难道他来过自己房间,安装过摄像头?

想到这里朱明熙一阵恶寒,立即把可能藏有摄像头的地方全都搜查了一遍。

不对,不是安装摄像头,而是远程操控了自己的摄像头,因为从视频拍摄角度可以看出,那是电脑自带的摄像头。

就在朱明熙百思不得其解之际,视频已经结束了,直播室也随之关闭。那个发布视频的幕后黑手由始至终没有露面,也没有说过一句挑衅的话——这可不是于浩的风格。

"笃笃。"突然响起的敲门声把朱明熙的注意力拉向门边。

门没锁,田小野握着手机,惊慌焦急地走了进来。

"你没事吧?怎么会被人偷拍?"就连不怎么关注直播的她都从弹窗新闻里看到了"当红美女主播竟是男儿身"的大消息。

"这段视频是上周偷拍的……"视频中朱明熙的装扮就是上周直播时的造型。

"难道这就是他想用来威胁我的证据?但是我已经把钱借给他了啊!"田小野对于浩的人品失望到极点,有个这样的哥哥已经足以令她产生重新投胎的念头了。

"他找你借钱已经是几个月前的事情了,就算真有证据也不是这段视频。另外,他在我的电脑里安装了这个软件,从安装时间来看,正好是在他来探病之后……"朱明熙一边说,一边把电脑屏幕转向田小野,指着刚被杀毒软件扫描出来的一个病毒程序。

"他怎么可能乱动你的电脑?那天他来探病时你一直都在房间里,后来他找我借钱时也没有去过你的房间啊!"面对这个复杂惊悚的难题,田小野急得尖叫起来。

同样猜不出谜底的朱明熙陷入了沉思,冷笑着低吟道:"如果真是他做的,我可

第八章 鸡蛋碰上石头

要对他刮目相看了……"

这个毁掉自己主播生涯的深藏不露的高手,真的会是于浩吗?这样做对他有什么好处?田小野已经把钱借给他了,难道他仅仅是为了得到报复的快感?

就在这时,朱明熙放在桌边的手机突然响了起来。

田小野下意识地移眸望去,只见上面显示着一串数字,还以为是陌生人打来的,但是,朱明熙盯着手机的目光却忽然阴沉下来,显然知道这个号码的主人是谁。

短暂的犹豫后,朱明熙还是接听了,张嘴第一句话就是:"你到底想干什么?视频是不是你录的?"焦躁愤怒的语气里充满火药味。

偏偏在这个时候打电话,时机未免太凑巧了,就连田小野都猜到电话那头的人可能和那段偷录的视频有关,朱明熙当然更是了然于心。

对方不知道说了一句什么,朱明熙就把电话挂断了。田小野正想追问,门外却突然响起敲门声。朱明熙长叹一声,说:"是我妈,她找到这里来了……"

这是田小野第一次这么近距离与大明星面对面。

她以前只在电视里见过白海燕,觉得那是一个全身都会发光的、走到哪里都能瞬间吸引所有人目光的气质型美女。

年龄不但没有令白海燕的美貌打半点儿折扣,反而令她显得更加强大、更加自信,一举一动都像在拍电影似的。她穿着简单干练的白色套裙,即便是晚上也依然戴着墨镜,只露出瘦削的下巴和鲜艳的嘴唇。

田小野战战兢兢地为她开门后,她径直走向朱明熙的房间。田小野就像小丫鬟似的跟在后面。她在朱明熙的身旁坐下,朱明熙头也不回地继续检查电脑里还有没有被安装其他病毒。

田小野站也不是,坐也不是,紧张得连手该怎么放都不知道了。就在她想要悄然离去时,白海燕突然主动问道:"你就是田小野吧?"

看来她早就把敌情摸清了,田小野尴尬地点头。

"听说你们在一起创业,我就喜欢敢想敢做的年轻人……"

"你到底想干什么?我是不会跟你回去的。"朱明熙打断白海燕的话,生怕她会出口伤人,令田小野难堪。

见朱明熙终于搭理自己,白海燕扭头望着他,直截了当地说:"视频是我让人发布的,目的就是让你放弃做主播,乖乖跟我回家。"

她说话总像在高高在上地发号施令,生硬而没有回旋的余地,不要说张扬叛逆的朱明熙了,就连天生软脾气的田小野都觉得难以接受。

没有人让田小野出去,也没有人关门,仿佛他俩都默认让田小野这个旁听者在场。

听到白海燕承认,朱明熙轻轻点头,讽刺道:"果然是你的作风……"

"那部戏开拍在即,你再不回去我就要支付高额违约金,所以不能不管你了。"

朱明熙对她的话置若罔闻,只关心一件事:"视频是怎么录的?谁给我电脑装的病毒?"

"这你就不要过问了。"白海燕高深地笑着。

朱明熙突然扭头瞪着她威胁道:"如果你不说实话我就立刻报警,让警察告诉我真相。"

真不愧是母子,这咄咄逼人的气势简直一模一样。田小野下意识地缩紧身体,尽量降低自己的存在感,生怕卷入这场战争之中。

在朱明熙充满威胁意味的注视下,白海燕终于妥协了,叹了一口气说:"是我公司新招进来的一个实习设计师录的……"

"是不是叫于浩?"朱明熙几乎是脱口而出。

有着同样疑问的田小野"唰"地一下把目光移到白海燕脸上。

白海燕一点儿也不惊讶,轻轻点头后继续说:"他偶然在我办公室里看到你的照片,一眼就把你认了出来。知道我们的关系后,他把你的所作所为全都告诉我了。我看了你的直播,简直令我目瞪口呆,无法评价——你知不知道你会毁掉你自己?"

她的声音陡然变得严厉起来,田小野吓得向后躲了躲,但朱明熙却还是不以为意。

"从现在开始,我要'茉莉亚'彻底消失,不可以跟你有任何关系。只要按照我的安排走下去,你的前途就是一片光明,不能留下这个黑料落人口实。"

"所以你让他偷录我?"无论白海燕多么激动,朱明熙始终保持着冷静,而且语带轻蔑,四两拨千斤地对抗着女王的压迫。

"他有这个房间的钥匙,所以我让他找点儿能让网友知道真相的证据。"白海燕并没有直接指使于浩偷录朱明熙,是于浩自作聪明地录了一段视频去交差。

这次不等朱明熙发问,一直没有吭声的田小野再也忍不住了,吓得惊叫起来:"他怎么可能有钥匙?我没有给过他钥匙!"

"他自己偷配的。"朱明熙淡淡地说出答案,已经猜出整件事的经过了,"他来探病那天利用去超市买东西的机会偷配了钥匙。虽然那天我在卧室里,但是这房间里

有很多迹象——牙刷、毛巾、拖鞋等，都可以证明不止你一个人在住。他可能早就猜到我们在合租了。"

田小野顿时只感到一阵恶寒从头蹿到脚，全身直打哆嗦。

"我明天就要换锁！不过，他也可能没有这么聪明，只是为了方便今后偷钱才偷配钥匙的。无论如何，反正他趁我们不在的时候偷偷潜进来，在我电脑里安装了病毒软件，录下我变装的视频。他之前用来威胁借钱的，一定不是今天发布的这段……"

说到这里，朱明熙突然扭头望着白海燕。

"就算他再傻也不会在你面前拿出以前偷录我的视频，所以上周才重新录了一段最新的交给你，让所有人都以为他是听你的话才这样做的，这样就算我报警也拿他没有任何办法。只可惜，软件的安装时间和他之前对小野的威胁还是暴露了他的阴险和可怕……"

这时田小野才终于知道郭寒露为什么说"于浩可能会坐牢"了，原来是他自己作死。

白海燕的表情越来越难看，显然朱明熙的推测已经远远超出她对于浩的认知了。她之所以敢公布那段视频，就是赌朱明熙不会报警，因为就算报警，警方也不会过多干涉，只当家务事处理，劝双方和解，但是她万万没想到，于浩在这之前就已经有过偷录行为了。

"你没想到眼高于顶的自己居然招聘了一个这么卑鄙的人吧？"朱明熙冷笑着，"你都昏庸可笑成这样了，我为什么还要按照你的安排生活？别的我不敢说，至少我看中的人才称得上是真正的设计师。于浩肯定只说小野是他妹妹吧，现在，我要给你好好介绍一下……"

说到这里，朱明熙突然站起来，走到已经吓得全身僵硬的田小野身边，按住她的肩膀，郑重其事地介绍道："田小野，栗子工坊创始人兼首席设计师，我的创业合伙人。我们做的所有服装都是她的原创设计，你只要仔细看看那些作品就知道她才华横溢；而你录用的那个于浩，就只是一个卑鄙无耻的流氓而已！别以为你是我妈我就不敢追究你泄露我隐私的责任！主播我可以不做，但是栗子工坊一定要做下去。"

"既然如此，我只有毁掉栗子工坊，才能打消你开网店的念头了。"

"你想干什么？"朱明熙紧张起来，再也无法保持刚才的淡定从容了。

白海燕没有多说什么，只是站起来，整理了一下衣服，准备打道回府。临走前，她留下一句深不可测的威胁："你最好乖乖跟我回去，不然你会后悔的——我说到做到。"

她凝视着朱明熙倔强的双瞳，等待了十秒钟。

最后,朱明熙没有一点儿软化的目光给了她意料之中的答案。

望着她转身离去的背影,田小野好半天没有回过神来。虽然她的身影已经消失在门外,但是那令人窒息的压迫感却依然深深笼罩在田小野和朱明熙心间,久久不散。

这是田小野第一次见到这种像敌人一样针锋相对的母子,忽然有点儿理解朱明熙为什么会离家出走了。

虽然当演员不是坏事,但是白海燕强硬的做法只会让朱明熙感到命运被操纵、没有一点儿自由。田小野相信白海燕是爱着朱明熙的,想为他铺平道路,送他走上光辉星途,但是如此强硬的爱只会让朱明熙发出本能的反抗,拒绝接受白海燕安排的一切。

一个礼拜后,田小野终于见识到白海燕"说到做到"的威力了。

栗子工坊被封店了——虽然店长可以提起申诉,但是网店页面已经无法打开了。

接到"网店因为涉嫌非法经营而暂时关闭"的通知后,田小野和朱明熙的脑海里都是一片空白。

为了达到逼朱明熙回去拍戏的目的,白海燕连对亲儿子都毫不手软。在摧毁了朱明熙的直播生涯后,又扼杀了朱明熙开网店的道路。

田小野立即给客服打电话,询问封店原因。

客服回答:"栗子工坊是因为被实名举报销售假冒伪劣产品才被封店的。"

"谁举报的?"朱明熙抢过手机,急促地追问。

"举报者自称是被仿造的知名女装品牌 GAW,除非你们把涉嫌仿造的服装全部下架,不然是不可能重新开张的。对于是否仿造的鉴定请走司法途径,我们只负责运营和管理。"

听到这里,田小野和朱明熙都明白了。GAW 是白海燕创办的女装品牌,举报栗子工坊销售她家女装的山寨版。

GAW 是享誉国际的大品牌,而栗子工坊只是一个开店两年的小作坊,他们举报栗子工坊卖山寨货,栗子工坊只能像蚂蚁一样被捏死了。

"气死我了!"朱明熙气得差点儿把电脑都砸了,"栗子工坊的所有衣服都是我们从无到有一点点做出来的,全是原创,怎么就变成山寨货了!"

"那我们就先下架吧……"不想关门大吉就只有先下架了,至少还能继续接 DIY 订单。田小野的生活费和学费全都指望着栗子工坊的收入呢,封店就是要逼她上街乞讨啊。

　　"我就不信这世上没有公平和正义了。"火冒三丈的朱明熙一把抓住田小野,"她本事再大也不可能把白的变成黑的,她说我们卖假货,我们让她把真货拿出来,看她有没有!"

　　田小野的手腕被捏得生疼也不敢叫,警惕地问道:"你……你想干什么?"

　　"你跟我去找她对质!我看她能怎么狡辩!"

　　"咦?什么?"田小野还没反应过来,就被朱明熙不由分说地拉走了。

这样幸福好吗

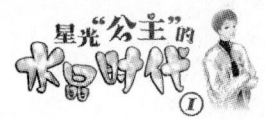

　　每天来往于学校和出租房的田小野已经很久没有来过市中心了。盛夏明晃晃的烈日下，高楼大厦玻璃外墙反射出的光芒刺眼夺目，燥热的空气中混合着车水马龙的嘈杂和熙熙攘攘的人流，就像盖紧锅盖焖着炖的大杂烩，把整片街区都炖烂成一锅稀糊了。

　　从开着空调的出租车里一下来，田小野在扑面而来的热浪中感到呼吸困难。身旁的朱明熙还在气头上，憋红的脸快要爆炸似的，眼神凶得连田小野都不敢直视。他拉着田小野的手，径直冲进某幢豪华写字楼的大厅。

　　上百家大大小小的公司都聚集在这里办公，而GAW无疑是其中的佼佼者。无论是在大厅前台，还是在楼层地图上，都能在最醒目的位置看到GAW的logo，甚至就连电梯按钮面板上都标注着GAW所在的楼层，真是想迷路都难。

　　朱明熙拉着田小野一路冲去，气势汹汹的样子引得路人侧目而视。提心吊胆的田小野生怕会被保安拦住问话，像秤砣似的死死拽着朱明熙，胆小地发出微弱的抵抗声："慢点儿，慢点儿……这么咄咄逼人多不好啊……"

　　"什么咄咄逼人？栗子工坊都被封店了，你怎么还不着急啊？"

　　"我着急啊，但是……"她可没有朱明熙这么大的胆子，竟敢杀到GAW总部来。

　　朱明熙是白海燕的儿子，无论闹出多大的事白海燕都会看在亲情的分上网开一面，但是田小野就不同了，大学还没有毕业的她第一次来到这么高大上的地方，在众多身着笔挺西装的白领精英投来的好奇目光下，紧张得连走路都不会了，待会儿哪有底气跟白海燕对质啊？

　　"请问……你们有什么事吗？"长得甜美动人的前台姐姐疑惑不安地望着"来者不善"的两个人。

　　朱明熙凶巴巴地嚷道："我要见白海燕。"说完不等前台姐姐做出回应就拉着田小野冲进办公区，引得所有人都从电脑前抬起头，惊讶地盯着这两个横冲直撞的陌生人。

　　不等前台姐姐把他们拦住，朱明熙就已经一掌推开总经理办公室的玻璃门。

　　正在阅读文件的白海燕抬眸望来，看到朱明熙和田小野后一点儿也不意外，高深莫测地微笑起来。

　　一路追来、气喘吁吁的前台姐姐正要解释，白海燕就对她挥了挥手，说："你先出去吧——对了，把于浩叫进来。"

　　显然她已经知道两个人的来意了，不过田小野不懂这件事和于浩有什么关系。

　　"你说栗子工坊卖假货，到底假冒你哪套服装了？"朱明熙一秒钟都忍不住，高声大嚷起来。

第九章 这样幸福好吗

田小野偷偷回头,隔着玻璃墙看到办公区的员工们全都伸长脖子,好奇地张望着总经理办公室里的动静,顿时觉得自己好像变成了"动物园里被围观的熊猫",紧张得手足无措。

白海燕不慌不忙地拿出一套设计图,单手递给朱明熙。

田小野凑过去一看,惊讶得叫了出来。设计图上绘制的多套女装真的与她的设计非常相似,很难用创意撞车来解释。

白海燕很有底气地说:"我们正在筹备推出一个全新的女装品牌'雅韵',走古风文艺的路线,可是不知道怎么回事设计图外泄了,导致我们的正品还没有上市,就有胆大包天的网店开始卖山寨版了。"

"这是你们仿照我们的产品画的。"朱明熙怒不可遏地大嚷起来。栗子工坊的女装早就上架了,如果白海燕有心要诬陷他们,完全可以仗着GAW财大势大颠倒黑白。

这时,田小野突然注意到设计稿上的署名居然是于浩。她刚要发问,白海燕就主动讲道:"我们这套服装是由刚招聘进来的实习设计师设计的,结果不小心被他的妹妹看到了,妹妹抄袭了设计创意,做了一套山寨版在网上销售——不知道我这样的推理是不是合情合理?"

"你昧着良心讲这些话就不害臊吗?"朱明熙毫不客气地释放了一记眼神杀,但是依然无法动摇白海燕的主导地位。

虽然朱明熙和田小野都知道她满嘴鬼话,但是不明真相的围观群众却会相信她编造的谎言。GAW和栗子工坊的实力差距太大了,没人会相信这么大的女装品牌会抄袭一家籍籍无名的网店,跟他们硬碰硬无疑就是鸡蛋碰石头般自取灭亡。

就在这时,众人身后突然传来一个熟悉的声音:"白总。"

于浩礼貌恭敬地弯腰走了进来。朱明熙和田小野的目光瞬间聚集到他身上,但是他一点儿都不慌乱,从容地走到白海燕身后。

白海燕指着朱明熙手上的设计图问:"这是你的原创设计吗?"

于浩看也不看就回答:"是啊。"

"于浩你还要脸吗?"朱明熙差点儿就要骂脏话了。

于浩显然已经和白海燕统一口径了,就是要把他们逼得走投无路、有口难辩。

深刻认识到自己弱势地位的田小野已经不指望能让他们道歉认错了,在委屈和无奈之下变得沉默不语。但是,白海燕并没有对她赶尽杀绝,而是提出一个奇怪的要求。

"既然你们和我的设计师都说是自己原创的,不如就来比试一下。真金不怕火炼,

就让我们看看谁的新设计更加厉害，更加符合这个风格吧。如果我们输给一个网店的设计师，我们就放弃对新品牌'雅韵'的开发，撤销对你们的投诉，但是，如果你们输了……"

这才是白海燕提出这场比试的真正目的。她挑衅地盯着朱明熙："我要你回来演戏。"

她挖空心思设下这么大一个陷阱，说到底就是要逼朱明熙投降认输，乖乖接受她安排的道路。她对这场比试充满自信，转身拿来一本厚厚的打印书说："你可以提前看看剧本。"

剧本封面上印着剧名《永恒之夏》，下方还罗列着主演和主创名单。田小野一眼就看到了 TINA 的名字排在朱明熙之后，难道她是这部剧的女主角？世界真小啊。

"用不着，我们是不会输的。"朱明熙恼怒地一掌推开剧本，口气一点儿也不比白海燕小，"我们的王牌设计师还会怕你们的三流实习生吗？你就等着看好戏吧，到时候高下立现，你可不要赖账。"

走出 GAW 办公室的时候，田小野的四肢都是冰凉的。她还没有反应过来，朱明熙就已经替她做了决定。在全公司上百名设计师惊讶而好奇的注视下，已经被盯成筛子的她一身冷汗地跟在昂首挺胸的朱明熙身后，心中早已泪流成河了。

离开写字楼，行走在精英人士穿梭往来的商贸区中，35 摄氏度的高温都没能驱散田小野全身的恶寒。她皱起眉头说："这里面肯定有诈，你怎么这么轻易就答应了？"

"能有什么诈？就是一场比赛嘛，难道你还会输给于浩吗？"朱明熙信心十足。

"你妈连剧本都准备好了，一定是有必胜的把握。虽然她说是让我哥跟我比赛，但是到时候肯定会有专业设计师帮我哥修改方案。不是一对一，而是我被他们全公司的人'群殴'——我怎么可能比得过啊？"

"田小野，你听好。"朱明熙突然转身，压住田小野的肩膀，"你一点儿也不比那些人差。设计不是一个看资历，而是看天赋的工作。GAW 的设计师虽然厉害，但是他们一直做的都是传统女装，跟我们的风格截然不同，所以你完全不用怕他们，你比他们专业多了。"

朱明熙脸上是前所未有的认真，逼视田小野的眼神中注入了强烈的意念。

"谢谢你这么看得起我……"田小野干笑着，不知道该喜还是该忧。

朱明熙信得过自己是好事，但是她自己却没有如此强大的内心。她只是一个没有任何成就的学生，栗子工坊的生意一日千里多亏了朱明熙的大力宣传，她可不敢妄自

尊大地以为自己的设计有多棒。

"小野,你千万不能妄自菲薄,这次比赛对我们两个人来说都意义重大。如果赢了,不仅可以让栗子工坊重新开张,而且能证明我们的实力,让我妈看到我们到底有多认真,绝对不是像小孩子过家家似的随便做几套衣服卖着玩。'雅韵'这个新品牌应该不是她随口瞎编的,她也早就想要尝试做这个风格的女装了。只要你证明你比于浩强,比她公司的其他设计师强,她就一定会对你刮目相看,说不定还会聘请你呢。"

"什么?你想太多了吧?"刚念完大二的田小野从没考虑过找工作的事情,这会儿突然听说白海燕有可能聘用自己,难免觉得就像天方夜谭一样。

"她虽然很强硬很霸道,但是在工作上却是求贤若渴、任人唯才的。她是在考验你和于浩,如果于浩赢不了你,可能连实习期都过不了就会被开除。而如果你能赢得漂亮,她一定会想方设法把你收入麾下。不过,你可千万不能被她高薪收买,到时候我去帮你谈判,说服她给栗子工坊投资,帮助我们把事业做大,而不是放弃栗子工坊,傻傻地给她打工卖命。"

"哦……"听得半懂不懂的田小野一脸茫然,但是看到朱明熙一本正经的样子,不好意思扫他的兴,只好呆呆地应了一声。

虽然她没有朱明熙想得这么长远,但是早已在心中树立起要全力以赴应战的决心。不为其他,只为给自己讨回公道,洗刷"卖假货"的屈辱,让栗子工坊尽快重新开张,不然她就要从小富婆一夜变回穷学生了。

比赛不知道什么时候才能有结果,总不能让栗子工坊一直被封店吧?所以田小野苦口婆心地说服了咽不下这口气的朱明熙,屈辱地把所有原创女装都下架了,暂时只接 DIY 的订单。

原本即将上架的女装全线暂停,具体上架时间暂不确定。这个消息一经发出就在好不容易建立起来的粉丝圈里掀起轩然大波,朱明熙光是处理退订金的业务就忙了整整三天,累得耷拉着眼皮唉声叹气,直到三天后才终于有时间跟田小野聊天。

这三天里田小野一直在准备比赛的设计稿。她选择以原本打算在八月底推出的"姝系列"最后一期中的主打款为基础,进行了全面的改良和升级。设计稿画了近百张,依然没有找到心目中最完美无缺的方案,田小野陷入了瓶颈期。

朱明熙从堆成小山的废稿中挑出了很多他非常满意的作品,但是都被田小野否决了。这次她不是为了实现母亲的遗愿而设计,而是为了参加比赛,沉重的心理负担限

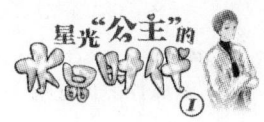

制了她的想象力,令她越来越难以找到能克敌制胜的灵感。

白海燕一直没有打电话来询问田小野的设计进度,催他们赶紧交稿,决一胜负。根据朱明熙的推测,这一定是因为于浩那边的进度也十分缓慢,而且作品不尽如人意,所以白海燕才没有底气来催他们。

对于朱明熙的这一推测,田小野始终持半信半疑的态度,直到一个礼拜后接到于浩打来的刺探情报的电话,她才对朱明熙的神机妙算佩服得五体投地。

"小野,你设计得怎么样了?"于浩殷切的语气中带着一点儿讨好的意味。

"已经差不多了……"田小野回答得非常保守,谁让他们现在是敌人呢。

同在客厅里忙客服工作的朱明熙一听是于浩打来的电话,立刻跑到田小野身旁去偷听,还不停用唇语提醒田小野"千万不要发设计图给他"!田小野也不是笨蛋,不用他提醒就坚决拒绝了于浩提出的"我看看你画得怎么样了"的无理要求。

"你还是别看了,省得到时候又被说太相似了……这个周末啊,我要忙设计呢,就出不去玩了……不行,就算他来也不行,我真的没有时间……就这样吧,我挂了,拜拜。"

好不容易打断于浩的纠缠不休,田小野聪明地用挂断电话来结束他的骚扰。

"他又用苏冬阳引诱你上钩吗?"朱明熙问。这是于浩的惯用伎俩了。

"嗯。"田小野用力点头,在心里默默为抵挡住美男计的自己点了个赞。

"孺子可教也。要不是我早就把锁换了,说不定他会半夜三更趁我们都睡着了,悄悄潜进来偷走你的设计图呢。"朱明熙煞有介事地说道。

"你别说得这么可怕,我都起鸡皮疙瘩了。"

"他那种人什么事情做不出来?我连电脑都换了,一想到被他动过就恶心得不得了。不过,他一计不成肯定还会想其他办法……"朱明熙捏着下巴,摇头晃脑地分析起来,"放出苏冬阳这个大招都没用,看来他只能……对你的闺蜜郭寒露下手了……"

就有这么凑巧的事!他话音刚落,田小野的手机就响了起来,正是郭寒露打来的。

"你看看。"如果朱明熙长着尾巴,肯定早就得意地翘起来了。

田小野恨不得送一个外号"赛诸葛"给他,不可思议地嚷道:"明明我才是他妹,为什么你却这么了解他!"说完忙着接听电话:"喂,露露……"

对面传来郭寒露略显生疏的声音:"小野,我们好久没见面了,明天出来玩吧。"

自从郭寒露把茱莉亚的真实身份向于浩泄密后,就渐渐疏远了田小野。不久前田小野才从苏冬阳口中得知她已经和于浩复合的消息,既担心她受伤,又怕她嫌自己多

管闲事,田小野不知道应该如何处理与她的关系。

虽然很想与她和好如初,把所有误会都解释清楚,但是在这么敏感的时候接到这通电话,田小野不得不提高警惕,戒备地问:"我哥去吗?"

已经做好了得罪郭寒露的准备,但是郭寒露没有生气,柔声细语地说:"就我们两个,我有点儿事情想对你说。"

"关于我哥的?"田小野死咬着这个问题不放。

"我们见面再说吧。"郭寒露的闪烁其词已经证实了田小野的猜测。

朱明熙不停对田小野挥手,焦急地一遍又一遍用唇语警告着"别去别去",但是田小野无论如何也狠不下心。如果现在拒绝郭寒露,也许就会彻底失去这个朋友了。

"那好,明天见。"田小野犹豫再三,最后还是心软答应了。

"你傻啊?"看到田小野挂断电话,急得几近崩溃的朱明熙立即大吼起来。

田小野没有被他凶神恶煞的样子吓到,而是沉着地低声说:"我想当面把事情跟她讲清楚。如果她只听我哥的一面之词,一定会对我们有所误会。她不是不明事理的人,听我把事情经过说清楚后,就会知道谁对谁错了。"

第二天,田小野准时来到跟郭寒露约好的位于市中心的咖啡厅。

咖啡厅里人很少,播放着舒缓的古典音乐,没有一个人高声讲话,营造出一个与喧嚣热闹的闹市区截然不同的安静而优雅的空间。简单独特的三角形吊灯散发着淡淡的暖光,棕黑色的实木桌椅整齐地排列在贴着复古石纹壁纸的墙边。点餐台的橱柜里陈列着各种精美的糕点,身穿黑色制服的服务员热情地询问田小野要喝什么。

田小野生疏地点了一杯名字最好听的卡布奇诺,全程腼腆地低着头。其他客人不是穿衬衫的白领男士,就是正在笔记本电脑上工作的高知女性,还有戴着耳机刷手机的年轻潮男,总觉得一眼看上去还是学生的自己跟这里格格不入。

小心翼翼地端着那杯有着漂亮心形拉花的卡布奇诺,田小野在墙角的小圆桌旁看到了郭寒露熟悉的身影。

她穿着一件小碎花的吊带连衣裙,戴着一条精美的四叶草吊坠锁骨链。不知道是灯光关系还是她染发了,桃木色轻盈蓬松的卷发软软地垂在她纤瘦的肩窝里,显得非常时尚。

她化了妆,最明显的是鲜艳的口红,虽然那过于成熟魅惑的颜色不太适合她,但应该是于浩喜欢的风格。

才短短一个月没有见面,田小野都快认不出她来了。显而易见,她为了讨于浩喜欢真的下了一番苦功,只希望于浩能好好珍惜她,一心一意地对待她。

田小野在郭寒露对面坐下。郭寒露把面前的一块巧克力慕斯蛋糕推给她,说:"吃吧,这是给你点的。"

她知道田小野的一切喜好,总是能挑中田小野最喜欢吃的东西。以前田小野以为自己像她了解自己一样了解她,直到知道她喜欢于浩后,才发现自己一点儿都不了解她。

"你有什么事想对我说?"田小野开门见山地问道。

"其实你已经猜到了,就是关于你哥的。"郭寒露没有拐弯抹角,直截了当地回答,"我们已经复合了,所以你和他的那个比赛我也知道。GAW 的那些女装设计图是他老板让他模仿你的设计画的,他只是一个实习生,能对老板的命令说不吗?他也觉得很对不起你……"

田小野没有吱声,静静地听着。回忆起那天于浩站在白海燕身后那自以为是、得意扬扬的表情,田小野实在感受不到他有一点儿"觉得对不起"的意思。

"小野,你就放他一马吧,他好不容易找到这个工作,工资待遇都很好,发展前途也不错,他想一直在里面好好干下去。结果因为你们的事情,害他连实习的机会都可能要丢掉了。现在已经过了大公司招新的季节,如果他离开 GAW 就很难找到称心如意的新工作了,但是你不一样,你又不是毕业生,不用面对就业难题,没有必要跟他争这口气……"

"比赛是他们提出来的,如果他害怕了,就让他自己去跟老板讲吧。"

"他就是一个新人,哪敢跟老板讲这些?而且老板已经许诺了,如果他能赢就马上让他转正,但是如果输了就连实习的机会都没有了,直接回家待业。茱莉亚的妈妈为了逼儿子回家,为什么要拿你哥的前途做赌注呢?你不觉得这样对你哥很不公平吗?"

一谈到茱莉亚,郭寒露的语气就变得尖锐起来。她早就不满茱莉亚了,现在听说茱莉亚的妈妈在工作上刁难于浩,更加觉得这对母子不可理喻,能忍着不发火已经很不容易了。

"我听说茱莉亚妈妈的态度非常强硬,一定要逼茱莉亚回家。以她的性格,就算这次不成功,肯定还会想出其他办法逼你的网店关门歇业。你惹上她就注定没有好果子吃,还不如趁早认输,帮她劝茱莉亚早点儿回家。这样你才能继续把网店经营下去。"

不得不承认郭寒露说的很有道理。当初白海燕威胁说要"毁掉栗子工坊"时的恐

怖表情还深深铭刻在田小野的脑海中,每次回忆起来都是一身冷汗。白海燕这个女强人一看就是不达目的誓不罢休的主儿,田小野找她当对手就是自不量力、自取灭亡。

"小野,你就帮帮你哥吧。"郭寒露一边说一边拨通了于浩的电话,把手机递给田小野,"他真的觉得很对不起你,你自己听他说吧。"

于浩大概早就在等这个电话,不到三秒钟就接通了。

"喂……"虽然田小野很不想听到于浩的声音,但是当着郭寒露的面,她又不能直接挂断,只好带着极不友好的冷漠态度出声了。

对面传来于浩诚恳而急迫的声音:"小野,这件事的利害关系露露已经告诉你了。如果你能高抬贵手,让我保住工作,我什么都可以答应你。我听爸说,你把你妈留下的设计稿全都要回去了。我这里还留了一点儿,你想要的话,我全都给你吧。"

"什么设计稿?"田小野一个激灵直起背来,紧张地追问。

"我不知道是什么,反正和你现在做的服装风格很像。"

"你说《百美图》在你那里?"田小野惊讶得尖叫起来。

"我不知道是不是《百美图》,反正看风格应该是你妈的遗物。我很久以前在我爸书房里偶然翻到,觉得漂亮就拿去看看,结果一看就忘了还回去。上学期刚开学时我爸问我有没有拿他书房里的设计图,我一时没想起来就说没有,没想到这次为了比赛回家查找资料时,无意中翻到了那套人偶的设计图,觉得和你做的那些女装风格很像……"

《百美图》居然在于浩手上?这个消息对于田小野来说无异于五雷轰顶。

于浩解释道:"小野你可别误会,我没想侵占,可以还给你,但是我毕竟看过那套图,肯定会忍不住参考一些元素,我怕到时候我们画出来的设计稿还是很相似,难分高下……"

"我明白了。"田小野懒得听于浩唠唠叨叨,直截了当地说,"我可以退赛,但是我必须看到《百美图》后才能做出最终决定。你什么时候把图拿给我?"

比不比赛已经不重要了,现在田小野心中只剩下一个念头,就是尽快拿回《百美图》。那是她妈妈的毕生心血,也是她开网店的最初目的和最大的梦想。

"这还不好办?"于浩一听田小野说出"退赛"二字,语气顿时变得轻松起来,恢复了从前那悠然得意的腔调,"明天我们要去野外烧烤,你也一起来吧——冬阳和露露都来。"

田小野回到家时已经是晚上七点了，卧室里的朱明熙一听到开门声立即跑出来询问。

"怎么样？郭寒露对你说了什么？"

田小野面色凝重，埋着头什么都不想说。她不敢告诉朱明熙自己可能会退赛，朱明熙知道后肯定会大发雷霆吧？还是等明天看到《百美图》，真的下定决心要退赛后再告诉他吧。说不定于浩根本拿不出《百美图》，她也不用挨朱明熙一顿臭骂了。

"明天我跟你一起修改设计吧，我有很多新想法，也许能带给你一些灵感。"朱明熙知道最近田小野陷入了瓶颈，好心好意地想帮她分担一点儿压力，陪她一起奋斗。

没想到田小野低沉地说："明天我有事要出去一趟。"

"去干什么？"

从朱明熙瞬间警觉起来的严肃表情中，田小野看出他已经猜到答案了，所以没敢隐瞒，如实答道："我哥约我明天出去烧烤，还有几个朋友也一起去。"

声音低得就像蚊子叫，生怕朱明熙会责怪。谁料朱明熙听后一声冷笑，讽刺道："他的糖衣炮弹还真是一发接着一发，铺天盖地，连绵不绝——你扛不扛得住啊？"

"我……"还是说不出一句完整的"我可能要退赛"，总觉得对不起朱明熙。

但是，如果朱明熙坚持不回家，白海燕肯定还会继续使阴招，栗子工坊怎么挺得下去呢？退赛后不仅可以拿到《百美图》，还能让于浩保住工作，更能让栗子工坊摆脱小人算计，一举三得的同时，唯一牺牲的就是朱明熙的利益，他愿意当这个滥好人成全自己吗？

田小野愧疚地望着毫不知情的朱明熙，第一次尝到有口难开的滋味。

"明天他肯定会对你大献殷勤，百般讨好，你可千万不能被他欺骗了。他一谈到比赛的事情你就立即转移话题，实在不行就给我打电话，我马上接你回来。反正我现在不用直播了，时间多得是，你可千万别跟我客气，别忘了我和你才是站在同一条战线上的。"

"嗯……"田小野低声应着，心中泛起苦涩的涟漪。

朱明熙越是这样体贴和热情，她就越是不安和自责。他一心期待自己让于浩碰钉子、自讨没趣，但是当明天自己回来告诉他要退赛时，他会是什么表情呢？

田小野不敢多想，甚至不敢在客厅里久留，借口说"太累了"，一头钻进卧室里就再也没有出来。

明天就能见到男神苏冬阳，还能和郭寒露恢复友谊，但是她一点儿也不期待，反

而有些畏惧明天的到来，仿佛无声流逝的时间就是她即将背叛朱明熙的倒计时。

　　于浩开始实习后，因为家离公司比较远，所以于翰林就把家里那辆旧大众交给他练手，于翰林每天乘公交车上下班，还承诺等于浩转正以后就帮他付新车首付。
　　刚考到驾照没多久的于浩还没过新鲜劲，每个周末都给自己安排了一日来回的自驾游。
　　这次，于浩驾车载着田小野、郭寒露和苏冬阳来到离市区不远的一个森林公园。
　　这里设有专门的烧烤场和露营区，但是因为不太热门而鲜有人知。即便是在盛夏，枝叶茂密的树林中依然凉风习习，就连开阔的茵茵草坪上都没有烈日当空的灼热感。不远处传来溪流淙淙的轻响，混合着婉转的鸟鸣和喧嚣的蝉鸣，让人只感受到夏日美好的一面，而忘却了恼火的燥热。于浩真算是神通广大，也不知道他是怎么找到这块风水宝地的。
　　昨晚焦虑了一整夜的田小野来到这里，望着开阔的天地，享受着被青山绿水环抱的清爽舒适，阴霾的心情忽然变得晴朗起来。
　　郭寒露把一张巨大的野餐垫铺在草坪上，然后开始搭帐篷。帐篷是于浩的，从郭寒露熟练的手法上不难看出，她已经不是第一次搭这个帐篷了。
　　于浩和苏冬阳开始搭烧烤架，装炭生火。看到他们分工明确、井然有序地工作着，田小野觉得自己有点儿多余，等到郭寒露飞快地搭好帐篷，开始穿肉串的时候，她才总算找到自己可以帮忙的事情。
　　这时于浩和苏冬阳到溪边提水去了，营地里只有田小野和郭寒露两个女生。昨天在咖啡厅因为要谈比赛的事情，郭寒露显得有点儿拘谨和严肃，但是今天她抱着出来玩的心态，又恢复以前田小野最喜欢的温柔可爱的样子了。
　　"小野，你还生我的气吗？"趁男生不在，郭寒露问出这个令她耿耿于怀的问题。
　　田小野知道她指的是向于浩泄露朱明熙身份的事。她倒是没什么好生气的，只要朱明熙不生气就好。都过去那么久了，没必要旧事重提，田小野摇头说："没有啊。"
　　其实她心里也有一个一直放不下的问题，趁此机会问了出来："那你还生我的气吗？"
　　她指的是纵容朱明熙欺骗于浩，害于浩跟郭寒露分手的这件事。
　　虽然两个人已经疏远对方很久了，但是闺蜜之间的心有灵犀依然没有一点儿减弱。郭寒露立即明白了田小野的意思，微笑着摇头说："没有啊。都怪我当时太冲动了，

对你大吼大叫,其实冷静以后仔细想想就知道你确实是为了我好。也许我之所以会那么生气是因为自卑吧,我也知道我不是你哥喜欢的类型,有点儿嫉妒茱莉亚,也讨厌那个貌不出众的自己。"

"你一点儿都不用自卑,你这么好,一定会有人喜欢的。"

"别人喜欢有什么用?我喜欢的是你哥啊。"郭寒露苦笑着长叹一声,似乎是认命了。

"那你们是怎么复合的?"田小野又问。

本来以为可以听到于浩浪子回头的故事,谁料郭寒露却说:"在他心中,我们都没有交往过,其实谈不上复合。我也不拿自己当他的女朋友,省得伤心怄气。"

当初被独自扔在大街上的心理阴影到现在还没有淡去,郭寒露早就重新调整过心态了。

望着她无奈而忧伤的表情,田小野又惊又气。

这是什么状态?朋友以上恋人未满,还是万年备胎?于浩不想找她当女朋友,但是也不想看到她被别人抢了去,所以保持着若即若离的距离,召之即来挥之即去?郭寒露怎么愿意默认与于浩保持这么奇怪的关系啊?她不觉得委屈吗?

田小野憋了一肚子火,却不好在郭寒露面前发作,只得拼命忍住,把后槽牙都咬疼了。

郭寒露一边慢慢穿肉串,一边接着说:"我也知道这样下去不行,但我就是离不开他……我觉得在他心中,我和其他人还是有点儿不一样的……"

这番话与其说是说给田小野听的,不如说是说给自己听的。田小野不知道该怎么回答,其实道理郭寒露都懂,不用田小野苦苦相劝,但她就是不到黄河心不死,没有被折磨得遍体鳞伤就始终抱着一丝侥幸的期望。也许这就是恋爱吧,反正田小野不太懂,她心甘情愿就好。

就在这时,于浩和苏冬阳提着水桶的身影出现在小径上,郭寒露和田小野很有默契地结束了这次谈话,迅速把话题切换到"羊肉串应该撒多少孜然粉和花椒粉"的美食研究上。

"你们还没穿好啊?"于浩看到刚穿了一半的肉串,不耐烦地催促起来。

"反正现在时间还早,我们也来帮忙吧。"苏冬阳说着戴起一次性薄膜手套加入进来。

"哥。"这时,性急的田小野忍不住问出她最关心的问题,"设计图你带来了吗?"

这关系到她待会儿该用什么表情面对于浩,她可不想高高兴兴地吃完烧烤后被告知设计图是于浩瞎编的。与其到时候大发雷霆,不如现在就直接掉头走人,省得以后回忆起跟于浩假惺惺地扮演"兄友妹恭"的画面时连自己都觉得恶心。

"你怎么这么着急啊?"于浩满脸嫌弃地白了田小野一眼,"过来吧,我拿给你。"

看到他这么有底气,田小野之前对他的怀疑都消散得七七八八了。为了彻底解除田小野的疑虑,他带田小野来到停车的地方,从后备厢里拿出一个文件袋。

田小野心急地抢过来一看,马上激动得连手都在发抖了。这果然是《百美图》!不仅与她记忆中的画面完美重叠,而且让记忆中很多模糊的地方都变得清晰起来。

"还有其他的吗?"随手翻了翻,田小野发现只有十来张,比记忆中的少很多。

"也许还有吧,我回去再仔细找找。"于浩诚恳地说。

田小野的目光瞬间冷却下来,一眼就看出他在装傻。他的意图很明显,就是要田小野答应退赛以后才会交出其他设计图。他在田小野面前永远都是处于优势地位的,可以让田小野对他气愤至极却又无可奈何,最后只能乖乖地任由他摆布。

"好吧,希望你尽快找到给我。"

田小野把设计图放回后备厢,跟于浩返回露营地。

这时苏冬阳和郭寒露已经把肉串全都穿好了,整整齐齐地摆在不锈钢方盘里,足够他们吃两顿了。

自诩为"最强厨神"的于浩看到后立即飞奔过去,兴致勃勃地表演起来。郭寒露在旁边帮他打下手。两个人有说有笑,偶尔还会嬉笑打闹,在任何人眼中都是一对热恋的情侣。

看着他俩亲热甜蜜的样子,想到刚才郭寒露说的那些话,田小野的心中就百感交集,不是滋味。

"你怎么了,一直闷闷不乐的?"苏冬阳早就发现田小野从停车场回来就一言不发了。他从冷藏箱里取出一罐冒着凉气的罐装可乐,非常帅气地递给田小野。

虽然还没有正式出道,但是苏冬阳身上已经有一股无与伦比的明星气质了。他无论做什么都比别人好看,纤长的四肢随便动一动就像是舞蹈动作似的,美好得令人舍不得移开目光,田小野甚至想要马上打开视频APP录下来,拿回去反复欣赏。

也许郭寒露眼中的于浩就像自己眼中的苏冬阳一样,这样一想,她忽然明白郭寒露为什么会奋不顾身地飞蛾扑火了。

"没什么……"田小野接过可乐,猛地一拉,结果狂涌而出的气泡瞬间流得满

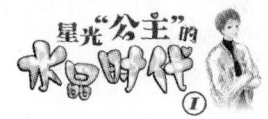

手都是。

毫无防备的田小野吓得惊叫起来,保持着高举着可乐罐的姿势,不敢再动一下。苏冬阳急忙抽出一张湿巾,替她把从掌心顺着手臂一直蜿蜒到胳膊肘的可乐擦干净。

田小野羞得满脸通红,刚才的闷闷不乐全都变成了从头到脚的尴尬,不经意地一抬头,竟发现听到动静回头看过来的于浩和郭寒露正盯着他们。

当于浩和苏冬阳的目光在空中碰撞后,于浩忽然抬起握着油刷的右手指着苏冬阳,而且露出奸邪的笑容,潜台词仿佛是:"真有你的,追我妹被我逮到了吧!"

懂得"非礼勿视,非礼勿言"的于浩和郭寒露很快就转过头去,继续一边打打闹闹一边烤肉串去了,但是满脸狼狈的田小野依旧羞窘得想要挖个地洞藏起来。她轻轻推开靠得过近的苏冬阳,说:"你别对我这么好了,不然我哥总是误会你喜欢我。"

那天于浩在朱明熙面前对苏冬阳脱口而出的"你不是喜欢我妹吗",一度让场面变得非常尴尬。都说"物以类聚,人以群分",虽然田小野不想把苏冬阳和于浩画等号,但是听了郭寒露刚才的那番话后忍不住会想,难道苏冬阳也把自己当成万年备胎?他明明拒绝了自己的表白,为什么还是对自己关怀备至,让自己放不下他呢?

"他没有误会。"就在田小野惶恐不安之际,苏冬阳突然说出一句令她始料未及的台词,"是我告诉他的。"

田小野猛地抬头望着苏冬阳。他的双眸近在咫尺,深邃而真诚,带着一点儿笑意和宠爱,还有一点儿好奇和期待,仿佛非常渴望看到田小野听到这句话后的反应,一秒钟都舍不得错过。

"你告诉他什么了?"田小野傻傻地问。这一刻,她的脑海是空白的。她仿佛听得懂又仿佛听不懂,仿佛知道答案又仿佛一头雾水,紧张得心跳瞬间加速,令呼吸变得急促起来。

"告诉他……"苏冬阳缓缓移开目光,似乎有点儿不好意思,"我喜欢你。"

全世界都在他说出这四个字的瞬间安静下来。

树林中的鸟鸣,稍远处于浩和郭寒露的说话声,更远处淙淙的溪流声全都消失了,耳边只剩下这四个字不停地重复又重复。

重复了太多遍,以至于令田小野的意识都变得恍惚起来。她不确定这一切是不是真实的,就连眼前的景物都变得模糊虚幻起来,仿佛置身于一场奇妙的梦境。

"小野?"下一秒,苏冬阳的声音把她从恍惚中拉回现实。

"啊,啊?"田小野下意识扭头望着他。

第九章 这样幸福好吗

她知道自己的嘴角一定在微微上扬,但是这笑容一定是僵硬而不自然的。她也知道自己的声音一定在颤抖,也许是紧张,也许是高兴,混在一起分不清楚了。突然从天而降的幸福砸得她眼冒金星,令她不知道自己身在何方,在干什么了。

"不知道我现在还能不能修改一下圣诞节的那个回答。"苏冬阳忽然回头轻轻一笑,把田小野的心都融化了,"我也已经喜欢你很久了,但那时我连自己的前途都看不到,不敢给你任何承诺。现在公司已经在安排我的出道事宜了,所以我才终于有勇气回应你的感情。现在还不晚吧?你还愿意等我吗?"

"可……可以啊……"全身僵直的田小野故作镇定地说,但是泛滥着喜悦之情的神色早就出卖她了。

好尴尬,好甜蜜,好幸福,好开心,好激动,好兴奋,好想唱歌,好想尖叫,好想在地上打滚,好想爬树,好想飞起来!田小野心中无数个吹着喇叭的小人已经开始手拉手跳圆圈舞庆祝起来了,而她却偏要装出很淑女、很淡定的模样,险些憋出内伤。

"羊肉串羊肉串喽,刚烤好的羊肉串香得很喽……"

就在这时,于浩握着一大把香气四溢的羊肉串转过身来,结果看到笑容洋溢的苏冬阳正凝视着快要爆炸的田小野,吓得傻愣地问:"你们怎么了?"

苏冬阳对田小野神秘一笑,仿佛在说"别让他这个大喇叭知道"。

田小野也不想让于浩知道,但是她实在淡定不下来。上下嘴唇完全包不住快要把嘴角撑破的笑意,必须用双手把嘴捂紧。

为了不让笑声爆发出来,她只能嚷着"来啦来啦"掩饰喜悦,假装什么都没发生过似的,端起盘子接羊肉串去了,但是脚步早已幸福得飘起来。

朱明熙从一个小时前就已经开始坐立不安。电脑里正在播放一部好莱坞大片,但是他的注意力完全不在剧情上,每一分钟都要瞥右下角的时间好几次。

现在已经是晚上十点,他反复推算着时间,怎么算都觉得田小野应该回家了。不会出什么事了吧?田小野有没有被欺负?他已经给田小野打过无数次电话,但是对方的手机关机了,令他完全摸不清状况。

难道被于浩欺负得痛哭流涕,害怕自己担心,不敢回来,独自躲在外面什么地方整理心情?想到在路边独自啜泣的田小野,朱明熙一秒钟都等不下去了,"唰"地一下起身向门外冲去!

没料到好巧不巧的是,朱明熙右脚刚跨出房门就听见了苏冬阳的声音。出租房的

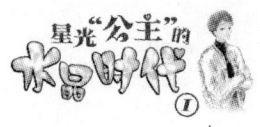

楼梯间回声很大,即便隔了三四层,依然可以把楼下人的说话声听得一清二楚。

"我正式签约以后就不能谈恋爱了,所以可能会委屈你。"

"没关系,我愿意等你。"

"合约有五年,五年以后如果我发展得好,我会竭尽所能地向公司争取权利。如果发展得不好,我就做回普通人,和你在一起。"

"嗯。"虽然只是一个字,但是甜得就像蜜糖的声音中却充满了幸福感。

苏冬阳一直把田小野送到家门口才道别离开。田小野目送他的身影消失在楼梯尽头后才恋恋不舍地掏出钥匙,准备开门。低头一看发现房门虚掩着,根本没锁。

田小野推门走进去,客厅没开灯,朱明熙卧室的灯光顺着敞开的房门落到客厅里。他应该已经听到田小野回来的声音了,但是没有跑出来迎接和问长问短,气氛显得有点儿怪异。

"你怎么忘记关门了?"田小野走到朱明熙的房间门口问。

面朝电脑屏幕的朱明熙没有理她,头上戴着耳机。她以为正在专心致志看电影的朱明熙没有发现自己,觉得有点儿没趣,正想返回自己的卧室,却突然听到朱明熙冷冰冰的声音。

"为什么不接我电话?"朱明熙摘下耳机,扭头盯着田小野。不仅是声音,就连眼神里都透着一股寒意,令田小野有点儿莫名其妙,又有点儿胆战心惊。

"哦,我手机没电了。"田小野实话实说,不明白朱明熙为什么会生气。

"那就不要这么晚回来。"朱明熙突然严厉起来。

"我们很多人在一起,我不能自己一个人先走。那地方有点儿偏僻,又没有公交车……"

田小野试图解释,但是朱明熙却不说话了,用带刺的目光盯着她,令她浑身不舒服。

"你到底怎么了?"田小野又奇怪又担心地问,一天的好心情全都飞走了。

"你还想比赛吗?你好像一点儿斗志都没有了。"

"我……"被戳中痛处的田小野突然紧张起来。

她不知道朱明熙是怎么看破自己的,但是从现在朱明熙的表现中不难看出,朱明熙已经猜到答案了。她只能带着被痛骂一顿的觉悟,抱着必死之心勇敢地说:"我已经决定退赛了。"

"什么?"朱明熙气得跳起来,大声质问道,"栗子工坊怎么办?不开了?"

"只要你乖乖回家,你妈就不会找栗子工坊的麻烦了,但是如果你还是坚持抵抗,

栗子工坊总有一天会被你妈逼得走投无路，只有关门大吉。"

"你什么意思？都是我的错吗？"朱明熙一个箭步冲到田小野面前。

田小野在他灼热目光的注视下慌乱无措，鼓起勇气说："我也是为了你好……你出生在那样的家庭，本来就该走演艺道路……当演员怎么都比开网店好……"

"你就是为了你自己！"朱明熙大声打断田小野的话。

"对，我就是为了我自己。"被吼蒙的田小野突然变得强硬起来，"原来《百美图》在我哥那里，只要我退赛，他就把完整的《百美图》还给我。"说着举起了手中的文件袋。

朱明熙听后气得攥紧不停颤抖的拳头，歇斯底里地吼道："那本来就是你的东西，你拿回来天经地义，怎么现在成了必须答应他的无理要求才能拿回属于自己的东西了？你到底是有多傻？哦，不对，你不仅可以得到《百美图》，还可以得到苏冬阳，所以你就叛变了！"

"和他没有关系！"突然听到苏冬阳的名字，田小野急得尖叫起来。

她这才意识到，原来朱明熙知道刚才苏冬阳送她回家的事。

"我是为了我自己，也是为了你和我哥。只要我退赛，你可以过上星二代该有的生活，我哥也不会丢掉工作。而我拿到《百美图》后就会专心做人偶，再也没有时间设计服装了，以后栗子工坊再也不会卖服装了……"

"栗子工坊是我们两个人的，不是你一个人说了算的！"

朱明熙愤怒的吼叫截断了田小野的话。望着他气得泛红的眼眶，田小野有点儿于心不忍。他为栗子工坊付出的心血田小野一直看在眼中，知道他不是闹着玩的，但是……

两人对视了很久很久，最后朱明熙扭头冲回房间，重重地摔上了门。

唯一的光线被紧闭的房门阻断，独自站在客厅里的田小野彻底被黑暗笼罩。

为什么会这样？为什么几分钟前还高兴得声似蜜糖，突然又变得如此孤独可怜？

这世上没有两全其美的事情，有人高兴就有人伤心。也许一开始决定和朱明熙一起创业就是错的。他不属于这里，注定会离开，去走他应该走的道路，拥抱光辉的未来。

静静地站在漆黑的客厅里，田小野想了很多很多。

她依然决定坚持自己的决定，把朱明熙送回白海燕身边。但是，她心中压抑不住地难过，悲伤的眼泪早已在脚尖的地板上汇成一摊。

如果迟早有一天会一拍两散，分道扬镳，不如趁早了断他和自己的合伙人关系。

分离不是完结

从来不知道原来夜晚竟是如此安静，即使竖起耳朵、集中全部注意力，依然听不见门外的任何声响，朱明熙一直坐在电脑前，坐了很久很久，直到作为唯一光源的电脑自动关闭，房间变成一片漆黑也依旧一动不动，连起身开灯的力气都没有了。

他没有生气，而是在混乱中不断反思着刚才自己为什么会勃然大怒。

田小野欲言又止的委屈表情在脑海中挥之不去，他不想惹她哭，不想令她伤心难过，但就是忍不住想要在狂躁的吼声中发泄出填满胸腔的烦闷。他之所以如此失常不是因为田小野放弃比赛，而是因为……

朱明熙再也无法否认这个事实，他就是在乎田小野对待苏冬阳的态度，就是会因为他俩的几句柔声软语，甚至只是相视而笑的眼神醋意翻涌，失去理智。

如果不是因为看到苏冬阳送田小野回家，听到他们在楼道里讲的那些话，也许刚才的激烈争吵根本不会发生。

苏冬阳已经接受田小野了吗？他们已经情投意合、两情相悦了吗？既然如此，自己还留在这里干什么？难道要眼睁睁看着自己喜欢的女孩跟别人谈恋爱，而自己只能扮演一个不能有任何非分之想的善良正直的合租人兼合伙人的角色吗？朱明熙做不到。

突然响起的手机铃声打断了朱明熙痛苦的思考。屏幕上那串熟悉的数字让他第一时间就猜到接下来将听到的话，索性自己先摇旗投降了。

"喂，恭喜你在扼杀了我的主播生涯之后，又成功摧毁了我的创业计划。我现在已经走投无路，无计可施，只能任你宰割了。"

"既然你想通了就尽快回来吧，好好准备一下那部戏。"

在白海燕从容不迫的声音中，朱明熙只能听到胜利者的嘲讽。

"是，遵命。"他什么都不想说，深深的挫败感已经令他丧失了反抗的本能。他就像那只永远也翻不出如来佛祖手掌心的猴子，无论怎样挣扎都逃不过被压在五指山下的宿命。

挂断电话，朱明熙如释重负地倒在床上。做出离开的决定后，他突然觉得轻松多了，他不希望栗子工坊在白海燕的阴谋诡计中倒闭，也不希望陷入一段没有结果的苦恋。

现在离开还不晚，如果再犹豫不决，只怕会越陷越深，那就再也离不开了。

漆黑的房间中，朱明熙静静地注视着头顶天花板上的圆形吸顶灯，盯了很久很久，直到眼中泛起一阵酸涩，他才疲惫地翻过身，面朝下呈大字形趴在床上，深深地叹了一口气。

就这样带着遗憾和不舍离开吧。

第十章 分离不是完结

他已经不想再与田小野发生任何争吵,不想再看到她伤心的脸了。

第二天,田小野一早醒来就听见门外传来朱明熙收拾东西的响动。她连脸都顾不上洗,跳下床就冲出去,结果一开门就看见地板上摆满装着各种萌系女装和华丽饰品的大纸箱。

正在往拉杆箱里塞男装的朱明熙听到脚步声后,回头对田小野笑了笑,说:"那些女装我就不带走了,省得回去又被我妈一顿臭骂。很多都只穿过一次,还是崭新的。你拿去拆掉做人偶服装也行,挂在网上卖二手也行,随便你怎么处理。"

"你真的要走吗?"田小野无论如何也无法笑得像他那么自然,整张脸都僵硬了。

朱明熙停下动作,仰起头讽刺地问:"你不是希望我走吗?"

田小野慌乱焦急地摆手道:"我不是要赶你走,只是……只是觉得你不属于这里,应该有更好的前途。我真的是为了你好,也许你会觉得我这么说很虚伪,但是我是真心的……"

"好了。"朱明熙轻声打断她语无伦次的解释,温柔地笑着说,"我都知道。"

他从头到尾都没有误会过田小野的真心,昨天说出的那些刺耳话语都是嫉妒所致。

"栗子工坊本来就是你的,你可以自由决定它的风格和未来,无论是做DIY还是做女装或者人偶,只要你开心就好。虽然我无法与你并肩作战了,但我依然希望你能早日实现梦想。"

曾经以为与她朝夕相处的日子会一直持续下去,但是没想到分离来临得如此急迫。

剩下的时间已经不多了,朱明熙有很多话想说,但说多了都是婆婆妈妈的唠叨,只有最关键的那句,无数次来到嘴边,却又无数次被咽了回去,怎么也没有勇气说出口。

"有什么需要我帮忙的吗?"田小野低声问。虽然朱明熙已经不再责备她,但她内心始终过意不去。无论用什么理由解释,都无法掩饰她背叛了朱明熙的事实。

"没什么。我已经收拾得差不多了。"说完,朱明熙盖上拉杆箱的盖子,把拉杆箱立起来牵在手上,仿佛马上就要说"再见,我走了"。

朱明熙回家后,不能再做主播的他一定不会继续光顾只做DIY饰品的栗子工坊,曾经依靠朱明熙的订单交房租的田小野很难继续自力更生下去。虽然新推出的女装让她赚得盆满钵满,但是朱明熙离开后,还要兼顾学业的她不可能再坚持下去。

可以预想到,田小野优裕富足的幸福生活已经迎来尾声。送走朱明熙以后,她要做的第一件事就是马上把这套两室一厅的豪华大房退掉,重新住回简陋的小单间。仅

靠DIY订单能否赚够学费?毫无自信的她决定勇敢地面对接下来的困境,决不轻易向郭美涵低头。

"小野,我有一句话想告诉你。"

已经走到门口的朱明熙突然停下脚步,转身面向为他送行的田小野。

那句一直萦绕在心头的话如果现在不说出来,也许以后就没有机会了,但是就算说出来了也依然无法改变什么,反而会令两个人的关系变得尴尬。说不定,田小野为了避嫌就再也不理他了。这令他不得不把那句反复涌至嘴边的话再次咽下去。

"什么话?"田小野好奇地望着他,清澈的眼眸中没有一点儿暧昧的疑惑。

她什么都不明白。从她的眼神中读到这个答案的朱明熙不知道应该高兴还是难过,最后发出了一声幽幽长叹,说:"算了,还是等你和苏冬阳分手以后我再告诉你吧。"

"咦?"田小野一点儿都没有想歪,更加疑惑地望着黯然失落的朱明熙。

喜欢上一个这么迟钝的女生,朱明熙不禁为自己感到悲哀。不过,这不正是他喜欢上田小野的原因吗?单纯、善良、亲切、可爱、才华横溢、勇敢坚定,可以分享快乐,也可以共渡难关,可以倾吐心声,也可以斗嘴互怼,无论用多少美好的词语都不足以形容他心中的田小野。

"如果你们分手了,你一定要第一时间通知我,我马上告诉你,记住没有?"朱明熙恢复了从前的爽朗,像名侦探似的伸出一根手指对准田小野的鼻子,开玩笑似的笑着说。

"哦……"田小野发出呆呆的回应,也跟着笑了起来。

田小野最怕分别前会大吵一架,从此分道扬镳,永不往来,能像现在这样笑着挥手,她已经没有什么遗憾了。

朱明熙离开后她一定会变得非常寂寞,但是,她相信过不了多久就能经常在电视上看到朱明熙闪亮的身影。无论朱明熙以后多么出名,她都不会忘记与他共同度过的这段愉快时光。这将成为她整个青春中最有趣、最值得回忆的一部分。

炎热的暑假还在继续,早就搬回小单间的田小野舍不得开空调,只能在电风扇吹出的热风中苦苦煎熬,度日如年。

与朱明熙分开后,一开始两个人依然经常在网上联系,但是随着时间流逝,共同话题变得越来越少。他们不再凑在一起商量吃哪家的外卖,也不再为了栗子工坊的未来发展而聊得热火朝天,更不再八卦身边人的感情纠葛,看不到同样的风景,听不到

第十章 分离不是完结

同样的故事,曾经的形影不离、亲密无间在不知不觉中渐渐消逝了。

一个月后,田小野无意间在娱乐新闻里看到了《永恒之夏》开机的消息。她在剧组发布的每一张照片中寻找朱明熙的身影,哪怕只是密密麻麻人群里的一个小点,她都能轻而易举地一眼认出来。她激动得到处搜索这部剧的相关情报,比任何人都盼望能早日播出。

朱明熙穿着随处可见的休闲T恤和牛仔裤,戴着一顶深蓝色的鸭舌帽,连长长的帽檐都挡不住他一脸兴味索然的无聊表情。他不但没有露出一丁点儿笑容,而且基本上不看镜头,就连大合照时的眼神都轻飘飘地悬浮在半空,好像已经灵魂出窍了。

田小野已经从他那平淡表情中,脑补出他被白海燕威逼利诱、软硬兼施、逼上梁山的全部情节了。

即便如此,他那360度没有死角的完美容貌,以及重量级的家世背景依然令他一夜之间占据了各大媒体的娱乐头条。曾经备受关注的童星销声匿迹多年后卷土重来,搭档当红歌星TINA共同带来青春纯爱剧,先不论质量如何,光是颜值就已经为收视率戴上王者光环了。

田小野一直密切关注着《永恒之夏》的一举一动,但是从未给朱明熙发过一条祝贺的短信。她知道,朱明熙已经开始新的生活,进入另一个她触碰不到的光芒万丈的世界,是时候划清界限,保持距离,乖乖当一个追剧的普通粉丝了。

独居的寂寞仿佛把每天的时间都拉长了,田小野有更多的时间做DIY。她把于浩交给她的那几张设计图上传到电脑里,用设计软件重新仔细地描绘了一遍,而把田晓珍手绘的原件小心翼翼地保存在文件袋里,轻易不去翻动,生怕一不小心就弄坏了。

于浩交给田小野的十多张设计图只是《百美图》的冰山一角。亲自去白海燕的公司请求取消比赛,并且委曲求全地承诺再也不销售女装后,田小野以为得偿所愿的于浩很快就会把剩下的《百美图》全部交给她,但是事实证明她又一次天真地高估了于浩的人品。

田小野多次催促,于浩才在拿到GAW正式入职合同的那天给她发来一份快递,然而里面只有二十多张设计图,就算加上之前的十多张也不到《百美图》全稿的一半。

"对不起,小野,我真的仔细找过了,就只有这么多。"

电话中,于浩诚恳真挚的话语可以骗过所有人,唯独骗不了从小看着他精湛演技长大的田小野。田小野对出尔反尔的于浩非常失望,但是于浩温和友善又带着深深自责的态度却令她发不出脾气。

"以后有时间我再仔细找找吧,也许混在其他资料里了。你放心,这么重要的东西我肯定不会随便扔掉,只要还在房间里,我总有一天会找到的。"

于浩信誓旦旦地保证着,听上去很有责任心,但是田小野却能从他虚伪的话语中提取出真实含义。剩下的设计图应该就在他的手上,但他故意不还给田小野,无非就是想让田小野继续对他唯命是从,任凭差遣。

听着于浩一遍又一遍地自责和认错,田小野想骂他都提不起劲。

"你到底怎么样才肯还给我?"

"我找到了肯定还给你。你要不要我发毒誓?多毒我都敢!"

既然于浩一口咬定找不到,无计可施的田小野只好无奈地放弃索要。

万一他没有说谎,真的只是找不到而已呢?难道误会他了?

这样自我安慰的田小野都快被自己善良纯真的心感动哭了。

不知不觉间,漫长的暑假已经结束,田小野正式成为一名大三学生。

学校附近的商业街因为开学而重新繁荣起来,出租房外的过往人流明显比假期时多了。

领到新学期的课本后,田小野迅速从网店老板的模式切换到学生模式,把主要精力都投入专业学习中。她很想在大三就找到一份带薪实习的工作,这样就算栗子工坊业绩不济,也不用担心没钱交学费了。

没有订单的时候,田小野总是在自习室里学习。正因为如此,她和已经开始为考研准备的学霸郭寒露又有了共同语言。还以为忙着谈恋爱的郭寒露已经没有精力学习了,然而事实上参加工作的于浩早已不在校园中,所以留给郭寒露大把大把的自由时间独自度过。

就这样,每天与郭寒露并肩走在校园中的田小野仿佛又回到当初不认识朱明熙的日子。偶尔回忆起一年前的这个时候,自己正为了帮朱明熙赶制参加漫展的女仆装而忙得焦头烂额,总有种恍若隔世的感觉。

好像做了一场梦,梦醒后,梦中发生的事情不会对自己的现实生活产生任何影响。关于朱明熙的一切,随着时间的流逝,终究只会变成一段模糊的回忆,而田小野所要面对的现实则是必须尽快找到一份收入稳定的工作,真正独立起来。

"小野,你现在还和朱明熙有联系吗?"十月末的一天晚上,郭寒露在离开自习室时闲聊般提起,"真没想到他居然是白海燕和朱展文的儿子,你说他家里人知道他

第十章 分离不是完结

做直播的事吗？我看网上好像没人讨论，大概大家都不知道他和茱莉亚是同一个人吧。"

当初红遍网络的茱莉亚换装视频拍得并不清晰，网友只能看到一个男生化装变成了茱莉亚，但看不清那男生的容貌长相。后来这段视频在白海燕的暗中操作下被全网删除，就算有人怀疑茱莉亚与朱明熙有关也找不到证据进行对比了。

虽然郭寒露一直非常讨厌朱明熙多次破坏她和于浩的感情，但是自从知道朱明熙的真实身份，发现自己曾与这样一个传奇人物亲密接触过，依然忍不住对他产生好奇心，能忍到现在才向田小野提问已经非常不容易了。

"嗯，是吧。"田小野低声应和着，兴味索然的语气显示出她不想多聊这个话题。

"他拍的那部戏关注度还挺高的，播出以后应该会一炮而红吧。"

"是啊。"田小野依旧淡淡地应和着，不发表任何意见，直到听到下面的这句话。

"他红了以后不知道会不会被扒出男扮女装的那些黑料……"

"你说什么？"田小野突然抬起头来，严肃地盯着郭寒露。

"人红是非多，肯定会被扒出来的。"

说者无心听者有意，田小野的脑海中立即浮现出于浩的身影。

于浩已经原谅朱明熙了吗？还会伺机报复吗？现在他们已经是两个世界的人了，没有直接的利益冲突，只要于浩不是闲得没事干应该不会大张旗鼓地抹黑朱明熙。更何况白海燕是于浩的顶头上司，想在GAW里一展拳脚的他应该不会傻到为了逞一时之快而自毁前程吧。

但是，万一哪天于浩辞职不干了，或者被炒鱿鱼了，那就不好说了……

想到这里，惴惴不安的田小野陷入了长久的沉默。

关于当初朱明熙离开前留下的那几大箱豪华女装，田小野舍不得拆掉去做人偶服装，于是挂在专门卖二手衣物的网站上出售。

那些女装很多都是知名品牌，价格并不便宜。田小野还特意去品牌官网上确认了每件服装的原价，结果吓得她目瞪口呆，就算半价出售，价格也依然是令人望而生畏的四位数。

如此昂贵的非日常服装一定很难卖出，她不敢有太大的奢望，每个月能卖出一件让她有钱交房租，她就高兴得想要烧香拜佛了。

结果，令田小野意外的是，她把这些二手服装上架后的两个月里，每个礼拜都有同一个账号来拍，付款已经累计上万元了。

如果对方继续保持这种速度，她大四的学费和房租都有着落了。

她仔细研究过那个账号，是全英文的，看不出有什么特别含义，好像是随便几个字母的排列组合。收货地址是一个代收点，收货人姓名就是那个意义不明的英文账号。对方从来不询问衣服的品相和细节，拍下后马上付款，而且从不退货。

总而言之，这个救田小野于水火之中的豪爽大恩人挺神秘的。

这个周末，大恩人又拍下了一条黑色厚缎加深紫色刺绣的网游风连衣裙。除了连衣裙以外，还有腰带、袖套、手套、鞋套、腿套、丝带等一大堆附属配件，大大小小加起来总共有十多件。要不是看到了夹在连衣裙里的模特图，田小野根本就不知道应该怎么穿。

发货之前，田小野仔细确认了一下有无遗漏，结果却意外地发现裙摆边缘的薄纱上竟然有一处脱丝了。当初挂在网上的实物图里没有拍到这处瑕疵，田小野也是刚刚发现的，所以大恩人肯定还不知道呢。这可怎么办？田小野略作犹豫后立刻拨通了大恩人的手机号。

"嘟嘟"的几声响铃后，对面传来一个让田小野始料未及的声音。

"喂？"

"怎么是你？"

田小野忍不住惊叫起来。虽然对方只说了一个字，但是那慵懒的语调和熟悉的发音已经足以让田小野瞬间做出最准确的判断——这就是朱明熙的声音啊！

一直以来令田小野好奇不已的问题终于有了答案，大恩人的神秘面纱被揭开，背后的真相如此出乎意料却又在情理之中，大恩人身上所有的谜团都迎刃而解，一切都是如此理所当然。其实田小野早就该猜到了，这么仗义豪爽、出手阔绰的购物狂除了朱明熙还有谁呢？

"小野？"朱明熙也听出了田小野的声音，惊讶而忐忑地问，"你怎么知道我这个电话？"

"你就是……吧？"田小野报出了那一大串疑似用脸滚键盘滚出来的英文名。

这下朱明熙总算明白田小野为什么会突然联系他了。刻意隐藏的秘密被揭穿后，他显得有点儿尴尬和紧张，一下子陷入了沉默。

恍然大悟的田小野又惊又气，忍不住对着手机大嚷起来："你舍不得那些衣服就带走啊，现在又花钱买回去是什么意思？你真的钱多没处花吗？我干脆一起打包全都寄给你吧。"

"别别别,你一起寄过来我妈会发现的。"朱明熙立即阻止。

"那我把钱退给你吧。以后每周给你发一套过去。"那些衣服本来就是朱明熙的,田小野虽然穷,但还不至于做出让朱明熙再花钱重新买一遍的无耻之事来。

"不行,既然我已经送给你了,就是你的东西,怎么能让你退钱呢?"

就算田小野再笨,听到朱明熙的这番话后也察觉到他是故意把那些衣服留给自己的。

作为曾经的合伙人,他知道只接DIY订单又没有自己这个大客户光顾的田小野肯定会面临财政赤字的危机,而且知道直接提供经济援助肯定会被拒绝,所以只能想出这个曲折的办法。这种思考逻辑真是与当初为了帮助静静而做直播如出一辙。

明明做了好事还生怕被发现,朱明熙费尽心思地狡辩道:"我也不想这么做啊,谁让你居然半价出售,我心疼得都快滴血了。如果这么便宜卖给别人还不如我自己重新买回来呢!你这么暴殄天物真是太过分了,怎么着也该八折出售啊!"

如果改成八折出售,朱明熙还是会换个账号继续买吧。就算朱明熙不说实话,田小野还是把他的小把戏全部看穿了。他是善良的、羞涩的,总是用愤怒的语气来隐藏内心的好意,装出迫于无奈、身不由己的样子,其实他比谁都更关心、更想帮助孤苦伶仃的田小野。

"谢谢你。"田小野低声说。他就是害怕自己赚不到钱,才用这样的方式补贴她。

不知道从什么时候开始,田小野越来越了解他,一眼就能识破他的真心了。

"但是我不能再继续接受你的资助了,我要靠自己的本领赚钱……"

"什么叫资助?我买你卖,公平交易,你赚的都是你应得的。"

无论朱明熙怎么解释,田小野都不会改变主意了。她已经暗暗下定决心,待会儿挂断电话后就立刻把所有二手服装全部下架。当初卖女装赚的钱朱明熙一分都没带走,都在栗子工坊的账户上,已经足够她用很长一段时间,所以她不能再厚着脸皮接受朱明熙的无私救济了。

"你拍戏……辛不辛苦啊?"为了尽快结束容易引起争执的对话,田小野转移了话题。

"有什么辛苦的?除了起得早睡得晚以外我就没什么好抱怨的了。拍的都是一些日常戏,一点儿都不难。播出后你一定要看哦,我演得挺好的,几乎都是一条过。"

"嗯。"田小野早就知道他有表演天赋。无论是童星时期还是主播时期,他的才华和过人天资都被田小野看在眼里。田小野从不怀疑他在演艺事业上会有大好前程。

"其实我挺想你的，等拍完这部戏以后……"

朱明熙仿佛想要说什么，但是只说到一半就戛然止住。

"怎么了？"

"还是算了吧。"朱明熙本来想提出与田小野见面，但是刹那间的犹豫之后，还是决定不见好。

"你和苏冬阳怎么样了？他已经正式出道了吧？我看到他有首歌最近正在打榜呢。"

"嗯。"田小野低低地应和着，想要低调却怎么也掩饰不住语气中的骄傲。

"他有没有欺负你啊？"

"我们几乎连面都见不上，他怎么可能欺负我？"

苏冬阳越来越红，两个人的见面时间就越来越少。平时只能在手机上聊聊天，田小野觉得自己好像谈了一场假的恋爱。明明是同城，却比异地更辛苦，也许过不了多久苏冬阳就会因为厌倦而提出分手吧，总觉得自己高攀不起的田小野已经做好了最坏的打算。

"你们分手以后一定要第一时间通知我哦，我还有一句非常重要的话没告诉你呢！"

"闭上你的乌鸦嘴，别老惦记着我分手。"田小野假装生气地叱喝道。

"哎呀，该我上场了，不聊了，拜拜。"原来朱明熙正在片场，趁休息的空当接的电话。

通话时间不到五分钟，但是挂断电话后田小野却回味了很久很久。

嘴角不自觉地上扬，脸上洋溢着愉快的笑容，只有和他聊天，田小野才会笑得这么开心。

过去的点滴突然接连涌现出来，令田小野有些怀念和伤感。

原来他还是像以前一样活泼和爽朗，田小野以为许久没有联系，他们已经生疏了，然而事实上却没有，一两句话就重新拉近了距离。也许自己不该刻意疏远他，偶尔还是发条短信吧。

因为有一部好莱坞大片正在热映中，电影院门口的自动取票机前排着长队，田小野排了十几分钟的队才取到了票。

今天她特意打扮了一下，穿着白色针织打底衫和吊带提花连衣裙，忍着十一月初冬已经带着微微寒意的冷风，露出修长白皙的双腿，及腰的长发烫得笔直光亮，就像

洗发水广告里的模特一样。

"好了。"田小野开心地把刚从机器里打印出来，还带着热气的电影票交给坐在角落里等待的苏冬阳。他穿着最易与环境融为一体的白色T恤和黑色棒球服，戴着鸭舌帽，一直埋头坐在远离人群的沙发凳上，看到田小野走过来才抬起头，笑着接过电影票看了看。

照理说约会时排队取票应该是男生的工作，但是他俩的情况比较特殊，苏冬阳就算静悄悄地坐在角落里还是不断有人好奇地向他张望，如果站在拥挤的取票队伍里，那肯定会成为人群的焦点。没被认出来还好，一旦被认出来恐怕连电影都看不成了。

"已经开始检票了，我们进去吧。"苏冬阳站起来，低头望着田小野。

"哦，好啊。"田小野正要向检票口走去，苏冬阳却突然伸出了手。

刹那的呆愕后，田小野立即明白了他的意思，虽然有点儿不好意思，但她还是鼓起勇气，羞答答地握住了他的手。

十指紧扣的瞬间，就像小说里描述的那样，仿佛有一阵电流猛然穿过，带来微微的晕眩感。终于有一点儿情侣的气氛了，田小野轻轻依偎过去，享受着这难得的甜蜜。

他们看的这部好莱坞大片是不少90后的童年回忆，已经拍到第五部了，每部上映都能轻松刷新好几个票房纪录，而且票房收入比美国老家都高，难怪里面的中国元素越来越多，各种广告植入层出不穷，硬是把一部科幻动作大片变成了令人忍俊不禁的娱乐搞笑片。

田小野早就忘了前几部的剧情，注意力完全不在电影上，时不时地偷看苏冬阳几眼。

他倒是看得津津有味，目不转睛，英俊的侧脸一会儿被大荧幕上的光芒照得雪白明亮，一会儿又蒙上黑色的阴影。无论是明是暗，他的轮廓都美得好像是用刻刀精心雕刻出来的，找不到一点儿瑕疵，不愧是最近网上爆红的"新晋侧颜男神"，群众的眼睛果然是雪亮的。

两个半小时的打斗后，电影终于结束了。田小野用手机查看了一下剧情简介才后知后觉地搞清楚这部电影到底讲了个什么故事。

苏冬阳倒是把剧中的每个细节都记得清楚，熟悉每个演员和对应的角色，田小野插不上话，只能崇拜地看着他兴奋的样子。只要他开心就好，电影好不好看都无所谓，田小野光是听到他讲话就能幸福陶醉一整天了。

电影结束后还不到吃晚饭的时间，于是两个人走进一间装修得非常高档的甜品店。这里的价格不便宜，所以客人比较少，正适合想要远离人群的他们。

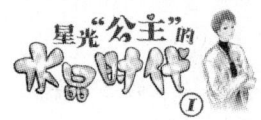

两个人挑了个角落的位置坐下，背靠砖纹墙，侧面是落地窗，可以看见大厦下来来往往的人群，有种俯瞰人间的感觉。

苏冬阳点了一整套下午茶。甜点是放在欧式的铁艺三层架上送来的，里面摆放着精美的彩虹色马卡龙、葡式蛋挞、玫瑰花造型的纸杯奶油蛋糕和水果三角蛋糕，还有很多田小野叫不出名字的糕点，每一个都漂亮得犹如艺术品，令人舍不得下口。

唯一的遗憾就是每一款都只有一个，不能让他俩平分。

"你吃哪几个？"田小野望着琳琅满目的美食难以取舍，只好让苏冬阳先选。

"卡路里太高，我可能吃不了太多，你能吃就全吃了吧。"

"那你点这么多干什么？"田小野忍不住心疼起来。

"想看你吃啊。"苏冬阳笑盈盈地望着她。

被那柔情似水的眼神直勾勾地凝视着，田小野竟然脸红了，嘟哝着："有什么好看的？我也要保持身材的……如果胖了被你嫌弃怎么办？"

"放心吃吧，我会对你负责的。"苏冬阳说着就把一杯粉红色的草莓奶昔放到田小野面前的碟子里。暧昧的话令田小野羞涩地低下头，有点儿不敢看他带电的眼眸。

"今天电影好看吗？"

"哦，好看啊……"

"那你为什么一直在偷看我？"

原来他早就发现了，田小野咬着勺子，好半天才嘟哝道："谁让我总是看不到你。"

"对不起。"明明刚才还在开玩笑，这时却突然认真起来。

田小野急忙解释道："我不是在怪你啦，说着玩的。"

"其实……"苏冬阳接下来的话才是重点，"我的经纪人已经开始怀疑我在谈恋爱了。"

送入口中的勺子突然停下来，田小野的心跳加快。苏冬阳突然严肃起来的态度令田小野有种不祥的预感，他下一句话该不会是"我们分手吧"？

虽然早就做好了最坏的打算，但是当这一刻终于来临时，田小野还是有点儿想哭。她一直低头等待着，但是苏冬阳始终没有说出她最害怕的那句话，而是一直沉默不语。

最后还是田小野鼓起勇气问："他怎么说？"

"他当然是反对啦，但是我说我们只是普通朋友，所以他管不着。"苏冬阳淡淡回答，仿佛只是在谈论一件微不足道的小事。

"那他知道你今天来见我吗？"田小野轻飘飘的幸福心情转瞬已经变得沉重无比。

第十章 分离不是完结

"当然不知道。"苏冬阳笑了起来,依旧是那么轻松爽朗,仿佛想用这淡定从容的态度来化解田小野此刻的紧张和不安,让她明白没什么好担心的。

"知道了会怎么样?"田小野无论如何也笑不出来了。

"大概会生气吧。"

田小野突然不说话了。无论苏冬阳怎么宽慰她,她都无法一笑置之,装作无所谓。如果连约会都是冒着风险的,那她不希望苏冬阳为了见她而与经纪人发生不快。

"我们以后……还是不要见面了……"

"怎么了?"苏冬阳皱起眉头。

"你还是一个新人,没有任性的资本,我不想你为了我而失去机会。"

苏冬阳好不容易熬过苦闷的练习生时期,田小野不希望他昙花一现后就在大众视野中消失。

"小野,我是真的喜欢你。"苏冬阳突然握住田小野的手。

"我知道,可是……"田小野伤心地垂下眼睑,"我会耐心等待的,等到你可以光明正大地把我们的关系告诉所有人,但是在这之前,你还是暂时顺从他们吧。"

"可是我等不了,我好想见你。"握住田小野的那只手突然收紧了,好像害怕失去她似的。苏冬阳急促地说:"每次遇到开心的事情就想立刻告诉你,但是现在我连发条短信给你都要偷偷摸摸的。虽然当初是我让你等我的,但是现在快要等不下去的人却是我自己。"

这天的苏冬阳有点儿失常,说了很多不像他会说的话。

田小野第一次知道,原来他也像自己喜欢他一样喜欢着自己。也许是出名后的压力让他变得有点儿失控,也许他在压抑之中尝试着想要冲破什么,但是,这种心态无疑是非常危险的。

一个礼拜后,当苏冬阳第二次约田小野的时候,田小野委婉地拒绝了。她很伤心,明明彼此相爱,但是为什么总觉得这一切是错误的,是不被允许的?

苏冬阳越来越红,明明应该牢牢地抓紧他,但是田小野完全相反,连郭寒露听说后都感到非常不可思议。田小野自己也解释不清楚,只是很怕会耽误他,变成他的累赘。

如果苏冬阳要离开,抓再紧也依然会离开。如果他真的爱自己,不见面也依然会爱。

现在最重要的是,既然他已经答应公司不谈恋爱,就不应该明知故犯,铤而走险。这样不利于他未来的发展,田小野不希望自己成为他的绊脚石。

田小野一点儿也不自信,非常害怕会失去他,每分每秒都在巨大的恐慌中度过,

但必须说服自己这样做,因为田小野比任何人都更渴望看到他实现梦想、成为巨星。

　　市中心最繁华的商务区,高楼大厦的玻璃外墙在烈日下散发出刺眼的光芒。能在这种地方工作的人身上仿佛都贴着精英的标签,无论是昂首挺胸行走带风的姿态,还是三三两两地聚在大厅里谈话的样子,都能让外来者瞬间产生憧憬和崇敬之心。

　　GAW所在的楼层里,俨然已是一副社会人模样的于浩礼貌地敲了敲门,不等回应就走进白海燕的办公室,谁知坐在转椅上,跷着二郎腿抬眸望向自己的人,居然是跟他闹过不少矛盾的朱明熙。

　　朱明熙有事来找白海燕,但白海燕刚好外出了,所以他在办公室里等待。一看到朱明熙的脸,于浩二话不说就想关门离去,谁料朱明熙却叫住他,问:"等等,你有什么事吗?"

　　虽然两个人之间有很多不愉快的回忆,但是公私分明的朱明熙不想耽误白海燕的工作。如果于浩有什么要紧的事情,他不介意扮演一下透明人,让于浩完成了再走。

　　"来交一份设计稿。"既然朱明熙提问了,于浩就勉为其难地耐着性子回答一下。

　　"放在这里就行了。我再多等一会儿,马上就要去片场了。"朱明熙指着面前的办公桌。

　　于浩犹豫了一下,然后一言不发地走过来,把手中的文件夹放在办公桌中央。文件夹是不透明的,里面夹着几张纸,只要不翻开就看不到纸上的内容。于浩本以为朱明熙对这些东西不感兴趣,瞥都不会多瞥一眼,谁料他居然毫不客气地当着于浩的面直接翻开了。

　　"喂。"于浩只来得及低嚷出一个字,朱明熙的脸色就发生了变化。

　　"这是什么?"朱明熙迅速翻看了所有稿纸,表情越来越严肃。就像突然抓住关键性证据的警察一样,尖锐急促的声音中充满了威严的正义感。

　　于浩不慌不忙地答道:"之前说的'雅韵',既然你们网店不做了,GAW决定还是按照原计划推出这个新品牌。这个就是雅韵的设计稿。"

　　"你设计的?"朱明熙发出一声冷嗤,目光中透出露骨的怀疑。

　　于浩压着怒意,不满地反问:"不是我设计的还能是谁设计的?"

　　"我怎么觉得和小野以前的设计很像……"

　　"本来就是一个风格的。"

　　"你介意我发给她看一下吗?"说着不等于浩回答就直接拿出手机,想要拍照。

第十章 分离不是完结

"你干什么?"于浩突然紧张起来,扑过去把文件夹抢了回去,"这是商业机密,怎么能随便发给外人看?"

他异常激动的反应让朱明熙更加坚定了自己的猜测。"反正是我家的公司,我都不怕,你怕什么?"朱明熙说着一把抢回文件夹,粗暴地推开于浩,径直向外冲去。

有于浩在一旁阻拦,拍照肯定是拍不了了,只能直接拿去给田小野看。

"你干什么?"于浩大叫着追出去。

朱明熙头也不回地说:"我要拿去给小野看看这是不是她一直在找的那套图。"他说的正是《百美图》。于浩提交的那几张设计稿,分明就和田小野以前画过的一模一样。

"站住——"于浩气得狂吼。

两个人的争吵声令办公室的其他人都惊讶地抬起头来,但是几秒钟后,大步流星的朱明熙就已经冲出办公室,一头钻进电梯里,还把穷追不舍的于浩关在了电梯门外。他直接坐电梯来到负三层的车库,打算立即开车去找田小野,只要不堵车就还能在跟田小野确认于浩是否抄袭了《百美图》的设计后准时赶到片场去拍戏,一点儿都不耽搁。

自从八月与田小野分开后,他们已经三个多月没有见面了。大部分时间都在片场的朱明熙非常繁忙,每天都是"感觉自己被掏空"的筋疲力尽的状态,客观条件不允许他和田小野见面,但是主观上的原因更大,他很怕看到田小野热恋中幸福甜蜜的样子。但是今天他必须第一时间赶过去,因为他知道《百美图》对田小野的意义重大,具有铭刻在生命里的价值。

驾车驶出车库后不久,朱明熙很快就发现身后有一辆车紧追不舍,猜到是于浩跟来了。看来被他抢走的那几张设计图是于浩无论如何也不想让田小野看到的东西,既然如此,浑身正气的朱明熙就更有马上把它们送到田小野面前的理由了。他在心里为被于浩欺压的田小野打抱不平很久了,如果于浩真将《百美图》占为己有,他发誓一定要为田小野讨回公道。

"喂,小野。"朱明熙一边开车一边开免提给田小野打电话,"你在家吗?"

"我在啊,怎么了?"田小野惊讶地问,没想到朱明熙会突然给她打电话。

"我马上过去,给你带了一份好东西。"朱明熙嘴角得意地上扬起来。

"什么东西?"

"我不太确定,不过八成就是你一直想要的《百美图》。"

"什么?"田小野尖叫起来,"怎么会在你那里?"

"我正在开车呢,见了面再跟你细说。你哥一直在后面追我,想把我拦下来。错不了,肯定是。你在家里乖乖等着,我马上给你送过去。"

"喂,喂……"

田小野还想追问几句,但是朱明熙却已经匆匆地挂断了电话。

这到底是怎么回事?《百美图》为什么会在朱明熙手上?他从于浩那里抢的吗?于浩想用《百美图》干什么?为什么会落到他的手里?太多疑问一瞬间就像全力工作的爆米花机似的,爆出一大堆胀鼓鼓的爆米花塞满田小野的脑袋,令她陷入混乱。

正在自习室里学习的郭寒露接到了于浩打来的电话。

于浩的声音中带着因为惊慌失措而产生的哽咽哭腔,语无伦次。即使看不到他的样子,郭寒露光听声音就能想象出他此刻恐惧不安到极点的扭曲表情。

"露露,我……我,我撞死人了……"

"什么?你在哪里?"

于浩的话吓得郭寒露手中的圆珠笔都落到了地上。

"我逃了,怎么办?已经来不及了,警察到了,就算现在回去也来不及了……我好害怕,我会不会坐牢?我不想坐牢,我刚刚开始工作,还有大好前程,我不想坐牢……"

郭寒露大吼道:"你冷静一点儿!听我的,马上回去,快点,越快越好!"

与此同时,《永恒之夏》的拍摄现场也陷入了一片混乱。正准备开工的工作人员突然接到一个意外的临时通知,打乱了原本的工作计划,他们三五成群地凑在一起议论纷纷。

正在化妆间里背剧本的TINA察觉到现场气氛有点儿变化,疑惑地走出去,向正在跟工作人员确认情况的助理问道:"怎么了?"

助理回头望着TINA,神色惊慌地说:"出了点儿事,朱明熙今天不能到场了,拍摄计划要临时调整,改拍另外几场没有他出场的戏。我再去跟导演确认一下……"

助理说完正要离去,TINA一把抓住他,追问:"出什么事了?"

助理摇着头说:"不知道,好像是……一起非常严重的交通事故。"

田小野在出租房里焦躁不安地等待着朱明熙给她解释清楚,但是她万万没有想到,

第十章 分离不是完结

她等来的却是一通陌生人打来的电话。

"喂,请问你是于浩的妹妹吗?"对方是一个嗓音厚重的中年人。

"我是啊,请问你是……"田小野说话时心脏扑通直跳,十分强烈的不祥预感沉甸甸地压在胸口,令她喘不上气。这种不祥的预感在下一秒就被验证了。

"我是交警,正在处理一起交通事故。你哥他刚才肇事逃逸了,如果你有他的消息请马上联系我们。另外,请你尽快通知你的家人,请他们立即到现场来协助我们的工作。"

"什么?"田小野"唰"地一下站起来。

猛地想到朱明熙刚才说于浩在追他,难道他被于浩撞伤了?于浩就算再恨他也不至于杀人灭口吧?难道是意外?就算是意外,能惊动交警联系亲属的也都不是小事……

田小野不敢继续想下去,拿手机的手都开始哆嗦了,急促地问:"出什么事了?有人受伤吗?严重吗?"

"有点儿严重,伤者已经送去人民医院抢救了。"

"有……有多严重?"田小野紧张得都结巴了。

"伤者严重骨折失血过多,已经完全失去意识,很有可能再也无法醒来了。"

再也……无法醒来?

田小野的脑海一片空白,接下来交警说了什么她都不知道了。

为什么会这样?明明不久前还跟自己通过话的人,为什么现在却陷入重度昏迷,也许再也无法醒来?如果他不是急着要把《百美图》交给自己,就不会遇到这种事!

从天而降的噩耗把田小野砸得头晕目眩,她什么也没有想,本能已经驱使身体猛地推门冲了出去。此刻她心中只剩下一个念头,就是必须尽快赶到朱明熙所在的那家医院!

不会的,不会出事的……他一定可以闯过鬼门关,重新睁开眼睛!

——本季完——